Werner J. Egli • Rosys Liebe

OMNIBUS

Foto: © Brigitte Batsch

DER AUTOR

Werner J. Egli wurde 1943 in Luzern geboren. Schon in jungen Jahren reiste er kreuz und quer durch die Welt, bevorzugt durch die USA. Heute lebt er in Tucson, Arizona. Die Erfahrungen seiner ersten großen Amerikareise hat er in dem Buch »Heul doch den Mond an« beschrieben, für das er 1980 mit dem Friedrich-Gerstäcker-Preis der Stadt Braunschweig ausgezeichnet wurde. Seine spannend erzählten und gut recherchierten Abenteuerromane begeistern ein wachsendes Publikum.

Von Werner J. Egli ist bei C. Bertelsmann erschienen:

Tunnelkids

Bei OMNIBUS ist erschienen:

Das Geheimnis der Krötenechse (20038)
Heul doch den Mond an (20179)
San Antonio Blues (20348)
Jamaica Charlie Brown (20378)
Die Rückkehr des Kirby Halbmond (20450)
Der Ruf des Wolfs (20606)
Der Fremde im Sturm (20514)
Cheyenne Sommer (20543)

Weitere Titel sind in Vorbereitung.

Werner J. Egli

Rosys Liebe

OMNIBUS

OMNIBUS

Band 20515

Der Taschenbuchverlag
für Kinder und Jugendliche
von Bertelsmann

Umwelthinweis:
Dieses Buch wurde auf chlorfrei gebleichtem Papier gedruckt.

Erstmals als OMNIBUS Taschenbuch August 2000
Gesetzt nach den Regeln der Rechtschreibreform

Umschlagbild: Frauke Bahr
Umschlaggestaltung: Klaus Renner
Kn · Herstellung: Stefan Hansen
Satz: Uhl + Massopust, Aalen
Druck: Presse-Druck Augsburg
ISBN 3-570-20515-0
Printed in Germany

10 9 8 7 6 5 4 3 2 1

Für Dunja.
Weil du bist, wie du bist,
mein Schatz!

I

Ich brach mir das Schlüsselbein, als ich sechs war. In der Glotze lief die Olympiade. Stabhochsprung. Irgendein Russe sprang über fünf Meter. Clemens, der Freund meiner Mutter, fiel vor Begeisterung beinahe vom Sofa und meine Mutter warf sich auf ihn und sie tobten wie wild auf dem Sofa herum und meine Mutter bat mich, doch endlich hinauszugehen und mit den anderen Mädchen zu spielen.

Also ging ich hinaus. Maria von der italienischen Familie, die über uns wohnte, wechselte ihrer Puppe im Hausflur auf der untersten Treppenstufe die Windeln und die anderen Mädchen standen um sie herum und staunten, weil Marias Puppe als Einzige in unserer Nachbarschaft in die Windeln machen konnte, wenn man sie vorher mit Wasser füllte. Ich schob mich an Maria und an den anderen vorbei, auch an meiner kleinen Schwester Andrea, die ihrer eigenen Puppe gerade den Haferbrei vom Mund wischte, den sie nach dem Essen hochgerülpst hatte, und ging hinaus.

Es war Spätsommer und es wurde lange nicht dunkel. Die Olympiade fand irgendwo in Nordamerika statt oder in Asien, das weiß ich nicht mehr genau, aber ich hockte mich vor dem Haus auf die Mauer, die wir das »Mäuerchen« nannten, und der Hausmeister, Herr Kalmbach, der im ersten Stock wohnte, kam die Kellertreppe hoch und schielte mir im Vorbeigehen ganz deutlich unter den Rock.

»Hübsch siehst du heute aus«, sagte er und ich hielt die Beine zusammen und streckte ihm die Zunge heraus, aber das störte ihn nicht, denn er lachte nur, während er die Straße hinunterging.

Ich hörte meine kleine Schwester ihre Puppe auffordern, doch noch einmal ein Bäuerchen zu machen, und ich dachte an meine Puppe, die oben ganz allein in meinem Zimmer lag, unter dem Bett wahrscheinlich oder in der untersten Schublade der Kommode, in der alle meine Spielsachen landeten, wenn meine Mutter am Morgen die Betten machte und aufräumte.

Ich ging hinauf. Die Wohnzimmertür war zu und der Fernseher lief. Ich hörte Clemens lachen und ich schlich mich an die Tür heran und hielt mein rechtes Auge ans Schlüsselloch. Ich konnte aber nichts sehen außer den Beinen meiner Mutter, die irgendwie über die Rücklehne des Sofas hinweg in die Luft hinausragten, direkt vor der Glotze, sodass ich nicht erkennen konnte, ob die noch beim Stabhochsprung waren oder beim Diskuswerfen.

Gerade als ich mich davonschleichen wollte, tauchte mein älterer Bruder Matthias in der Küchentür auf, mit einem Glas Sirup in der Hand und Tinte an der Unterlippe, und er sah mich am Schlüsselloch und drohte mir, meiner Mutter zu erzählen, dass ich im Haus herumspionierte, wenn ich mich nicht schleunigst aus dem Staub machte.

»Ich will nur meine Puppe holen«, antwortete ich aufsässig, ging auf mein Zimmer und kroch unters Bett. Da lag sie tatsächlich, ein hässliches Geschöpf mit struppigem Haar und nur einem Ohr, weil ich ihr das andere mit dem Dreirad abgequetscht hatte. Mein Bruder, der Hüter des Gesetzes, wartete in der Tür, bis ich wieder unter dem Bett hervorkam.

»Seit wann spielst du denn mit Puppen?«, höhnte er.

Ich weiß nicht mehr, was ich ihm darauf antwortete oder ob ich überhaupt etwas zu ihm sagte, aber ich ging mit der Puppe hinunter und Maria schenkte mir ein Windelpaket und wir legten meiner Puppe eine Windel um, obwohl sie gar nicht Pipi machen konnte, und wir kämmten sie und zogen ihr andere Sachen an, weiße Söckchen und schwarze Lackschühchen, und dann gingen wir hinaus und die Jungs kamen mit einem langen Stock aus dem Wald, der sich hinter unserem Haus über den Hügel hinweg ausbreitete, und sie marschierten an uns vorbei die Straße hinunter zum Spielplatz. »Wollt ihr mal was richtig Tolles sehen?«, rief uns Alex, der schon damals eine große Klappe hatte, zu, und wir, die Mädchen, folgten ihnen in einigem Abstand und blieben bei der Hecke stehen, wo Herr Kalmbach, der Hausmeister, dabei war, die ersten Herbstblätter zusammenzurechen.

Über die Straße hinweg sahen wir den Jungs zu, wie sie mit Anlauf und am Stock über den Maschendrahtzaun des Spielplatzes sprangen und im Sandkasten landeten, in dem ich niemals spielen durfte, weil meine Mutter behauptete, die Hunde von Stockburgers würden darin täglich ihr Geschäft verrichten.

Tatsache war, dass ich dort schon mehrmals kleine Kackehaufen vorgefunden hatte und dass schon einmal die Polizei benachrichtigt worden war, was jedoch die Stockburgers nicht davon abhielt, ihre zwei hässlichen Minikläffer frei am Kinderspielplatz herumlaufen zu lassen.

»Wenn ich einen mal in die Finger kriege, drehe ich ihm den Hals um«, drohte Marias Vater, von dem meine Mutter behauptete, dass er Katzen und Hunde essen würde, die er zuvor in Rotwein eingelegt hätte.

Die Jungs sprangen also an dem Stock über den Zaun und einige schafften das nicht, ohne den Zaun zu berühren oder sogar daran hängen zu bleiben. Wir lachten, als Erwin Stockburger nicht richtig lossprang und im nächsten Moment vom Zaun abprallte. Er knallte auf dieser Seite des Zaunes kopfüber aufs Straßenpflaster, blieb zuerst einmal wie tot liegen und rappelte sich schließlich auf. Nicht einmal eine kleine Schramme hatte er oder auch nur eine Beule und beim nächsten Mal schaffte er den Sprung über den Zaun und er streckte beide Hände in die Höhe und stolzierte am Spielplatz herum, als hätte er eben den alten Weltrekord im Stabhochsprung gebrochen und die Goldmedaille gewonnen.

Später, als die Sonne schon hinter den Häusern auf der anderen Seite der Straße untergegangen war, saß ich allein auf dem »Mäuerchen« mit meiner Puppe im Schoß und plötzlich fiel ihr das linke Bein ab, das ich, ohne es zu bemerken, die ganze Zeit herumgedreht hatte.

Ich betrachtete das Bein und das Loch, in dem es gesteckt hatte, und versuchte es wieder hineinzustecken. Nach einer Weile gab ich es auf. Herr Stockburger kam nach Hause, parkte sein Auto auf dem Gehsteig, sodass keiner mehr mit einem Kinderwagen durchgekommen wäre, und kam die Treppe hoch.

»He«, sagte er, als er mich auf dem Mäuerchen vor dem Haus sitzen sah, »he, du siehst hübsch aus in deinem Kleidchen.«

Ich starrte ihn nur an und er kam zu mir und setzte sich neben mich aufs Mäuerchen.

»Zeig her«, forderte er mich auf und ich gab ihm meine Puppe und das Bein und er sagte, dass das eine Kleinigkeit sei. »Schau mal, da ist das Loch, in das das Bein hineinpasst.« Er stieß das Bein in das Loch und es machte »plopp«, als es einschnappte. Er gab mir die Puppe zurück und strich mir mit der Hand einmal übers Haar, bevor er ins Haus ging.

Ich legte die Puppe aufs Mäuerchen und ging zum Spielplatz. Dort lag der Stock im Gras. Ich hob ihn auf und ging um den Zaun herum auf die Straße hinaus, wo die Jungs den Anfang des Anlaufs mit Kreide markiert hatten. Ganz schnell sah ich mich um, aber es war niemand da, der mich hätte beobachten können. Außer Kalmbach natürlich, den ich am Küchenfenster seiner Wohnung entdeckte. Er rauchte immer am Fenster, weil seine Frau es ihm in der Wohnung verboten hatte, und während er rauchte, grinste er zu mir herüber. Ich nahm also Anlauf und da ich keine Ahnung hatte, wie man den Stock halten musste, machte ich irgendetwas falsch. Auf jeden Fall blieb ich mit dem Rock am Draht hängen, und genau wie Erwin zuvor, nur auf der anderen Seite des Zaunes, fiel ich direkt auf die Holzplanken, die den Sandkasten einfassten. Nach dem Aufprall wusste ich einen Moment lang nicht mehr, was unten und was oben war. Ich spürte nur, wie in mir etwas knackend entzweibrach, und dann lag ich auf dem Boden und versuchte zu schreien, was mir jedoch nicht gelang, weil es mir nämlich den Atem verschlagen hatte. Ich wollte aufstehen, konnte aber nicht, und durch die Tränen hindurch sah ich verschwommen unser Haus, das fünf Stockwerke hatte und grau-blau gestrichen war, und das Nächste, was ich sah, war der kleine Roland, der viel größer war als ich und schon in die Schule ging. Er näherte sich mir so vorsichtig, als wäre ich eine halb tote Kröte, und dann blieb er stehen und drehte sich um und rannte davon. Neben mir im Gras lag einer der bunten Plastikbälle, mit denen die Mädchen manchmal spielten, und am Zaun hing ein Fetzen von meinem gelben Kleid, das ich heute anziehen musste, weil ich zur Halsuntersuchung (vor einem Monat hatte man mir die Mandeln herausoperiert) beim Arzt gewesen war.

Ein paar Frauen und Männer kamen schließlich über die Straße gerannt, meine eigene Mutter allen voran, und sie hoben mich auf und trugen mich zum Mäuerchen, wo meine Puppe lag. Dort wollten sie mich hinsetzen, aber ich begann nun wirklich zu schreien und sie zerrten an mir herum und schüttelten mich und Frau Stockburger versuchte mir einzureden, dass das alles halb so schlimm wäre und die Schmerzen, falls ich überhaupt welche hätte, bald vorbei sein würden. Meine Mutter drückte mich so heftig an sich, dass wahrscheinlich in meinem kleinen Körper noch mehr kaputtging als beim Sturz. Ich wurde nämlich plötzlich ohnmächtig und später, als ich wieder erwachte, lag ich bei unserem Hausarzt, Dr. Winkler, den ich ja schon am Nachmittag gesehen hatte, auf einem Schragen und ich wollte mich aufsetzen, aber seine dämliche Assistentin, die ich noch nie gemocht hatte, befahl mir, mich nicht mehr zu bewegen, weil sie eben dabei sei, ein paar Röntgenaufnahmen zu machen.

Und meine Mutter war auch da, mit einer Bleischürze bekleidet, die sie vor den schädlichen Röntgenstrahlen schützen sollte, und die Assistentin schob eine Kamera über mich und sagte mir, dass ich auf ihr Kommando die Luft anhalten solle.

Meine Mutter beugte sich über mich und küsste mich auf die Stirn, als stünde ich mit einem Fuß bereits an der Schwelle des Todes.

»Du hast wahrscheinlich dein kleines Schlüsselbein gebrochen, mein Mäuschen«, erklärte sie mir. Ich hatte damals erstens noch keine Ahnung, dass sich im menschlichen Körper ein Knochen namens Schlüsselbein befindet, und zweitens, dass es davon gleich zwei, nämlich ein kleines und ein großes, geben sollte. Später erfuhr ich dann, dass meine Mutter keinen blassen Schimmer von Anatomie hatte, aber das ist eine andere Angelegenheit, denn sie hatte überhaupt selten irgendeinen blassen Schimmer von irgendetwas, außer von ihrem Job als Gürtelmacherin am Fließband einer Lederwarenfabrik. Sonst aber, das gebe ich gern zu, war sie absolut in Ordnung und wahrscheinlich eine der besten Mütter, die es überhaupt gibt.

Dr. Winkler, der sich die Röntgenbilder ansah, fragte mich anschließend die Schlüsselfrage aller Zeiten: »Sag mal, Rosy, wie kommst du dazu, so was Dummes zu tun und über Zäune zu springen. Bist du eigentlich ein Mädchen oder ein Junge?«

So fing das an. Mit der so genannten »Schlüsselbeinfrage«: *Bist du ein Mädchen oder ein Junge?*

Ich wusste es nicht und es war mir grundsätzlich auch ziemlich egal. Ich mochte nur nicht mit Puppen spielen und mit bunten Plastikbällen, die man vorsichtig treten musste. Ich wollte über Zäune springen und richtig Fußball spielen. Und ich wollte, dass mein Vater zurückkehren würde und sich dieser Clemens, den ich für den größten Trottel aller Zeiten hielt, in Luft auflösen würde. Außerdem wollte ich im Kindergarten viel lieber den Kleiderhaken, der mit zwei Kirschen gekennzeichnet war, als den mit der Pflaume und manchmal wollte ich ein Pferd sein und über die Prärie galoppieren oder ein Cowboy mit einem Colt an der Hüfte und einem Stetson auf dem Kopf. Außerdem, glaube ich, war ich damals zum ersten Mal verliebt, und zwar in den kleinen Roland, der schon in die Schule ging, aber das wusste natürlich niemand, und als er mir einmal vor dem Haus auf der Straße in die Quere kam und mich mit seiner dämlichen Wasserpistole anspritzte, hechtete ich mich auf ihn und riss ihn zu Boden und wir kämpften auf der Straße und dabei biss ich ihm, aus reiner Verliebtheit, in die Wange.

Am Abend kamen seine Eltern zu uns und sie brachten ihn mit, um meiner Mutter die Zahnabdrücke in seinem Gesicht zu zeigen, und einer meiner kleinen Eckzähne hatte sogar seine Haut durchbohrt.

»Wir möchten Sie nur darauf aufmerksam machen, dass Sie sich ein bisschen mehr um Rosy kümmern sollten«, sagte Rolands Vater zu meiner Mutter. »Sonst, garantiere ich Ihnen, wird das mit diesem Mädchen noch ein böses Ende nehmen.«

Und Rolands Mutter schaute mich ganz ärgerlich an und empfahl meiner Mutter, mich mal für eine Weile in der Wohnung einzusperren. »Hausarrest, das schadet ihr bestimmt nicht«, sagte sie, aber meine Mutter sagte, dass sie niemals zu solchen Mitteln greifen würde.

Sie wollten von mir wissen, warum ich ihren Roland denn

überhaupt in die Wange gebissen hätte, aber ich sagte ihnen nichts.

»Kannst du uns das vielleicht einmal erklären, Rosy?«

Ich schüttelte nur den Kopf und blickte sie alle so grimmig wie möglich an.

»Eine verstockte kleine Göre ist sie«, sagte Rolands Vater. »Es fehlt ihr wahrscheinlich der Vater.«

Meine Mutter wies ihnen die Tür und beim Hinausgehen gab sie Roland heimlich einen Kaugummi. So war meine Mutter. Ich liebte sie damals mehr als jeden anderen Menschen auf der Welt, außer meinen Vater, der allerdings nur einmal oder zweimal im Jahr zu uns nach Hause kam.

Natürlich gingen meine Wünsche nie in Erfüllung. Ich wurde kein Pferd und auch kein Cowboy. Der Zaun, über den ich damals springen wollte, erschien mir im Laufe der Jahre immer niedriger. Und Roland war einmal mein Freund. Genau drei Wochen lang, kurz nach meinem elften Geburtstag. Da gab es Clemens schon lange nicht mehr. Und einer von Stockburgers Hunden war von einem Auto angefahren worden und trotz aller Bemühungen eines Tierarztes ein paar Tage später gestorben. Und der Kalmbach hatte versucht, mir unter den Rock zu langen, als ich mein Fahrrad aus dem Keller holte. Ich sagte ihm, dass ich das, falls er es noch einmal versuchte, meinem Bruder Matthias sagen würde, und da gab er mir am nächsten Tag heimlich zehn Mark.

Natürlich hatte ich ein schlechtes Gewissen, ausgerechnet von ihm Geld anzunehmen. Ich konnte sogar eine Nacht lang nicht richtig schlafen und ich versteckte den Geldschein in einem Schuh und dann unterm Bett und schließlich trug ich ihn mit mir herum und überlegte die ganze Zeit, ob ich ihn meiner Mutter geben sollte, da sie als Gürtelmacherin nicht viel verdiente und uns gegen Ende des Monats meistens das

Geld ausging. Irgendwann entschied ich mich, mir mit dem Geld eine Mütze mit Ohrenklappen zu kaufen, aber als ich im Laden stand, konnte ich den Schein nicht mehr finden. Ich lief nach Hause, durchsuchte mein Zimmer, fragte meinen Bruder und meine kleine Schwester Andrea, ob ihnen mal ein Zehnmarkschein begegnet wäre, und meine Mutter fragte mich am nächsten Tag, woher ich denn überhaupt so viel Geld gehabt hätte, und ich sagte ihr, dass ich für die Leute im Altenheim im Laufe der Zeit kleine Besorgungen gemacht und mir das Geld so zusammengespart hätte.

Sie war sehr stolz auf mich und gab mir fünf Mark von ihrem Geld. Aber das reichte nicht für die Mütze und so kaufte ich ihr damit ein paar Wollhandschuhe für den Winter, weil sie ja mit dem Fahrrad zur Arbeit fuhr und immer kalte Hände kriegte.

Roland küsste mich einmal. Er war der Erste. Es geschah unten am Teich und im Winter. Ich konnte ihn überhaupt nicht sehen, weil ihm der Atem wie eine Wolke vor dem Gesicht stand. Und aus dieser Wolke heraus tauchte plötzlich sein Mund auf und noch ehe ich zurückweichen konnte, klebten seine Lippen auf meinen Lippen, und ich dachte, was ist denn jetzt schon wieder los, weil ich nicht wusste, was das überhaupt sein sollte. Außerdem hatte ich einen Kaugummi im Mund und Schlittschuhe an den Füßen und als er endlich aufhörte, setzte ich mich an der Böschung in den Raureif und spuckte den Kaugummi auf das blanke Eis hinaus.

Ziemlich benommen ging ich nach Hause und am nächsten Tag wussten es in der Schule schon alle und damit war diese Sache für mich erledigt.

Roland entpuppte sich danach als ein richtiger Tölpel, mit dem ich nichts mehr zu tun haben wollte. Er behauptete nämlich, dass es keinen Unterschied mache, mich oder eine Ziege zu küssen, und darüber lachten sie alle und keiner kam auf die Idee, ihn zu fragen, warum er denn so genau wusste, wie es war, eine Ziege zu küssen. Zum Glück zogen seine Eltern ein paar Wochen später nach Würzburg um und nahmen ihn mit, sonst hätte ich ihm bestimmt einmal eigenhändig das Lästermaul gestopft.

Mein Bruder Matthias war inzwischen aus der Schule und begann eine Lehre als Mechaniker in einer Autowerkstatt. Mit seinem ersten Geld kaufte er ein Moped und einen Playboykalender mit Bildern von nackten Frauen mit riesigen Brüsten. Meine kleinere Schwester Andrea hingegen hatte schon dreimal einen Schönheitswettbewerb gewonnen und war bereits in einem Versandhauskatalog abgebildet gewesen, was ihr mehr als tausend Mark eingebracht hatte.

Es ging uns überhaupt besser, weil meine Mutter inzwischen endlich einen kennen gelernt hatte, der Kohle hatte und sie heiraten wollte. Er hieß Heinrich Trittschuh und besaß eine Teppichreinigungsfirma. Bis jetzt hatten wir, Matthias, Andrea und ich, uns immer dagegen gewehrt, dass Mutter einen Neuen heiratete, weil erstens die meisten, die sie im Laufe der Zeit nach Hause brachte, ziemlich fiese Typen waren, und zweitens, weil eben keiner von uns einen anderen Vater haben wollte. Nur bei Trittschuh, da war das anders. Wir mochten ihn sozusagen auf Anhieb, obwohl er wie ein Totengräber aussah, blass und hohlwangig und mit ziemlich müden Augen, und als Mutter uns fragte, was wir denn von ihm hielten, waren wir bereit, eine Ausnahme zu machen und ihn sozusagen als ein Mitglied unserer Familie zu akzeptieren. Nicht als Vater natürlich, sondern höchstens als einen Ersatz für unseren Vater und als Gefährte unserer Mutter, die ja auch nicht jünger wurde und deshalb des Öfteren in Torschlusspanik geriet und nachts heimlich weinte.

Trittschuh kam uns also regelmäßig besuchen und als im Haus eine Viereinhalbzimmerwohnung frei wurde, zogen wir um und ich wusste, dass er bald bei uns wohnen und das halbe Zimmer als Büro benutzen würde. An Sonntagen lud er uns zum Essen ein und er brachte uns hin und wieder Geschenke. Er schien uns alle sehr zu mögen, mich ganz besonders.

Fast immer nahm er mich sofort in Schutz, wenn mir Matthias oder Andrea an den Karren fahren wollten oder meine ehrwürdige Mutter wieder einmal nicht zu begreifen vermochte, dass ich eben kein gewöhnliches Mädchen war. Das machte ihnen natürlich allen zu schaffen, wahrscheinlich auch Trittschuh, aber der ließ sich wenigstens nichts anmerken. Einmal fand ich jedoch zufällig im Elternschlafzimmer ein Fachbuch mit dem Titel *Junge oder Mädchen* und dem alles erklärenden Untertitel *Das falsche Geschlecht, eine Studie über die sexuelle Fehlprogrammierung beim Menschen,* und da der dicke Wälzer auf jener Seite unter dem Ehebett lag, auf der früher mein Vater geschlafen hatte und jetzt Trittschuh schlief, nahm ich an, dass er es war, der sich wirklich Gedanken über mich machte und sich über mein merkwürdiges Wesen fachlich informieren wollte. Wie dem auch sei, er schien auf jeden Fall keine Schwierigkeiten zu haben, Verständnis für mich aufzubringen. Einige Tage vor der Hochzeit zum Beispiel, als sich mehr oder weniger alles um die Vorbereitungen zum großen Fest drehte und mich mein Bruder zum ersten Mal eine »Lesbe« nannte, worauf ich ihm von schräg hinten eine aufs Ohr knallte, dass es in seinem Kopf vierzehn Tage lang klingelte, kam mir Trittschuh unaufgefordert zu Hilfe.

»Wenn Rosy kein Kleid anziehen will, dann ist das absolut in Ordnung«, sagte er. »Und dieses Wort, Matthias, möchte ich hier im Haus nie mehr hören!«

»Dann soll sie sich nicht so... so... benehmen!«, stieß Matthias wütend hervor und verschwand auf sein Zimmer und Andrea wurde hysterisch, weil sie glaubte, Matthias hätte »Wespe« gesagt und wäre von Trittschuh deshalb zu Unrecht gescholten worden.

»Sie kann nun wirklich nicht in Blue Jeans zu unserer Hochzeit erscheinen, Heinrich«, ärgerte sich meine Mutter.

»Warum denn nicht, Brigitte«, lachte Trittschuh. »Mir macht das ganz bestimmt nichts aus.«

»Heinrich, was würden denn die Leute dazu sagen? Deine Verwandten und alle unsere Freunde?«

Sie war schon immer darum besorgt, sich und uns nicht ins Gerede zu bringen. Das war immerhin etwas. Veronikas Mutter zum Beispiel, über die wurde allerhand geredet, weil sie zu später Stunde oft betrunken nach Hause kam und meistens in Begleitung. Außerdem hatte man sie schon einmal in einem Einkaufszentrum beim Klauen erwischt, was sie natürlich nur tat, weil Veronikas Vater mit seinen Alimenten in Verzug war.

Mein Bruder, der sich übrigens später bei mir für den Ausrutscher entschuldigte, trug einen dunklen Anzug zur Hochzeit und er brachte seine neue Freundin Daniela mit, ein fröhliches Mädchen, das italienische Eltern hatte und im Verhältnis zu mir ziemlich dick war. »Du musst mal zu uns zum Essen kommen, dann kriegst du auch was auf deine Rippen«, schlug sie mir vor, als wir in der *Sonne* auf dem Balkon saßen und auf den Teich hinausblickten, auf dem Schwäne und Enten über dem eigenen Spiegelbild dahinglitten. Meine kleine Schwester sah in ihrem Kleidchen und den blonden Korkenzieherlocken aus wie eine zu groß geratene Puppe und ich trug ein anthrazitfarbenes Hosenkleid, das mir an den dünnen Spagettiträgern so lose von den mageren Schultern hing wie ein dünner Vorhang von einem Stock. Meine Mutter hatte natürlich zur Hochzeit auch einige Leute vom Haus und vom Nachbarhaus eingeladen, also die Stockburgers zum Beispiel und Alex, der inzwischen ein richtig großspuriges

Arschloch geworden war, aber auch Kalmbach mit seiner stricksüchtigen Frau und die Bernasconis von oben. Die Trittschuhs waren eine ziemlich große Familie mit einem Dutzend Onkel und Tanten und mit richtigen Großmüttern, und insgesamt war die Hochzeit ein ziemlich geiles Fest, weil nämlich ein Musiker mit seiner Yamahaorgel da war, der nicht nur Schnulzen spielte, sondern auch richtig tierischen Rock, und ich tanzte mit meinem Bruder und mit Trittschuh und meiner Mutter, und dann holte mich einer der Onkel zum Tanz und erzählte mir eine Geschichte vom letzten Urlaub im Allgäu oder im Sauerland, und als Alex mich zum Tanzen aufforderte, kriegte ich Zahnschmerzen, wahrscheinlich vom Hochzeitskuchen, der übermäßig süß war. Wir tanzten trotzdem, aber ich trat ihm, nicht absichtlich, auf die Schuhe und da fragte er mich, ob ich inzwischen schon mal einen echten Geschlechtsverkehr gehabt hätte, und als ich ihm daraufhin nicht antwortete, erklärte er mir stinkfrech, dass er unter gewissen Bedingungen bereit sei, mit mir zu schlafen.

»Ich glaube nicht, dass ich Bock habe, mit dir zu schlafen«, antwortete ich ziemlich kalt und bei der nächsten Drehung ließ ich ihn mitten auf der Tanzfläche stehen und ging auf die Toilette. Als ich wieder herauskam, stand Kalmbach mit seinem schief sitzenden Anzug im Gang und grinste mich so unverschämt an, dass es mir eiskalt den Rücken hinunterlief.

Ich war ja inzwischen schon beinahe dreizehn Jahre alt und seit dem Sprung über den Zaun nie mehr auf den Kopf gefallen. Es war unschwer zu erkennen, dass Kalmbach beschwipst war und es auf mich abgesehen hatte, und als er nach mir langte und mich am Arm festhielt, sagte ich ihm, dass er die Pfoten von mir lassen solle, da ich ihm sonst ins Gekröse treten würde. Das begriff er nicht richtig, lallte etwas von »Spaß machen« und da stieß ich ihm von unten her das Knie zwischen die Beine und er sackte zusammen, als wäre er von einem Dampfhammer getroffen worden. Ich ging in den Saal zurück, wo jemand ein Gedicht über meine Mutter vorlas, in dem auch mein Bruder und meine Schwester vorkamen, nicht aber ich, und ich aß noch ein Stück vom Kuchen und dann kam Kalmbach zurück, noch ziemlich fahl im Gesicht, und er wagte es nicht, mich anzusehen.

Maria, das Mädchen vom obersten Stock, Daniela und ich gingen auf den Balkon hinaus, ließen einen Teller Ravioli mitgehen und fütterten unten am Teichufer ein paar Schwäne.

Später ließen wir Ballone in den Nachthimmel steigen, an denen wir Wunderkerzen befestigt hatten, und insgesamt war es ein wunderbarer Tag gewesen, den Alex am Ende beinahe noch versaut hätte, als er mich nämlich vor Maria und Daniela fragte, ob ich inzwischen wüsste, ob ich ein Mädchen sei oder ein Junge.

Maria und Daniela wandten sich entrüstet ab und gingen hinein.

»Was willst du eigentlich?«, fuhr ich ihn an.

Er grinste nur noch unverschämter.

»Zeig mir mal deine Titten!«

Am liebsten hätte ich ihm auch gleich eine geknallt, aber aus irgendeinem Grund sagte ich ihm, dass sich das jederzeit machen ließe. Und so kam es, dass ich ihm am nächsten Abend, als es dunkel wurde, hinter einem geparkten Auto meine Brüste zeigte. Er glotzte mich an, als wäre ich ein Weltwunder, und ich wusste, dass er es seinen Freunden erzählen würde, die ruhig einmal wissen sollten, dass ich, obwohl es auf den ersten Blick nicht danach aussah, schon einen Busen hatte.

Besonders wichtig war mir, dass Nick es erfuhr. Nick Karanikolos, der einen griechischen Vater hatte und eine Düsseldorferin als Mutter. »Karnickel« nannten sie ihn, aber er machte sich nichts draus. Ich mochte ihn, weil er ziemlich anders war als die anderen, irgendwie still und zurückhaltend, und obwohl er in die Parallelklasse ging, wusste ich von Veronika, dass er immer die Ruhe bewahrte, sich durch nichts erschüttern ließ, auch nicht dadurch, dass viele meinten, er wäre ein Türke.

Mir war das ohnehin egal, ob einer aus Düsseldorf kam oder aus Ankara, denn an beiden Orten war ich noch nie im Leben gewesen. Trittschuh, zum Beispiel, der sagte, dass es eine Affenschande sei, als Deutscher in die Türkei in den Urlaub zu fahren und daheim über die Türken zu schimpfen. Dasselbe gilt übrigens für Griechenland, glaube ich. Auf jeden Fall mochte ich Nick ganz besonders und ich glaube, er sah mich so lange überhaupt nicht, bis er vom dämlichen Alex erfuhr, dass ich wirklich ein Mädchen war. Das war der Tag, als er mich zum ersten Mal mit ganz anderen Augen anblickte.

2

Wäre Nick so gewesen wie die anderen, hätte ich mich wahrscheinlich nie für ihn interessiert. Er wohnte nämlich nicht in unserer Nähe und in der Schule sah ich ihn auch nur in den Pausen, da er mit Veronika in der Klasse war. Nick gehörte keiner Clique an und hatte nie eine große Klappe. Also, ich war noch nicht einmal ganz dreizehn, als er mir zum ersten Mal bewusst auffiel. Dies geschah bei einer Aufführung unseres Schultheaters. *Der Richter und sein Henker.* Dürrenmatt hat das geschrieben. Nach der Aufführung, als die Schauspieler einzeln vortraten und sich verbeugten, da trafen sich unsere Augen und ich war sicher, dass seine Verbeugung allein mir galt. Da stand er am Bühnenrand und nahm die

Ovationen mit einem selbstbewussten Lächeln entgegen und ich fand ihn unwiderstehlich. Keine Ahnung, was das war, Liebe auf den ersten Blick oder was, aber meine Mutter behauptete immer, das wäre bei ihr und Vater so gewesen, und einmal fragte ich Vater danach, als er gerade mal bei uns vorbeischaute, und er hob die Schultern und lächelte und dachte wahrscheinlich an den Tag zurück, an dem er Mutter zum ersten Mal begegnet war.

»Nun?«, fragte ich ihn. »Wie war das damals?«

Das Lächeln in seinem Gesicht erlosch und machte einem Ausdruck Platz, der mir nicht gefiel. Ich konnte ihm deutlich ansehen, dass es ihm nicht gerade angenehm war, von mir an die Vergangenheit erinnert zu werden, auch wenn anfänglich, als er meine Mutter geheiratet und mit ihr meinen Bruder gezeugt hatte, noch alles in Ordnung gewesen war.

»Das war damals so, dass ich deine Mutter ins Kino einlud«, sagte er so, als redete er von einem ganz gewöhnlichen Zwischenfall in seinem Leben und nicht von einem alles entscheidenden Moment, der auch mein Leben betraf und das meines Bruders und meiner Schwester. Ohne ihn hätte es uns ja, so wie wir waren, nie gegeben. Ohne ihn wären wir nie geboren worden und meine Mutter hätte vielleicht ganz andere Kinder zur Welt gebracht oder vielleicht überhaupt keine. Noch während mir diese Gedanken durch den Kopf gingen, fuhr er mit seiner Geschichte fort, die er in seiner Erinnerung zusammenkramte. »Und auf dem Heimweg vom Kino, da wollte sie unbedingt einen fremden Hund streicheln und der hat sie in die Hand gebissen.«

Das war's. Ich sah ihm an, dass er mir nicht mehr erzählen wollte, wahrscheinlich, weil es ihm peinlich war, mit mir über sein Verhältnis mit meiner Mutter zu reden.

»Und da hat sie dir Leid getan und du bist mit ihr aus lauter Mitleid ins Bett gegangen.«

Er blickte mich merkwürdig an, so als hätte ich ihm einen Vorwurf gemacht, aber dann lachte er und legte einen Arm um mich.

»Natürlich nicht, Rosy. Aber was soll denn die Fragerei auf einmal? Hast du dich etwa verliebt?«

»Ich mag einen Jungen, der Nick Karanikolos heißt«, gab ich zu.

»Ein Grieche?«

»Ich mag ihn.«

»Und er? Mag er dich auch?«

»Das weiß ich noch nicht so richtig.«

»So? Und er weiß, dass du ihn magst?«

»Wahrscheinlich nicht. Wahrscheinlich weiß er nicht einmal, dass ich existiere.«

»Das ist wohl kaum möglich, Rosy. Ihr geht doch in dieselbe Schule?«

»Er ist mit Veronika in der Parallelklasse.«

»Wie geht es Veronika?«

Ich hob die Schultern. Was sollte ich ihm sagen? Dass sie sich auf der Straße herumtrieb, weil ihre Mutter selten zu Hause war. Oder dass sie mit dem Rauchen angefangen hatte und die Jungs in der Schule allerlei Zeug über sie redeten, zum Beispiel, dass sie es mit jedem treiben würde. Und sie selbst hatte mir schon einiges erzählt, was ich aber niemandem weitererzählen werde, weil ich ihr das hoch und heilig versprechen musste.

In diesem Jahr fragte mich Vater jedes Mal, wenn er zu Besuch kam, nach Nick Karanikolos, aber ich konnte ihm nichts berichten, außer dass ich im Schwimmbad einmal beim Volleyballspiel mit ihm zusammengeprallt war und er sich dabei seinen großen Zeh verstaucht hatte.

Im Sommer ließ ich mir die Haare kurz schneiden. Als ich mich im Spiegel sah, erschrak ich selbst. Ich sah wirklich mehr wie ein Junge aus als wie ein Mädchen. Meine Mutter kriegte einen Schock, als ich nach Hause kam. Trittschuh lachte nur und sagte, dass das doch modern wäre. Mein Bruder meinte, ich sei übergeschnappt, und Andrea weinte, als wäre sie geschoren worden und nicht ich.

Mir gefiel meine neue Frisur, aber ich ließ mir die Haare wieder wachsen, damit für die anderen alles wieder in Ordnung war. An meinem vierzehnten Geburtstag erhielt ich von Trittschuh ein neues Fahrrad, ein richtiges Mountainbike mit einundzwanzig Gängen und Federgabel vorne. Mein Bruder Matthias machte den Oberschulabschluss und fing drei Monate später mit der Lehre als Automechaniker an. Von da an hatte er nur noch Motoren im Schädel. Seine Freundin Daniela verließ ihn. Er frisierte sein Moped, sodass es beinahe sechzig Stundenkilometer schnell lief. Auf den Sturzhelm klebte er sich ein Bild von Schumacher. In seinem Zimmer hingen nur noch Bilder von Rennautos und von halb nackten Frauen, die für Pirelli Reifenwerbung machten.

Andrea wurde seit einiger Zeit von einer richtigen Agentur in München betreut, aber sie sah jetzt nicht mehr so kindlich süß aus und außerdem hatte sie sich die leicht abstehenden Ohren operieren lassen, und das, sagten die Fachleute, sei keine gute Idee gewesen, weil sie sich jetzt nicht mehr von anderen Mädchen abhob. Auf jeden Fall hatte sie plötzlich keine großen Angebote mehr und darunter litt natürlich ihr Selbstbewusstsein und sie wurde immer mehr zu einem kleinen Monster, das uns alle terrorisierte.

Zu Weihnachten kam sie dann trotzdem in einem Kinderkleid aus dem Katalog und außerdem hatte jemand vom Film bei der Agentur angerufen und nach einem Mädchen gefragt, das eine kleine Hexe spielen konnte. Da war Andrea meiner Meinung nach goldrichtig.

Am Ende des Schuljahres sorgte ich wiederum für Aufregung, da meine Mathenote ziemlich mies ausgefallen war und ich beinahe sitzen geblieben wäre. Meine Mutter redete mir ins Gewissen und sie brachte sogar Trittschuh dazu, ein ernsthaftes Wort mit mir zu reden. Ich versprach ihnen, mir nach den Sommerferien mehr Mühe zu geben.

Die Sommerferien waren langweilig. Wir fuhren an die Costa del Sol, wo es nur so von Leuten wimmelte. Ich versuchte der Sonne zu entgehen und trieb mich überall im Schatten herum, aber am dritten Tag hatte ich trotzdem einen Sonnenbrand auf den Schultern und dem Rücken, den ich erst spürte, als ich mitten in der Nacht aufwachte, weil ich im Schlaf das Gefühl hatte, mein Bett stünde in Flammen.

Vierzehn Tage Hölle waren das für mich. Ich mag solche Urlaube überhaupt nicht. Nur rumliegen und sich braten lassen. Außerdem gibt es da nie was Anständiges zu essen, außer bei McDonald's und bei Pizza Hut. »Solches Zeug essen wir im Urlaub nicht«, sagte meine Mutter und Trittschuh pflichtete ihr ausnahmsweise bei, weil er gern Tintenfisch aß und andere Meeresfrüchte, während ich mit Fischen und solchem Getier überhaupt nichts anfangen konnte.

Ich kam noch magerer nach Hause und die Haut auf meinem Rücken schälte sich immer noch. Außerdem hatte ich einen Jungen aus Amsterdam kennen gelernt, mit dem ich zum ersten Mal im Leben einen Joint geraucht hatte. Unten am Strand. Mitten in der Nacht. Und als die Bullen kamen, rannten wir davon und versteckten uns im Gestrüpp. Sie suchten mit Taschenlampen nach uns, fanden uns aber nicht.

Er hieß Jan und er war ein paar Jahre älter als ich und stolz darauf, dass er schon ein paar Härchen am Bauch hatte. Nachdem die Bullen nicht mehr in der Nähe waren, begann er an meinem Bikinioberteil herumzufummeln und ich lief ihm davon. Er holte mich am Strand ein und wir stürzten beide in den nassen Sand und da umschlang er mich mit seinen Beinen und den Armen wie ein Krake und wir küssten uns.

»Wenn du noch einmal versuchst mich auszuziehen, schreie ich um Hilfe!«, keuchte ich, als er erneut an mir herummachte, aber er ließ sich nicht einschüchtern und da schrie ich um Hilfe, aber es kam niemand, weil die Wellen meine Stimme übertönten.

Das war mein Urlaub an der Costa del Sol. Es war ein Wunder, dass ich Jan dazu bringen konnte, seine Badehose anzubehalten und die Finger von mir zu lassen. Stattdessen gingen wir miteinander schwimmen und als er im Wasser über mich herfallen wollte, gerieten ihm ein paar Quallen in die Quere und damit war alles geregelt.

Einige Wochen nach dem Urlaub kriegte ich einen Brief von ihm, in dem er mir mitteilte, dass er manchmal von mir träumte und mich gern besuchen kommen würde.

Ich schrieb ihm nicht zurück.

Gegen Ende August, für uns hatte eben das neue Schuljahr begonnen, kam überraschend mein Vater zu Besuch. Er war aus Südamerika zurückgekehrt und brachte uns eine Holzmaske eines Eingeborenenmedizinmannes, die wir in der Küche an die grüne Wand hängten. Wie immer fragte er mich, wie es denn Nick ginge, und dieses Mal konnte ich ihm wenigstens sagen, dass Nick und ich schon einmal zusammen im Kino gewesen wären und auch sonst gut miteinander auskämen.

»Heißt das, dass er dein Freund ist?«

»Wir sind befreundet«, gab ich zu.

»Früher, da warst du in ihn verliebt, Rosy.«

»Früher hatte ich von nichts eine Ahnung«, sagte ich.

»Und jetzt hast du eine Ahnung?«

»Und wie.« Ich bat ihn, mit mir zum Stadtrand zu fahren, wo Nick während der Sommerferien und manchmal nach der

Schule in einem Fahrradladen arbeitete, um sich Geld für das spätere Studium zu verdienen. Er sollte nämlich, so wünschten es seine Eltern, Arzt werden.

»Nick hat mich schon oft nach dir gefragt«, sagte ich meinem Vater. »Er wollte wissen, ob du wirklich lieber einen Sohn gehabt hättest als ein Mädchen.«

Jetzt war es raus. Er fuhr an den Straßenrand und hielt an.

»Hallo«, sagte er, weil ich geradeaus durch die Windschutzscheibe seines BMW starrte. »Hallo, Rosy, wer behauptet denn so was Dämliches?«

Ich hob die Schultern.

»Ich hab's halt mal gehört.«

»Von wem? Etwa von deiner Mutter?«

»Das weiß ich nicht mehr.«

Er holte tief Luft.

»Rosy! Schau mich an!«

Ich sah ihn an. Mir war ganz unheimlich zu Mute, aber er lächelte. Trotzdem traute ich ihm nicht.

»Rosy, deine Mutter und ich, wir haben uns damals getrennt, weil wir uns nicht mehr verstanden. Das war der einzige Grund. Wir hatten uns auseinander gelebt und obwohl wir versuchten zusammenzubleiben, ging es nicht mehr. Vielleicht kannst du dich noch an die Auseinandersetzungen erinnern, die wir hatten?«

»Das ist lange her«, sagte ich, obwohl ich mich noch fast an jeden Streit erinnern konnte.

»Mit euch hatte das nichts zu tun, Rosy. Nicht das Geringste, glaub es mir. Und dass ich an deiner Stelle lieber einen Sohn gehabt hätte, das ist absoluter Quatsch. Sag mir, wer dir das gesagt hat, Rosy!«

»Ich kann mich nicht mehr erinnern, wer es mir gesagt hat«, log ich. »Es ist ja auch gar nicht so wichtig.«

Er sah mich von der Seite an und es schien mir, als wollte

er noch etwas sagen, aber er schwieg und legte den ersten Gang ein. Ohne ein weiteres Wort über diese Angelegenheit zu verlieren, fuhren wir zum Fahrradladen. Nick war gerade dabei, ein Vorderrad zu zentrieren, und als er uns reinkommen sah, fiel ihm der Speichenschlüssel aus der Hand.

»Ist er das?«, fragte mein Vater. Er schien überrascht zu sein, weil Nick sich mit vierzehn schon rasieren musste, was jeder an seinen Bartschatten auf Anhieb sehen konnte. »Er sieht ziemlich erwachsen aus für sein Alter.«

»Ich hab dir doch gesagt, dass er ein Grieche ist«, sagte ich leise.

Er studierte Nick, als wäre er von einem Künstler der Antike in Marmor gemeißelt worden, und eigentlich sah er genauso aus, wie er da in der Werkstatt stand, steif und starr, jedoch im Gegensatz zu den meisten griechischen Statuen zum Glück voll angezogen und mit einer fleckigen blauen Schürze vor dem Bauch.

»Das ist mein Vater«, sagte ich zu Nick, der lange geglaubt hatte, Trittschuh wäre mein Vater. Sie gaben sich die Hand und mein Vater lud uns zum Abendessen ein, falls Nicks Eltern nichts dagegen hätten. Nick sagte, dass seine Eltern ihn ganz bestimmt gehen lassen würden, und damit war die Sache gebongt. Beim Hinausgehen kaufte mir mein Vater noch eine Fahrradmütze, die ich mir gleich aufsetzte, mit dem Schild nach oben geklappt, und so gingen wir die Straße hinunter und ich erzählte ihm, dass wir mit Trittschuh zusammen im Winterurlaub nach Österreich fahren würden oder in die Schweiz nach Engelberg, wo einer seiner reichen Freunde ein Chalet besaß.

»Ich wusste gar nicht, dass du Schi fährst«, sagte er.

»Du hast mir doch die ersten Schier gekauft. Erinnerst du dich nicht mehr?«

Er erinnerte sich tatsächlich nicht mehr daran, dass er mir

meine ersten Schier vor sieben Jahren zu Weihnachten geschenkt hatte, als er von einem längeren Aufenthalt in Südafrika nach Europa zurückkehrte. Ich konnte ihm das natürlich nicht übel nehmen, dass ihm solche Ereignisse nicht im Gedächtnis haften geblieben waren. Was für mich von absolut größter Bedeutung sein mochte, waren für ihn wahrscheinlich nur Kleinigkeiten, für die er weder im Kopf noch in seinem Herzen einen Platz fand. Mein Vater ist nämlich der Außendienstmitarbeiter einer weltberühmten Maschinenfabrik, die ihre Maschinen überallhin verkauft, nach Brasilien zum Beispiel, nach Japan und nach Südafrika. Diese Maschinen sind computergesteuert und stellen ohne menschliche Hilfe kleine Plastikteile her, wie zum Beispiel Schaltknöpfe für Radios und Teile von Kinderspielzeugen. Genau weiß ich nicht, wie das funktioniert, aber wenn irgendwo in der Welt etwas mit einer Maschine schief geht oder wenn eine neue Maschine installiert wird, dann fliegt mein Vater meistens dorthin, um entweder die Leute mit der Maschine vertraut zu machen oder um die Reparaturarbeiten zu überprüfen. Das ist es. Deshalb kam es damals zur Scheidung, glaube ich. Weil er mehr unterwegs war als zu Hause und meine Mutter nicht mehr so recht wusste, warum sie ausgerechnet mit ihm verheiratet sein sollte und nicht mit einem, der wenigstens bei ihr wohnte.

Wir gingen zusammen mit Andrea, meiner kleinen Schwester, zum Einkaufen. Er kaufte mir eine Uhr und einen neuen Anorak und Andrea wollte unbedingt ein neues Kleid und ein Paar halbhohe weiße Stiefel mit goldenen Schnallen und dann tranken wir in einem Café heiße Schokolade und schließlich sagte er uns, dass er nicht mehr mit seiner Freundin zusammen war und bis auf weiteres allein in Freiburg leben werde.

»Hast du denn keine neue Freundin?«, fragte ich ihn.

»Hm, ich kenne da eine Frau, mit der ich sehr gut zurechtkomme«, sagte er. »Wenn ihr einmal nach Freiburg kommt, werdet ihr sie kennen lernen.«

Er sagte uns ihren Namen nicht und wir fragten ihn auch nicht danach, aber insgeheim wünschte ich mir, er hätte mich gleich nach Freiburg mitgenommen. Schon solange ich denken konnte, wünschte ich mir, dass er mich von hier wegholen würde, aber meine Mutter sagte, dass er keine Zeit hätte, sich mit Kindern zu beschäftigen, und mein Bruder Matthias war davon überzeugt, dass es die Gerichtsentscheidung war, die ihn davon abhielt, uns öfter zu besuchen oder uns zu sich zu nehmen.

Andrea sagte, dass sie viel lieber nach München gehen würde oder nach Paris als nach Freiburg. Sie hatte leider zu jener Zeit von nichts eine Ahnung, außer von Mode und von Models und idiotischen Kleidern, die kein Mensch anziehen konnte, außer zu 'ner Modeschau.

Wir redeten über die Schule und was aus uns einmal werden sollte und Andrea wusste schon alles und sagte ihm, dass ihr Leben der Laufsteg sei, während ich leider wieder einmal zugeben musste, dass ich über mein späteres Berufsleben nicht sehr oft nachdachte. Ich wusste nicht, was ich werden sollte, Sportartikelverkäuferin oder was, aber er lachte nur und erklärte mir, dass für mich die Zeit ohnehin noch nicht gekommen sei, über meine Zukunft nachzudenken. »Aus dir wird ganz bestimmt etwas Rechtes«, sagte er, ohne mir zu erklären, was für ihn »etwas Rechtes« war, aber ich fühlte mich danach ziemlich gut, weil er anscheinend Vertrauen in meine Fähigkeiten setzte, und das fiel mir manchmal selbst schwer. Selbstbewusstsein nennt man das wohl, was mir ab und zu fehlte, ohne dass es zum Beispiel meine Mutter oder andere Leute merkten. Er fragte uns nach Trittschuh und Andrea sagte ihm, dass er immer nett wäre und es zwischen ihm und Mutter nie Streit gäbe, so wie das früher der Fall gewesen war.

Ich konnte mir gar nicht vorstellen, dass sie sich überhaupt an die Streitereien zwischen Vater und Mutter erinnern konnte, weil sie damals, als sie sich scheiden ließen, nicht einmal ganz drei Jahre alt gewesen war.

»Es freut mich, dass es euch jetzt gut geht«, sagte mein Vater. »Es geht dir doch gut, nicht wahr, Rosy?«

»Ja, es geht uns gut«, sagte ich, aber ich sah ihn dabei nicht an, weil er mir wahrscheinlich angesehen hätte, dass ich ihn anlog. Es ging mir nämlich, seit er weg war, nur hin und wieder richtig gut, weil in meinem Innern manchmal noch alles ziemlich aufgewühlt war, obwohl seit der Scheidung schon mehr als acht Jahre vergangen waren. Er war mein Vater und das sollte er nie vergessen. Trittschuh war für mich ein Fremder, der mit meiner Mutter schlief und nett zu uns war. Das war alles. Ich wusste nicht, ob er hätte begreifen können, wie es in mir aussah, und so versuchte ich gar nicht erst, es ihm zu erklären. Er hatte sein Leben und ich hatte meines.

Am Abend wollten wir zusammen essen, Nick und ich und mein Vater. Er hatte in einem Restaurant, das *Zum alten Rathaus* hieß, einen Tisch für drei reserviert. Ich hatte mir überlegt, ob ich ein Kleid anziehen sollte, kramte aber dann ein paar fadenscheinige Jeans hervor und ein weißes T-Shirt mit kurzen Ärmeln. Darüber trug ich eine schwarze Motorradjacke, die ich irgendwann mal im Müll gefunden hatte und um die mich die ganze Schule beneidete, weil sie nämlich völlig alt aussah, so als hätte sie schon Marlon Brando vor vierzig Jahren getragen. Mein Vater staunte nicht schlecht, als er mich in meinen Klamotten auf der Straße stehen sah. Er parkte den BMW auf der anderen Straßenseite und ich ging in meinen Klotzstiefeln über die Straße und machte von innen die Seitentür auf.

»Du gehst wie ich«, sagte er, als ich eingestiegen war. »Die gleichen Bewegungen. Das ist mir bisher noch gar nicht aufgefallen.«

»Ich bin deine Tochter«, sagte ich scherzhaft.

Er lachte und legte einen Arm über die Rückenlehne und über meine Schultern und so fuhren wir zur Straße, wo Nick wohnte, aber er stand nicht unten auf der Straße, so wie es ausgemacht war. Wir warteten eine Weile, aber als er nicht kam, sahen wir uns an und er schlug vor, den Karanikolos' einen Besuch abzustatten.

»Ach was, dann gehen wir eben allein«, sagte ich und wir fuhren in seinem schwarzen BMW durch die Stadt und im Radio kam coole Musik aus den Sechzigerjahren, als er selbst noch ein Junge gewesen war, Bob Dylan und Peter, Paul und Mary und Steppenwolf, und wir redeten nicht, während wir durch die Stadt fuhren. Es fing an zu regnen und auf dem nassen Asphalt spiegelten sich die Lichter der Stadt und alles schien viel bunter als sonst, ein buntes Gewirr von Licht und Schatten im glitzernden Nieselregen.

»Wenn du nach Freiburg kommen willst, musst du mir das sagen«, sagte er plötzlich. »Ich weiß nicht, ob deine Mutter zustimmen würde oder nicht. Sie weiß, dass ich keine Familie habe.«

»Wir sind auch keine Familie«, sagte ich.

Er lachte. »Wie meinst du das?«

»Trittschuh tut zwar, als wäre er unser Vater, aber das ist er nicht. Also sind wir keine richtige Familie.«

»Trittschuh tut sein Bestes, Rosy«, sagte er.

»Alle tun ihr Bestes«, sagte ich.

Er sagte nichts mehr. Ich dachte an Nick und fragte mich, warum er wohl die Verabredung mit uns nicht eingehalten hatte. Er hatte mich bisher nicht ein einziges Mal sitzen lassen.

»Hilde hat einen Buchladen«, sagte mein Vater plötzlich in meine Gedanken hinein.

»Und wer ist Hilde?«

»Meine Freundin.« Er parkte den BMW in der Nähe des *Rathauses.* Wir stiegen aus und da wir keinen Schirm dabeihatten, rannten wir nebeneinander auf dem nassen Kopfsteinpflaster die schmale Gasse hinunter. Mein Vater war für seine vierzig Jahre noch immer gut drauf, obwohl er schon ein kleines Bäuchlein hatte. Er nahm mich beim Laufen an der Hand und als wir vor der Tür des *Rathauses* ankamen, umarmte er mich, und die Leute, die herauskamen, sahen uns ziemlich argwöhnisch an, weil ich nämlich eher wie ein Junge aussah als wie ein Mädchen, und kein Schwein hätte auf den Gedanken kommen können, dass ich seine Tochter war.

Ich weiß nicht, ob ihm damals schon ein Licht aufgegangen war, aber er ließ sich nichts anmerken. Wir aßen Forelle und Pellkartoffeln und Gemüse und er trank Wein und ich eine Cola und später, es war schon beinahe elf Uhr, brachte er mich nach Hause. Er kam nicht mit rauf. Ich wusste, dass es ihm jedes Mal eng wurde, wenn er meiner Mutter begegnete, besonders in unserer kleinen Wohnung, wo er nicht die Flucht ergreifen und sich irgendwo verstecken konnte.

Oben saßen Trittschuh und meine Mutter in der Küche und ich merkte sofort, dass etwas nicht stimmte.

»Rosy«, hörte ich die Stimme meiner Mutter, als ich im Flur meine Schuhe auszog.

»Ja.« Ich ging in die Küche. Sie sahen mich an, als hätten sie mich noch nie zuvor gesehen. Trittschuh hatte ein merkwürdiges Lächeln im Gesicht, so als wollte er sich für das, was nun folgen würde, schon im Voraus entschuldigen.

»Ein Herr Karanolos hat heute Abend angerufen«, sagte meine Mutter.

»Karanikolos«, verbesserte ich sie. »Das ist Nicks Vater. Was ist los? Warum schaut ihr mich so an?«

»Das weißt du nicht?«, fragte meine Mutter zurück.

»Wie soll ich das denn wissen, wenn ihr es mir nicht sagt?«

Ich wurde innerlich wütend, versuchte aber, mich zu beherrschen.

Trittschuh erhob sich, als wäre ihm der Küchenstuhl unter seinem dicken Hintern zu heiß geworden.

»Dieser Nick Karanolos, das scheint ein Ausländer zu sein«, sagte er. »Türke, nehme ich an.«

»Grieche.«

»Grieche? Seit wann haben wir denn auch noch Griechen hier?«

»Heinrich, das hat nun doch wirklich nichts mit dieser Sache zu tun«, sagte meine Mutter ungeduldig.

Er hob die Schultern. »Natürlich, du hast Recht, Brigitte.« Er machte den Kühlschrank auf, kramte darin herum und holte einen Jogurt heraus.

Meine Mutter musterte mich. »Du ziehst dich immer öfter wie ein Junge an, Rosy«, sagte sie. »Du gibst dir überhaupt keine Mühe mehr, dir ein mädchenhaftes Benehmen zuzulegen. Kannst du mir vielleicht erklären, wie das kommt?«

»Wie was kommt, Mutter?«

»Dein Benehmen! Dass du dir keine Mühe mehr gibst! Schau dich nur einmal an, wie du aussiehst! Wie ein Junge. Immer nur Jeans. Und diese vergammelte Lederjacke. Außerdem hast du dir einen Schritt angewöhnt, der mich an deinen Vater erinnert.«

Ich lächelte.

»Gibt es sonst noch was an mir auszusetzen, Mutter?«

»Dieser Herr Karanolos, der hat mir ...«

»Karanikolos!«

Trittschuh meldete sich zu Wort. »Da hilft doch bloß eine Eselsbrücke. Denk doch einfach an Karnickel, Brigitte, dann ...«

»Darf ich jetzt vielleicht einfach mal weiterreden, ohne dass mich jemand unterbricht!«, fiel ihm meine Mutter heftig ins Wort. »Also, Nicks Vater hat mir am Telefon gesagt, dass er es nicht gerne sieht, wenn sich sein Sohn Nick mit einem Mädchen einlässt, das einen schlechten Ruf hat.«

»Das kann ich mir überhaupt nicht vorstellen, dass das stimmt«, sagte Trittschuh. »Ich meine, dass Rosy einen schlechten Ruf hat. Das wäre dir doch zuerst zu Ohren gekommen, Brigitte.« Er holte einen Kaffeelöffel aus der Schublade und setzte sich an den Tisch, um seinen Jogurt zu essen.

Ich stand bei der Tür und wusste nicht, was ich sagen sollte. Ich selbst hatte keine Ahnung, dass ich einen schlechten Ruf hatte. Das heißt, Alex zum Beispiel hatte natürlich im Laufe der Jahre einige Gerüchte in Umlauf gesetzt, aber das war man ja in der Schule und überall von ihm gewohnt. Außerdem hatte ich einmal am Bahnhof ein Moped geklaut, aber nach drei Kilometern war mir das Benzin ausgegangen und ich hatte es am Straßenrand stehen lassen. Davon wussten nur Sebastian und Oliver etwas, weil sie nämlich dabei gewesen waren. Ich hatte also beinahe ein blitzblankes Gewissen und konnte mir nicht vorstellen, was Nicks Vater dazu veranlasst hatte, meiner Mutter den Abend zu verderben. Überhaupt war ich nicht in Stimmung, diese Ausfragerei noch länger über mich ergehen zu lassen.

»Ich bin müde«, sagte ich deshalb. »Kann ich jetzt ins Bett gehen?«

»Zuerst will ich von dir wissen, was du zu den Anschuldigungen dieses feinen Herrn Karanolos zu sagen hast, meine Liebe.«

»Welchen Anschuldigungen denn?«, schnappte ich.

»Du weißt schon ...«

Ich schüttelte den Kopf.

»Was habe ich denn getan, Mutter? Sag es mir!«

Trittschuh wagte es nicht, von seinem Jogurt aufzublicken. Die Uhr an der Wand schlug an. Es war Mitternacht. Geisterstunde, Märchenstunde. Alles war Kacke. Ich wäre am liebsten davongelaufen. Nirgendwohin. Einfach in die Nacht hinaus. In den Nieselregen und in die Kälte. Wenigstens hätte ich dann besser atmen können.

»Sag es ihr, Heinrich«, forderte sie Trittschuh auf.

Er hob die Schultern.

»Es ist eigentlich nichts Schlimmes«, sagte er. »Aber man macht sich halt Sorgen, Rosy. Das musst du verstehen.«

Ich schwieg. Es war jetzt still in der Küche. Aber auf dem Flur vernahm ich ein leises Geräusch. Ich war sicher, dass Andrea erwacht war und zur Küchentür schlich, um zu lauschen.

»Es heißt, dass du dich mehr für Mädchen interessierst als für die Jungen, Rosy«, sagte Trittschuh.

»Und wenn dem so ist, dann ist das ein Problem, das wir nicht unbeachtet lassen sollten«, sagte meine Mutter.

»Ein Problem vielleicht nicht gerade, aber es gibt Dinge, die man tun kann, Rosy. Das erfordert aber, dass wir ehrlich sind zueinander und dass du uns sagst, was los ist!«

»Wir möchten nämlich nicht, dass du dieses Problem ein Leben lang mit dir herumschleppst. Und man kann darüber noch so unbefangen denken, unsere Gesellschaft ist einfach noch nicht so weit, dass sie solche Sachen toleriert, Rosy.«

»So was wird immer Anstoß erregen«, sagte Trittschuh. »Die meisten Leute sind eben nicht tolerant, wenn es um solche Dinge geht. Allein schon die Religion …«

»Und überhaupt, Rosy, je früher man dagegen etwas unternimmt, desto besser. Ich habe mit Dr. Winkler gesprochen. Und mit Dr. Hofheinz, dem Rektor. Sie meinen beide, dass es heutzutage Fachleute gibt, die so was in den Griff kriegen können.«

Ich stand da, als hätte man mir mit Keulen ins Genick geschlagen. Tausend Gedanken wirbelten gleichzeitig durch meinen Kopf. Ausgerechnet Hofheinz, dieser arrogante Knilch, der uns Schüler wie Dreck behandelte, machte sich Sorgen um mein Innenleben. Und mein Arzt, der mich sozusagen auf die Welt gebracht hatte und der genau wusste, dass ich absolut normal war. Ich dachte an meine Freunde, an Sebastian und an Oliver, und ich dachte an die anderen Jungs in der Schule und an meine Freundinnen, von denen ich eigentlich nur zwei oder drei hatte, und dann fielen mir Roland ein und Herr Kalmbach, der Hausmeister, und mein Deutschlehrer, der mir einmal ein Buch über Indianer geschenkt hatte und der sich manchmal, wenn er durch die Reihen ging, so dicht über mich beugte, dass ich seinen Atem im Gesicht spüren konnte. Und ich dachte an meinen Vater, der heute Abend zum ersten Mal bemerkt hatte, dass ich mich beim Gehen wie er bewegte, und an die Leute im *Rathaus*, die uns am Eingang so unverschämt angestarrt hatten, und ich dachte daran, dass ich meine Puppen an irgendwelche Mädchen verschenkt hatte, als ich klein gewesen war, und dass ich mein Schlüsselbein gebrochen hatte, als ich es den Jungs nachmachen wollte, an einem Stock über den Maschendrahtzaun zu springen. So viele Sachen fielen mir ein, dass ich überhaupt keinen klaren Gedanken mehr fassen konnte. Ich konnte nicht einmal mehr richtig sehen. Die ganze Küche schaukelte und verzog sich vor meinen Augen und ich geriet beinahe in Panik.

Noch immer hallte mir das Echo der Worte durch den Kopf, die Trittschuh und meine Mutter gesagt hatten.

»Und Nick«, stieß ich hervor, »ist Nick vielleicht ein Mädchen?«

»Du sollst Nick in Ruhe lassen, hat mir dieser Herr Karanolos gesagt, Rosy. Er will nicht, dass sein Sohn durch dich ins Gerede kommt. Das verstehst du doch, oder?«

Ich verstand eigentlich überhaupt nichts und das wollte ich

ihr sagen, aber ich brachte jetzt kein Wort mehr hervor, weil mir irgendetwas den Hals zudrückte.

»Wenn du denkst, dass man dir Unrecht tut, dann solltest du uns das jetzt sagen«, mischte sich Trittschuh wohlwollend ein. »Deine Mutter und ich, wir stehen hinter dir, Rosy, das sollst du wissen! Wir stehen immer hinter dir, ganz gleich, was es ist.«

Meine Mutter streckte die Hand nach mir aus, eine stille Aufforderung, näher zu kommen. Aber in diesem Moment konnte ich das alles nicht mehr brauchen, was sie mir anboten. Sie hatten mich geschafft und ich versuchte irgendwo tief in mir einen Halt zu finden, an dem ich mich hätte aufrichten können.

»Darf ich jetzt ins Bett?«, würgte ich schließlich hervor. Und ich wartete ihre Antwort gar nicht ab, sondern drehte mich um, stieß die Tür auf und lief aus der Küche. Im Flur wich mir Andrea so schnell aus, dass sie den Schirmständer umstieß, und ich lief an ihr vorbei in mein Zimmer, knallte die Tür hinter mir zu und verriegelte sie.

Draußen war es einige Sekunden lang still. Dann hörte ich Mutter mit Andrea reden und Andrea begann zu weinen. Ich setzte mich aufs Bett und ich versuchte vergeblich, die Tränen zurückzuhalten. Sie liefen mir einfach aus den Augen, obwohl ich sie ganz fest zusammenkniff, über meine Wangen und ich wischte sie mir mit dem T-Shirt vom Gesicht.

Draußen war es eine Weile still.

Dann ging der Fernseher an. Ich musste auf die Toilette, aber ich weigerte mich, mein Zimmer noch einmal zu verlassen. So pinkelte ich in die Blumenvase, die mit einigen verdorrten Feldblumen auf dem Fenstersims stand. Die Blumen hatte ich von Nick vor mindestens drei Wochen bekommen. Es waren viele Mohnblumen dabei gewesen, feuerrote Mohnblumen, die im Sonnenlicht richtig geglüht hatten.

Ich legte mich angezogen aufs Bett und löschte das Licht. Durch die Schlitze im Rollladen fiel das kalte Licht einer Straßenlaterne. Es regnete draußen. Ich konnte es trotz des Fernsehers hören. Autos fuhren unten auf der nassen Straße vorbei. Meine Lederjacke roch nach Schuhwichse. Es wurde mir übel von dem Geruch. Ich zog sie aus und verstaute sie unten im Schrank bei den Schuhen. Im schwachen Licht von draußen sah ich mich im Innenspiegel der Schranktür an. Lang und dünn war ich, fast ohne Hüften. Natürlich hätte ich gut ein Junge sein können, besonders seit ich mir das Haar so kurz hatte schneiden lassen, dass der Frisör mich dreimal gefragt hatte, ob mir denn dieser Haarschnitt von meinen Eltern erlaubt worden sei.

Ich zog mich vor dem Spiegel aus und starrte mich an, diesen mageren, langen Körper, der weiß schimmerte, als wäre er aus Porzellan. Ja, ich hatte Brüste. Ziemlich klein waren sie zwar, aber dennoch konnte jeder sehen, dass ich ein Mädchen war. Kalmbach, zum Beispiel, wäre bestimmt nie auf die Idee gekommen, dass ich ein Junge bin, nicht einmal, als ich drei war und mit meiner ersten Puppe und der Wasserpistole meines Bruders auf dem Mäuerchen saß und ihm auf die kleine Glatze hinunterspritzte. Und später sowieso schon gar nicht mehr.

Ich zog meinen Slip an und das T-Shirt und legte mich wieder aufs Bett. Ich schlief ein, wachte aber wenig später wieder auf. Die Übelkeit steckte schon in meinem Hals. Ich stand auf und schlich mich hinaus. Im Wohnzimmer saßen Trittschuh und meine Mutter vor der Glotze. Ich schlich mich durch den dunklen Flur ins Badezimmer und übergab mich.

Lange nach Mitternacht kam Mutter in mein Zimmer.

Ich schlief nicht. Sie setzte sich auf den Stuhl neben der Kommode. Die Lichtstreifen schnitten sie in gleichmäßig dünne Scheiben. Wie mit der Wurstschneidemaschine.

»Rosy«, flüsterte sie plötzlich.

Ich reagierte nicht darauf. Da erhob sie sich und sie kam zum Bett und beugte sich über mich. Sie küsste mich auf die Schläfe und beinahe hätte ich sie umarmt.

Sie ging hinaus und machte die Tür leise hinter sich zu.

3

Ich wollte nicht aufwachen, obwohl ich schon eine geraume Zeit beinahe wach war. Ich hörte Trittschuh ins Bad gehen. Er war jeden Morgen der Erste, der die Toilette benutzte, außer am Sonntag. Die Wände in unserem Haus waren so dünn, dass ich ihn pinkeln hören konnte. Er pinkelte lange, und wenn er fertig war, nahm er Klopapier und putzte den Rand der Klosettschüssel. Das hatte von den anderen, die nach meinem Vater kamen, keiner getan. Ich mochte ihn schon allein deswegen.

Wie jeden Morgen rasierte er sich mit dem Elektrorasierer und er putzte seine Zähne mit der elektrischen Zahnbürste und dann duschte er, und wenn ich später ins Bad ging, war der große Spiegel geputzt und es roch immer noch nach seinem Eau de Cologne und manchmal lagen ein paar rostrote Härchen von ihm in der Waschschüssel, aber das störte mich nicht. Er trank Kaffee zum Frühstück und aß zwei Butterbrote mit Orangenmarmelade drauf und am Sonntag gab es für alle frische Brötchen und Croissants und wir frühstückten nicht in der Küche, sondern entweder im Wohnzimmer am Esstisch oder, wenn es ein schöner Sommermorgen war, auf dem Balkon.

Heute war nicht Sonntag. Heute war ein ganz gewöhnlicher Mittwoch und ich hatte Schule. Für mich hätte es auch der letzte Tag sein können. Weltuntergang. Das Jüngste Gericht.

Trittschuh klopfte an die Zimmertür.

»Rosy, es ist halb acht«, sagte er.

Ich hörte ihn leise mit meiner Mutter reden und ich hörte meinen Bruder in der Toilette beim Pinkeln und er war der, der nie den Rand putzte, und auch sonst ging er mir allmählich auf die Nerven, weil er so unordentlich war und jeden Sonntag stundenlang mit seinen Freunden das Wohnzimmer belegte und mit seinem dämlichen Schumi-Helm auf dem Kopf Formel 1 glotzte.

Kurz nach acht kam meine Mutter herein.

»He«, sagte sie, »guten Morgen, mein Schatz!«

Sie wollte den Rollladen hochziehen, aber ich sagte ihr, ohne dabei die Augen zu öffnen, dass ich mich nicht besonders gut fühlte und mich mitten in der Nacht erbrochen hatte.

Sie setzte sich zu mir auf den Bettrand und nahm meine Hand in ihre Hände. Eine Weile saß sie nur da, ohne etwas zu sagen. Ich blickte aus halb geschlossenen Lidern zu ihr auf. Sie trug ihren rosafarbenen Morgenmantel und als sie sich über mich beugte und mir einen Kuss gab, roch ich Zahnpasta.

»Du hast dich bestimmt über unser Gespräch zu sehr aufgeregt, mein Schatz«, sagte sie.

»Ich glaube, ich krieg die Grippe«, wich ich ihr aus.

Sie lachte auf. »Gestern noch warst du kerngesund und heute...«

»Ich fühlte mich gestern schon nicht sehr gut«, unterbrach ich sie. »Vielleicht habe ich im *Rathaus* auch nur etwas gegessen, was mir nicht bekommen ist.«

Sie drückte meine Hand fester.

»Rosy, es geht nicht, dass du ausgerechnet jetzt, zu Beginn des Schuljahres, die Schule schwänzt. Das würde gewisse Leute nur noch auf schlimmere Ideen bringen. Was meinst du, wenn du in die Schule gehst und ich dafür am Abend mit den Karanolos mal rede?«

Ich entzog ihr meine Hand und drehte ihr den Rücken zu.

»Ich will aber nicht, dass du mit jemandem über mich redest«, sagte ich.

»Dann stört es dich nicht, was die Leute …«

Jetzt warf ich die Bettdecke zurück und stand so schnell auf, dass mir schwindlig wurde.

»Die Leute gehen mich nichts an«, schnappte ich, während ich aus dem Zimmer stürzte und mich im Badezimmer einschloss. Ich duschte fast zwanzig Minuten lang und danach fühlte ich mich besser. Andrea klopfte ein paar Mal gegen die Tür, aber ich ließ sie nicht rein. Ich kämmte mein Haar sorgfältig, legte Make-up auf, schminkte mir die Lippen, zog meine braunen Augenbrauen mit einem dunklen Stift nach, knipste mir zwei wuchtige Ringe an die Ohrläppchen und ging in mein Zimmer zurück. In einer der Schubladen fand ich eine beinahe durchsichtige Bluse und einen Minirock mit einem Reißverschluss vorne. Als ich mein Zimmer wieder verließ, stand meine Mutter im Flur, den Morgenmantel mit einer Hand am Hals zusammenhaltend, so als friere sie.

»Da… das Frühstück steht auf dem Tisch«, stotterte sie.

»Ich mag nicht«, antwortete ich ihr.

»Rosy, ohne etwas zu essen, solltest du nicht …«

Sie brach ab, ohne dass ich ihr ins Wort gefallen wäre. Ich nahm den Sportsack mit meinen Büchern vom Garderobentisch, hängte ihn mir über die Schultern und ging zur Tür.

Meine Mutter wollte mich am Am zurückhalten, aber ich riss mich los.

»Rosy, es regnet. Du solltest zumindest einen Pullover anziehen und deine gelbe Regenjacke.«

Ich ließ sie einfach stehen und rannte die Treppe hinunter. Unten, im Erdgeschoss, stand Kalmbach, klein und dick und mit ölverschmierten Händen. Er war eben aus dem Keller gekommen, wo er an der Heizung herumhantiert hatte.

»Oh, Herr Kalmbach, würde es Ihnen etwas ausmachen, mich zur Schule zu fahren?«, fragte ich ihn.

Seine Schweineaugen leuchteten auf und mir wurde angst und bange, aber ich konnte jetzt keinen Rückzieher mehr machen, zumal ich wusste, dass Mutter noch immer oben in der Tür stand und meine Worte durch das Treppenhaus zu ihr hochhallten.

»Aber selbstverständlich kann ich das tun«, sagte Kalmbach eilfertig. »Ich hol nur eben mal die Wagenschlüssel und wasch mir die Hände.«

Ich wartete unten auf ihn. Als er endlich erschien, waren seine Hände bis auf die Trauerränder unter den Fingernägeln sauber und er roch nach Parfüm, das wahrscheinlich seine Frau benutzte.

Er fuhr mich zur Schule und ich bemerkte, dass er schwitzte, obwohl die Heizung in seinem alten Opel nicht richtig funktionierte. Außerdem schielte er die ganze Zeit zu mir herüber, auf meine weißen kantigen Knie.

»Hübsch siehst du aus, heute Morgen«, sagte er schließlich. »So ganz anders als sonst.«

»Wie ein Mädchen, nicht wahr?«

Er lachte auf. »Ein hübsches kleines Mädchen, das bald eine schöne Dame sein wird.«

Es war ein Wunder, dass er nicht zu sabbern anfing. Wofür hielt er sich eigentlich? Für den Don Juan de Marcos oder was? Ich hasste ihn und ich hasste mich dafür, dass ich neben ihm saß und ihn mit meinem Minirock und der durchsichtigen Bluse regelrecht aufgeilte. An einer Kreuzung, als die Ampel auf Rot umschaltete, fuhr er noch drüber, und auf der anderen Seite warteten schon die Bullen und sie stoppten ihn und sahen mich misstrauisch an, und Kalmbach versuchte ihnen stotternd klarzumachen, dass ich zu spät zur Schule käme. Das nützte alles nichts. Er kriegte seinen Bußzettel und einer der Bullen sagte ihm, dass er sich besser erst einmal beruhigen solle, bevor er weiterfuhr.

Er war furchtbar aufgeregt und fast tat er mir Leid, aber machen konnte ich natürlich nichts. Auf der Weiterfahrt nannte er die Bullen Schweine und dann kam er auch gleich wieder zur Sache und er fragte mich, ob ich ihm am Wochenende im Keller behilflich sein könnte, den Heizöltank zu putzen, da dieser demnächst, solange die Preise noch niedrig waren, mit Winterheizöl aufgetankt werden würde.

Ich sagte ihm, dass ich ihm nichts versprechen könne, weil ich am Samstag Fußball spielen sollte und am Sonntag wahrscheinlich mit dem Zug nach Freiburg fahren würde, um meinen Vater zu besuchen. Das war natürlich gelogen, weil ich keine Ahnung hatte, ob mein Vater am Sonntag überhaupt daheim war, aber am Samstagnachmittag war tatsächlich ein Spiel unserer Mädchenmannschaft gegen die Erzrivalen aus der Nachbarstadt.

»Gib mir einfach Bescheid, Rosy! Ich bin am Wochenende die meiste Zeit im Keller.«

Wo er, wenn es nach mir gegangen wäre, verschimmeln konnte. Das sagte ich ihm jedoch nicht. Wir redeten nichts mehr, bis wir endlich beim Schulhaus ankamen, natürlich mit Verspätung.

Er hielt beim Brunnen vor dem Schulhof und da es schon nach neun war, war keine Menschenseele mehr zu sehen. Ich bedankte mich bei ihm für die Fahrt und er murmelte, dass das schon in Ordnung gehe. Bevor er mich irgendwie unsittlich, oder wie das heißt, berühren konnte, war ich aus dem Auto und lief über den Schulhof durch die Pfützen und die Treppe hinauf. Wir hatten Mathe bei Hauser.

Als ich das Schulzimmer betrat, war er gerade dabei, eine

Dreisatzrechnung an die Tafel zu schreiben. In der Klasse brach ein Tumult aus. Die meisten Jungs pfiffen durch die Zähne und machten irgendwelche schmutzigen Bemerkungen. Alex, der alte Angeber, war der Lauteste. »Ich weiß gar nicht, was ihr habt, die Kleine hat ja tatsächlich Titten.«

Ich grinste ihn schief an und ging zu meinem Platz.

Vorne stand Hauser. Seine Augen sahen durch die dicken runden Brillengläser hindurch aus wie Murmeln.

»Bestimmt hast du eine Entschuldigung für dein Zuspätkommen, Rosy«, sagte er.

»Herr Kalmbach, unser Hausmeister, der mich gefahren hat, ist von der Polizei angehalten worden, weil er bei Rot über die Kreuzung fuhr.«

Er kam vom Podium herunter.

»Darf ich um Ruhe bitten, meine Damen und Herren!«, rief er in den Lärm hinein. »Ruhe, bitte! Ihr wollt doch übers Wochenende nicht noch mehr Hausaufgaben machen, als ich euch ohnehin schon geben werde?« Die Drohung wirkte. Langsam kehrte Ruhe ein, aber von überallher grinsten mich irgendwelche dämlichen Gesichter an, während ich mein Matheheft und den Kuli aus dem Sportsack klaubte.

Hauser blieb neben meinem Tisch stehen und blickte auf mich herunter. Ich schlug meine dünnen Beine übereinander, öffnete mein Heft und beugte mich darüber. Ich wusste, dass die Bluse auf meinem Rücken klebte, weil sie beim Laufen über den Schulhof nass geworden war. Somit konnte er wohl sehen, dass ich keinen Büstenhalter trug.

»Du wirst mir morgen eine Entschuldigung bringen, die von deinen Eltern unterschrieben ist«, sagte er.

»Ich habe keine Eltern«, gab ich ihm zur Antwort. Hinter mir lachte Gabriele glucksend. »Ich habe nur eine Mutter.«

»Dann lässt du die Entschuldigung von deiner Mutter unterschreiben, ja!«

Ich gab ihm keine Antwort mehr. Er drehte sich um und ging, ohne etwas zu sagen, kreuz und quer zwischen den Tischen hindurch, schaute jedem ins Gesicht und die meisten mussten sich das Lachen verkneifen, was einigen nicht besonders gut gelang. Schließlich kehrte er zur Tafel zurück. »Nun«, sagte er, »dann fangen wir noch einmal von vorne an.« Er drehte uns den Rücken zu und schon einige Sekunden später reichte mir Gabriele, die direkt hinter mir saß, einen Zettel nach vorn. Ich legte ihn aufs Heft und faltete ihn auseinander. Er war von Fritz Rohleder, einer der übelsten Ratten in unserer Schule. Er hatte ein blutendes Herz darauf gezeichnet, das von einem Pfeil durchbohrt war. Ziemlich einfältig. Aber so war er eben. Dumm wie Stroh. Wahrscheinlich blieb er dieses Jahr wieder mal sitzen. Unten hatte er was hingekritzelt, was kaum zu entziffern war.

Heute Abend um sechs unten am Deich.

Ich wusste natürlich, dass er den Teich meinte und nicht den Deich.

Ich sollte mich nach der letzten Stunde bei Hauser melden. Das richtete mir Bökenschmidt aus, unser Geografie- und Geschichtslehrer. Ich hatte so was Ähnliches eigentlich erwartet, aber nun, als ich in den zweiten Stock ging, wo sich Hausers Klassenzimmer befand, klopfte mir das Herz bis in den Hals hinein, weil ich Hauser eigentlich von allen meinen Lehrern am liebsten mochte. Er war neu in unserer Schule, jung und sportlich, und außerdem sah er, trotz seiner unmöglichen Brille, richtig gut aus. Und verheiratet war er auch nicht. Nicht einmal eine feste Freundin hatte er. In unserer Klasse hatte nur Martin Praglowski Ärger mit ihm, aber das war nicht ungewöhnlich, denn früher oder später bekam Praglowski mit allen Lehrern Ärger, weil er ein furchtbar fauler Kerl war, des Öfteren seine Hausaufgaben nicht machte und bei jeder sich bietenden Gelegenheit von anderen abschrieb.

Bevor ich an die Zimmertür klopfte, an der ein Schild mit Hausers Namen befestigt war, strich ich mir ganz schnell noch eine Haarsträhne aus der Stirn, zupfte an der Bluse herum und drehte den Minirock so, dass der Reißverschluss genau in der Mitte war. Dann erst klopfte ich an, öffnete die Tür und betrat das Schulzimmer.

Hauser saß an seinem Pult und war dabei, Arbeiten zu korrigieren. Als ich die Tür hinter mir zumachte, erhob er sich von seinem Stuhl und nahm die Brille ab. Er hatte richtig himmelblaue Augen, die ganz klar waren und ehrlich.

»Rosy«, sagte er, »Rosy, Rosy, Rosy!« Er lächelte dabei und kam auf mich zu. »Komm, setz dich auf den Stuhl bei meinem Pult, Rosy.« Er nahm mich bei der Hand und ich wollte sie ihm zuerst entziehen, aber dann ließ ich es zu und er führte mich zum Stuhl. Ich setzte mich hin, stellte den Sportsack mit all meinen Büchern und dem anderen Kram auf meine nackten Oberschenkel und umschlang ihn mit meinen Armen. Er sah mir zu, schüttelte den Kopf und setzte sich schräg auf die Schreibtischkante, sodass er nur noch einen Schuh auf dem Boden hatte. Er betrachtete mich und ich betrachtete ihn und so saßen wir uns gegenüber und mein Herz raste, aber das konnte er mir bestimmt nicht ansehen, weil ich äußerlich absolut cool blieb. Absolut cool.

»Es freut mich, dass du mich nicht sitzen lassen hast, Rosy«, begann er plötzlich. »Ich wollte nämlich schon seit einiger Zeit mit dir reden.«

Ich senkte den Kopf etwas und blickte unter den Augenwimpern hervor zu ihm auf.

»Ich habe gestern mit deinem Vater gesprochen, Rosy.«

»Trittschuh ist nicht mein Vater!«

Er lächelte.

»Dein Vater war gestern hier, Rosy. Er wollte sich vergewissern, dass alles in Ordnung ist mit dir und der Schule.«

Ich senkte den Blick. Dabei fiel mir auf, dass er schwarze Socken trug, mit aufgestickten Mäusen. Beinahe hätte ich aufgelacht, aber der Gedanke, dass Vater beim Abendessen kein Wort über seinen Schulbesuch und sein Gespräch mit Hauser verlauten hatte lassen, kam mir gerade noch rechtzeitig in die Quere. Das ärgerte mich. Er hätte mir wenigstens sagen können, dass er sich mit Hauser getroffen hatte, weil er sich Sorgen um mich machte. Oder hatte ihm etwa irgendjemand etwas Blödes über mich erzählt, wie zum Beispiel Nicks Eltern?

»Dein Vater macht sich Sorgen um dich, Rosy«, sagte Hauser.

»In letzter Zeit scheinen sich eine ganze Menge Leute um mich Sorgen zu machen«, gab ich ihm ziemlich schnippisch zur Antwort.

Er blickte mich aufmerksam an. Ich versuchte seinem Blick standzuhalten, aber das gelang mir schlecht. Es wurde mir richtig unbequem auf dem Stuhl.

»Dein Vater gestand mir, dass er selbst nie gut in Mathe gewesen war, wenigstens bis er ins Gymnasium kam. Dann, so sagte er, wäre ihm endlich der Knopf aufgegangen, und wer am meisten dazu beigetragen hätte, wäre sein Mathelehrer, ein gewisser Herr Flak, gewesen, von dem er Nachhilfeunterricht erhalten hätte.« Hauser richtete sich auf dem Schreibtisch etwas auf und verschränkte die Arme über seinem Hemd und der Strickweste. »Und damit sind wir beim Thema, Rosy. Was hältst du davon, wenn ich dir zweimal die Woche Nachhilfeunterricht gebe? Sagen wir jeden Montag und jeden Donnerstag.«

Ich hatte schon seit einiger Zeit damit gerechnet, dass er mir diesen Vorschlag machen würde. Meine Mathearbeiten waren wirklich unter dem Hund und ich wusste, dass er zum Beispiel letztes Jahr Sibylle Nachhilfe gegeben hatte, sodass sie gegen Ende des Jahres immer besser geworden war und schließlich für ihre letzte Prüfungsarbeit mit einer Zwei belohnt wurde.

Außerdem hatte sie sich in Hauser verliebt, aber das wusste außer mir niemand.

»Donnerstag geht nicht!«, sagte ich. »Da haben wir Fußballtraining.«

»Dann am Mittwoch«, schlug er vor.

»Mittwoch?« Ich starrte ihn ungläubig an. Mittwoch, das war doch sein Saunaabend, an dem er sich mit seinen Freunden traf.

»Hat dir Sibylle gesagt, dass Mittwoch mein Saunaabend ist?«, lachte er. »Mach dir nichts draus, Rosy. Wenn es mir gelingt, aus dir einen kleinen Einstein zu machen, verzichte ich für einige Wochen gern auf die Sauna.«

Einstein! Verflucht noch mal, ich wollte kein Einstein sein. Wenn schon, dann eine Einsteinin.

»Was sagst du zu meinem Vorschlag, Rosy? Ich werde mich natürlich mit deiner Mutter absprechen, aber zuerst will ich von dir selbst hören, was du dazu zu sagen hast.«

Ich hätte ihn gern gefragt, was mein Vater dazu gemeint hatte, denn ich war sicher, dass er mit ihm gestern schon darüber gesprochen hatte. Ich schwieg.

Er wartete eine Zeit lang auf eine Antwort, blickte mich dabei nur an, ohne sich zu rühren. Ich blickte zu Boden und zur Wandtafel und dann zum Fenster hinaus. Ich sollte mich mit Fritz, der Ratte, am Teich treffen. Es regnete ziemlich stark und die Blätter der Kastanienbäume leuchteten im Grau, als wären sie mit Goldfarben bemalt.

Hauser erhob sich vom Schreibtisch und trat hinter mich. Ich spürte seine Nähe.

»Nun, Rosy?«

Ich hob den Kopf. Da berührte er mein Haar.

»Du solltest vielleicht dein Haar wieder wachsen lassen, Rosy.«

»Das ... das hatte ich ohnehin vor«, stieß ich hervor.

»Also, dann rufe ich nachher deine Mutter an, wenn es dir recht ist.«

»Okay.«

»Gut, Rosy. Jetzt will ich dich nicht mehr länger hier festhalten. Ich weiß ja, dass Fritz Rohleder am Teich auf dich wartet.«

Mir wurde richtig heiß, als er das sagte, und ich erhob mich vom Stuhl und ging ziemlich rasch zur Tür.

»Hier, das habe ich unter deinem Stuhl gefunden, Rosy«, sagte Hauser und er zeigte mir den kleinen Zettel von Fritz, der Ratte, den ich zerknüllt hatte und der mir später wahrscheinlich aus dem Sportsack gefallen war.

»Der kann lange auf mich warten«, sagte ich, drehte mich um und ging hinaus.

Draußen auf dem Flur holte ich erst einmal tief Luft, aber noch bevor ich einigermaßen Ordnung in mein Innenleben bringen konnte, entdeckte ich Nick Karanikolos in einer Fensternische. Er sah aus, als hätte er ein furchtbar schlechtes Gewissen.

»He, Nick«, sagte ich und blieb stehen.

»He«, sagte er. Neben sich auf der Fensterbank hatte er ein paar Bücher aus der Schulbücherei aufgestapelt.

»Was machst du noch hier?«

»Ich war in der Bibliothek.«

So war er. Ganz anders als die andern. Er las viel und das imponierte mir, obwohl ich selbst freiwillig schon lange nichts mehr gelesen habe, was eigentlich schade ist, denn früher vertrieb ich mir mit Büchern oft die Langeweile.

Nick nahm die Bücher vom Fensterbrett.

»Ich habe hier auf dich gewartet«, sagte er. »Veronika sagte mir, dass du bei Hauser bist.«

»Er wird mir Nachhilfeunterricht in Mathe geben.«

Er nickte. »Du bist nicht sehr gut in Mathe, nicht?«

»Nein.«

»Ich auch nicht. Weißt du, was mein bestes Fach ist?«

»Deutsch?« Ich sagte das mehr zum Spaß, weil er doch Grieche war und sein Deutsch einen nicht zu überhörenden Akzent hatte. Er lachte und nickte.

»Stimmt. Deutsch und Geschichte.«

Wir gingen nebeneinanderher den Flur hinunter. Ich wusste, dass er nicht auf mich gewartet hatte, um mit mir über die Schule zu reden. Bei der Treppe standen Sibylle, Veronika, Lisa und Gabriele. Sie taten, als wären sie nur zufällig hier, und als wir auf sie zukamen, wichen sie ein bisschen auseinander und Sibylle fragte mich, ob ich schnell mal Zeit hätte, weil sie mir dringend etwas sagen müsse.

Ich ging mit ihr ein Stück den Flur hinunter. Nick wartete bei der Treppe. Lisa und Gabriele steckten die Köpfe zusammen und flüsterten einander ins Ohr.

»Was ist?«, fragte ich Sibylle.

»Sag, gibt er dir Nachhilfe?«, fragte sie leise.

»Ja. Jeden Montag und Mittwoch.«

Da umarmte sie mich, als hätte ich etwas ganz Großartiges geleistet. »Ich hab's gewusst«, sagte sie. »Ehrlich, Rosy, ich hab's gewusst.«

Sie ging mir mit ihrem Gehabe mächtig auf die Nerven, weil ich mir genau vorstellen konnte, was sie und ihre Freundinnen sich alles ausgedacht hatten. Die Sache, die sich mit Hauser anbahnte, das war allein meine Sache und ich wollte unter keinen Umständen, dass Hauser ins Gerede kam, weil ich gerade Schwierigkeiten hatte, mit meinem Leben fertig zu werden.

»Du hast merkwürdige Freundinnen«, sagte mir Nick, als wir unten im Erdgeschoss waren. »Besonders diese Veronika. Die ist doch viel älter als du.«

»Ein Jahr. Und meine Freundinnen sind schon okay!«

Er blieb abrupt mitten in der Eingangshalle stehen. Hinter ihm befand sich das große Anschlagbrett. Jemand hatte jede Menge CDs zu verkaufen. Und Xaver Ulmer suchte jemanden, der mit ihm in den Herbstferien eine Mountainbiketour durch die Eifel machte. Zwischen den Kleinanzeigen hing ein Plakat für eine Vorführung unseres Schultheaters.

»Rosy«, sagte Nick so plötzlich, dass ich zusammenzuckte.

»Was ist?«, fragte ich, weil er keine Anstalten machte weiterzureden.

»Rosy, meine Eltern haben mir verboten, dich zu sehen.«

Ich blickte ihm in die Augen. Er hatte richtig schöne griechische Augen, falls es so was wie griechische Augen überhaupt gibt.

»Das wird ziemlich schwierig sein, nicht wahr, Nick? Jedes Mal, wenn wir uns begegnen, müsstest du die Augen zumachen.«

Er lachte.

»Du weißt schon, wie das gemeint ist, Rosy.«

»Dein Vater hat gestern Abend meine Mutter angerufen, Nick.«

»Ich weiß. Und es tut mir Leid, dass er das getan hat. Ich habe versucht ihm alles zu erklären. Ich habe ihm gesagt, dass du ein ganz gewöhnliches Mädchen bist und in der Schule nur ein paar schlecht über dich reden, weil du nichts von ihnen wissen willst. Aber alle meine Einwände waren vergeblich.«

Alle meine Einwände waren vergeblich. So redete er. Kein Wunder, dass Deutsch sein bestes Fach war.

»Ich glaube nicht, dass es mir gelingen wird, dich so einfach aus meinem Leben zu streichen, Rosy«, fuhr er fort und seine

Stimme klang nun ganz anders, sanft und trotzdem eindringlich. »Ich liebe dich nämlich.«

Ich merkte, wie ich auf einen Schlag butterweiche Knie kriegte. Im Leben hatte ich nicht damit gerechnet, dass mir das einmal einer sagen würde. Im Film gibt's das und in Büchern, aber nicht bei mir im wirklichen Leben. Bei mir nicht! Niemals!

Er umarmte mich und ich stand einfach da und zitterte. Was hätte ich sonst tun können. Ich war überhaupt nicht auf so was vorbereitet. Die Bücher fielen hinter mir auf den Boden. Es knallte durchs ganze Schulhaus. Wenn jetzt nur nicht Hauser die Treppe herunterkam. Ausgerechnet jetzt.

»Ich liebe dich, Rosy«, sagte er noch einmal.

»Uh«, sagte ich.

Auf der Treppe erklangen Schritte. Schweiß brach mir aus.

»Lass mich los, bitte«, stieß ich hervor. »Bitte!«

Er ließ mich sofort los und wir bückten uns gleichzeitig, um die Bücher aufzuheben. Eines davon war von Jorge Amado, einem brasilianischen Schriftsteller. Auf dem Umschlag waren ein gelber, schwarz gestreifter Kater abgebildet und eine Schwalbe. *Der gestreifte Kater und die Schwalbe Sinhá* war der Titel. Hinten, unter dem Schwanz, trug der Kater knallrote Hoden zur Schau.

»Es soll ein Kinderbuch sein, aber es ist eher eine wunderbare Liebesgeschichte«, sagte Nick, während ich den Umschlag betrachtete.

»Hast du es schon gelesen?«, fragte ich ihn.

»Nein. Ich habe nur ein paar Seiten angelesen. Willst du es dir ausleihen?«

»Ja. Gern.«

Jetzt kam tatsächlich Hauser die Treppe herunter. Er sah uns sofort, lächelte und wünschte uns im Vorbeigehen einen schönen Abend.

»Magst du ihn?«, fragte Nick, als Hauser draußen war.

»Schon«, sagte ich.

Wir gingen hinaus. Es regnete leicht und wir gingen im Regen über den Schulhof zur Busstation. Die Straßenlaternen brannten schon und die meisten Autos fuhren mit Licht. Ich fragte mich, was passiert wäre, wenn uns Nicks Vater zusammen bei der Bushaltestelle gesehen hätte. Und ich dachte an Fritz Rohleder, der unten am Teich auf mich wartete.

4

Mein Vater rief aus Portugal an. Zuerst quatschte jemand auf Portugiesisch. Ich verstand kein Wort. »Non comprendo«, sagte ich auf Spanisch oder Italienisch. »Aleman, por favor!«

Dann war mein Vater plötzlich dran.

»He«, sagte er, »hast du das Spiel am Samstag gewonnen?«

»Vier zu null. Es hat furchtbar geregnet.«

»Hier in Lissabon ist herrliches Wetter, Rosy. Den ganzen Tag Sonnenschein, den ich leider nicht genießen kann, weil ich hier arbeiten muss.«

»Hier regnet es Tag und Nacht ohne Unterbrechung. Es ist richtiges Novemberwetter, obwohl erst Oktober ist.«

»Du magst doch den Regen, nicht wahr?«

»Ja. Das ist mein Wetter. Grau und nass.«

»Und wie geht es Nick?«

»Gut.«

»Und dir? Wie geht es in der Schule?«

»Gut.«

»Du weißt inzwischen, dass ich mit deinem Mathelehrer geredet habe?«

»Hauser.«

»Ja. Er hat mir vorgeschlagen, dir Nachhhilfeunterricht zu geben.«

»Ja.«

»Und?«

»Ich war heute bei ihm.«

»Gut. Ich hoffe, dass das klappt, Rosy.«

»Du brauchst dir keine Sorgen zu machen.«

»Gut. Und sonst?«

»Sonst ist auch alles in Ordnung.«

»Das freut mich, Rosy. Willst du zu uns nach Freiburg kommen?«

»Wann? Jetzt?«

Er lachte.

»In den Herbstferien. Vierzehn Tage.«

»Die Herbstferien sind schon in drei Wochen.«

»Ja, ich weiß. Ich habe mit deiner Mutter gesprochen und mit Trittschuh. Sie sind beide damit einverstanden.« Er lachte. »Dieser Trittschuh, der ist ziemlich auf Draht, Rosy. Er meint, dass dir vorübergehend ein Tapetenwechsel gut tun würde.«

Ich wurde sofort misstrauisch. War da etwa ein Komplott im Gange? Konnte es sein, dass Trittschuh mich etwa los sein wollte? Wegen dem Gerede und wegen Nick Karanikolos? Vielleicht wusste er, dass ich mich heimlich mit Nick traf. Und Nick hatte auch schon angerufen und seine Stimme verstellt. Zweimal. Beide Male war meine Mutter ans Telefon gegangen und Nick hatte sich mit Robert gemeldet. Danach hatten sie mich gefragt, wer denn dieser Robert wäre, und ich hatte ihnen etwas vorgelogen. Sie trauten mir nicht mehr, das wusste ich.

»Rosy!«

»Ja?«

»Nun, was sagst du dazu?«

»Bist du sicher, dass du mich haben willst?«

»Mann, Rosy, du weißt doch, dass ich dich mag. Das weißt du doch!«

Ich gab ihm keine Antwort. Irgendjemand in seiner Nähe sagte etwas auf Englisch und er antwortete in derselben Sprache.

»Rosy, wir haben ein Problem hier. Ich muss das Gespräch abbrechen. Wir sehen uns also in drei Wochen. Entweder du fährst mit dem Zug oder ich hol dich ab. Was immer du willst, Rosy. Okay?«

»Okay.«

Er hatte es plötzlich eilig und legte sofort auf. Ich ging auf mein Zimmer und starrte durchs Fenster auf die Straße hinunter. Es war dunkel draußen und es regnete. Ein Fahrradfahrer war gestürzt. Einige Autos hatten angehalten. Der Fahrradfahrer lag auf der Straße unter seinem nassen Regenschutz. Er sah aus wie ein klitschnasses Tier, das auf dem schwarzen Asphalt lag, im Scheinwerferlicht der Autos. Jemand half ihm auf die Beine. Er stand unsicher da, einer der Autofahrer stützte ihn und ein anderer stellte das Fahrrad auf und überprüfte es. Nach einer Weile schien der Fahrradfahrer in Ordnung zu sein. Aber er stieg nicht mehr auf, sondern schob sein Fahrrad auf dem Bürgersteig die Straße hoch.

Trittschuh kam vom Geschäft nach Hause. Manchmal arbeitete er lange nach Geschäftsschluss in seinem Laden weiter, machte Inventur oder was. Ich hörte ihn auf dem Flur mit meiner Mutter reden. Er beklagte sich über das Sauwetter. »Dieser Regen hört wohl nie mehr auf«, sagte er. »Wir sollten, wenn die Herbstferien sind, drei Tage nach Mallorca fliegen, Brigitte.«

Sie gingen zusammen ins Wohnzimmer. In der Glotze lief irgendeine dämliche Familienkomödie aus Amerika, eine Sitcom oder wie man das nennt. Dauernd wurde da geredet und nach jedem zweiten Satz lachten irgendwelche unsichtbaren Zuschauer. Mein Bruder Matthias, der sonst nicht mehr viel auf dem Dach hat, meint auch, dass dies die reinste Verarschung ist, weil es in diesen Familien immer so lustig und nett zugeht und alle Beteiligten am Laufmeter witziges Zeug daherreden.

Mir ging die Glotze überhaupt auf die Nerven. Das lag wahrscheinlich an mir, denn ich konnte in letzter Zeit einfach nicht mehr irgendwo ruhig sitzen bleiben, schon gar nicht, wenn Mutter oder Trittschuh oder Andrea in der Nähe waren.

Ich setzte mich aufs Bett, lehnte mich mit dem Rücken gegen das Kopfbrett und machte die Anlage an. Ich hörte mir eine CD von Black Crow an, die mir Alex geschenkt hatte, und schlug das Buch von Jorge Amado dort auf, wo ich als Lesezeichen einen Fetzen vom Umschlag meines Matheheftes hineingelegt hatte.

Mit einem Kuss löscht die Morgenfrühe einen Stern nach dem anderen auf ihrem Weg in Richtung Horizont, hieß es da auf Seite zehn. *Gähnend und noch halb im Schlaf übersieht sie ein paar und vergisst sie zu löschen. Die Armen leuchten im Hellen weiter, vergeblich mühen sie sich, im Tageslicht zu funkeln, ein Jammer. Dann heizt die Morgenfrühe die Sonne an, eine anstrengende Arbeit, eine Aufgabe für Riesen, aber nicht für ein so zartes Mädchen. Sie muss in die Glut blasen, die während der Nacht verglommen ist, die erste Flamme zum Flackern bringen und sie am Leben erhalten, bis sie hoch auflodert.*

Allein würde die Morgenfrühe Stunden brauchen, um die Sonne zum Leuchten zu bringen, aber der Wind, ein berühmter Bläser, kommt ihr fast immer helfen. Warum nur muss der dumme Kerl immer behaupten, er wäre rein zufällig gerade vorbeigekommen, wo doch alle wissen, dass dies nicht zufällig passiert, sondern ganz beabsichtigt. Wer merkt denn nicht, dass der Wind heimlich in die Morgenfrühe verliebt ist? Heimlich? Alle Welt redet darüber.

Ich dachte an Hauser. Bernd hieß er mit Vornamen. Bernd Hauser. Er wohnte in der Altstadt, oben unter dem Dach eines schmalen grauen Hauses, das zwischen zwei modernen Geschäftshäusern eingeklemmt war. Unten im Erdgeschoss befand sich ein Tabakwarenladen, darüber im ersten Stock ein Frisörsalon. Das Treppenhaus war schmal und dunkel und es roch nach Bohnerwachs. Der Geruch hob sich von den glänzenden Stufen der Holzstiege. Bei jedem meiner Schritte hatten die Bretter unter meinen Füßen geknarrt, als wären sie zu alt und zu müde, mein Gewicht zu tragen. Aus dem Frisörsalon drang der Geruch von Haarfärbemitteln und Shampoo. Leise Tanzmusik. Ein Mann, der wie eine Frau aussah, streckte den Kopf durch die Tür, als ich die Treppe heraufkam.

»Wo willst du denn hin, Junge?«, fragte er mich mit einer dunklen Stimme, die nicht zu seinem geschminkten Gesicht und der Dauerwellenfrisur passte.

»Ganz hoch«, sagte ich. »Zu Hauser.«

Er musterte mich von Kopf bis Fuß, während ich an ihm vorbeiging.

Hausers Wohnung befand sich im sechsten Stock. Früher sei das eine Bühne gewesen, erklärte er mir. Seine Wohnung bestand aus nur einem Raum, in dem alles untergebracht war, eine Kochnische, sein Schlafzimmer, sein Wohnzimmer und eine Gerümpelkammer im hintersten Winkel, wo ein altes Fahrrad zwischen Kartonschachteln stand und ein verstaubtes Clownkostüm von der Wand hing. Und überall, auf dem Boden und auf Stühlen und Kisten, lagen Bücher. Nirgendwo konnte ich eine Glotze entdecken, dafür aber eine Stereoanlage und mehrere Regale mit mindestens dreihundert CDs.

Es war ziemlich kalt in seiner Wohnung und er machte uns Tee. Anderthalb Stunden war ich bei ihm und es fiel mir außergewöhnlich schwer, mich nur auf die Arbeit zu konzentrieren, obwohl er mich mehrmals dazu aufforderte, mich mehr anzustrengen. Ich weiß nicht genau, was in mir vorging, aber ich entdeckte in mir ein Gefühl, das mir bis zu diesem Zeitpunkt unbekannt gewesen war. Das Gefühl erschreckte mich und machte mich zuerst einmal unsicher. Sobald er mich ansah, versuchte ich seinem Blick auszuweichen. Das war der einzige Schutz, der mir blieb, denn es schien mir, als könnte er in mich hineinsehen und haargenau erkennen, was da in diesem Moment in mir vorging. Ich versuchte mir einzureden, dass nicht sein konnte, was nicht sein durfte, aber das machte die ganze Sache noch unerträglicher, noch rätselhafter. Wie konnte es geschehen, dass ich mich in seiner Nähe auf einmal so angenehm wohl fühlte, so beschützt und sicher, während ich gleichzeitig wünschte, ich hätte mich irgendwo verkriechen können? Wie konnte es sein, dass er mir auf einmal so viel bedeutete, dass ich für ihn alles getan hätte, hätte er nur irgendetwas von mir verlangt? Es geschah nichts, an diesem ersten Abend, als ich bei ihm war. Wir arbeiteten eine Aufgabe durch und dann noch eine. Er erklärte mir, worauf ich zu achten hätte, damit mir der logische Ablauf einer Matheaufgabe klar wurde. Er ließ mich über den Zahlen brüten und er freute sich aufrichtig, wenn mir die richtige Lösung gelang. Einmal legte er seine Hand auf meine Schulter. Ich zuckte ungewollt zusammen und er zog die Hand wieder zurück. Danach berührte er mich nicht mehr, außer als wir uns voneinander verabschiedeten. Da gab er mir die Hand und er hielt sie lange fest, während er mich anschaute. Und ich blickte in seine Augen und nie zuvor, glaube ich, hatte ich in ehrlichere Augen gesehen als in seine.

»Bis Mittwoch«, sagte er.

»Und morgen?«, sagte ich. »Morgen ist Schule.«

»Ach ja. Natürlich, Rosy, das habe ich beinahe vergessen.«

Wir lachten und dann ließ er meine Hand los und ich ging hinaus und die Treppe hinunter. Ich war schon drei Stockwerke weiter unten, als er mir nachrief, dass ich mein Matheheft vergessen hätte. Ich ging noch mal hinauf und er kam mir auf der Treppe entgegen und gab es mir.

»Wann hast du nur einmal deinen Kopf bei der Sache, Rosy«, sagte er lachend.

Ich drehte mich um und eilte die Treppe hinunter.

»Hier, warum rauchst du nicht eine«, sagte Alex.

Wir saßen im neuen McDonald's an der Bahnhofstraße und da es schon nach zehn Uhr war, befanden sich außer uns nur noch ein paar andere Nachtschwärmer im Laden. Ein Schwarzer, der wirklich pechschwarz war, wischte den Boden um unseren Tisch herum auf und Veronika flirtete mit ihm, und als der Boden sauber war, ließ sie absichtlich und so, dass er es sehen konnte, einige Pommes auf den Boden fallen.

»Er ist der schwärzeste Schwarze, den ich kenne«, sagte Veronika. »Richtig blau-schwarz ist seine Haut. Weißt du, woher er ist, Rosy? Er ist aus Mosambik. Ausgerechnet aus Mosambik. Wo Hauser war. Aus dem Dschungel.« Sie beugte sich zu mir herüber. »Auf so was steh ich, Rosy«, flüsterte sie mir ins Ohr. »Aber wenn ich von dem ein Kind kriegte, ich glaube, meine Alte würde mich umbringen.«

Alex streckte mir die Schachtel *Camel* entgegen.

»He, rauch doch eine, Rosy«, forderte er mich ein zweites Mal auf. »Du wirst sehen, gleich geht es dir besser.«

Mir war schlecht. Seit einigen Tagen fühlte ich mich ziemlich schlecht. Außerdem hatte ich keinen Appetit mehr und Mutter hatte mich bei Dr. Winkler zu einer Untersuchung angemeldet, zu der ich natürlich auf gar keinen Fall gehen würde.

Veronika nahm eine Zigarette aus der Schachtel, zündete sie an und nahm einen Zug, bevor sie sie mir hinstreckte.

Ich nahm sie und rauchte. Es war nicht das erste Mal. Eigentlich mochte ich gar nicht rauchen. Ich machte auch nicht wirklich Lungenzüge. Nur hin und wieder, da geriet mir Rauch in den Hals und anfänglich hatte ich noch husten müssen, aber inzwischen war das auch vorbei. Meine Mutter merkte es jedes Mal, wenn ich geraucht hatte. Einige Male hatte sie sich darüber aufgeregt, aber da Trittschuh auch rauchte und Matthias ebenfalls, verzichtete sie darauf, mir ins Gewissen zu reden.

Veronika redete ein paar Worte auf Französisch mit dem Schwarzen und schrieb ihm ihre Telefonnummer von zu Hause auf eine Serviette. Er steckte sie ein und machte mit seiner Arbeit weiter.

»Warum ist der nicht nach Frankreich gegangen, wenn er doch nur Französisch redet«, sagte Alex.

»Er ist Student und will Deutsch lernen«, gab ihm Veronika zur Antwort. »Wie findest du ihn, Rosy?«

»Okay.«

»Okay, okay oder nur okay?«

»Warum fragst du Rosy, wie sie ihn findet?«, sagte Alex spöttisch. »Sie kennt ihn doch gar nicht.«

»Hab ich denn dich gefragt oder Rosy?«, schnappte Veronika zurück. » Mann, Alex, manchmal bist du schon ein ganz großes Arschloch.«

»Ich geb mir Mühe, dich nicht zu enttäuschen, Liebling«, höhnte Alex und blies ihr den Rauch herausfordernd ins Gesicht.

Ich hatte genug und stand auf.

»Ich geh jetzt nach Hause«, sagte ich.

»Es ist erst nach zehn.«

»Um zehn hätte ich zu Hause sein sollen.«

»Ich geh auch«, sagte Veronika. Wir gingen alle drei. Es regnete und wir rannten zur Bushaltestelle hinunter und da stand sage und schreibe Hauser mit einem aufgespannten Regenschirm und einem Trenchcoat. Wir verdrückten uns in eine Häuserlücke und warteten, bis der Bus kam. Hauser stieg ein und setzte sich auf einen der leeren Sitze.

»Mann, was wäre denn schon passiert, wenn er uns gesehen hätte?«, sagte Veronika, als der Bus außer Sicht war.

»Gar nichts«, sagte Alex. Er stieß mich mit dem Ellbogen an. »Was ist mit ihm und mit dir, Rosy?«

»Nichts ist mit uns. Was soll denn schon sein?«

»Du kriegst doch Nachhilfe von ihm.«

»Und?«

»Nachhilfe in was?«, lachte Veronika.

Ich fuhr herum.

»Das gefällt mir nicht, wie du das sagst! Er gibt mir Nachhilfeunterricht in Mathe. Das weißt du.«

»Dabei hast du ihm den Kopf verdreht, Rosy«, grinste Alex. »Macht doch nichts. Du stehst eben auf ältere Herren. Das lässt sich psychologisch leicht erklären. Scheidung der Eltern im Infantilstadium. Vater verlässt die Familie. Das ist ein fruchtbarer Nährboden für eine Reihe von psychischen Schäden. Mangelndes Selbstbewusstsein, zum Beispiel. Angst vor dem ersten Geschlechtsverkehr, ganz zu schweigen vom bekannten Vaterkomplex, den besonders Mädchen in jungen Jahren …«

»Jetzt redest du aber nur noch Scheiß, Alex!«, unterbrach ihn Veronika. »Hauser ist kein älterer Herr, sondern im Gegensatz zu dir ein richtiger Mann, der nicht nur das eine im Kopf hat.«

»Und das wäre?«

»Du weißt schon. Sex und dann noch einmal Sex.«

»Weißt du, wieso Männer den Rinderwahnsinn nicht kriegen können?«

»Weil sie alle Schweine sind.«

»Das gilt auch für Hauser.«

»Du hast keine Ahnung!«

»Rosy, würdest du mit ihm schlafen?«

»Red keinen Scheiß, Alex!«

»Ehrlich.«

»Du sollst keinen Scheiß reden, Alex!«

»Dann sag mir, warum du mir gegenüber so zickig bist.«

»Ich bin nicht zickig.«

»Aber du verweigerst dich mir.«

Ich blieb im Regen stehen und ließ sie weitergehen. Nach einer Weile drehte sich Veronika um.

»Rosy! Was regst du dich über ihn auf? Du weißt ja, wie er ist.«

Ich überquerte die Bahnhofstraße und ging auf Umwegen nach Hause. Als ich heimkam, war noch Licht im Wohnzimmer. Meine Mutter hatte auf dem Sofa geschlafen. Ich ging auf mein Zimmer und öffnete das Fenster. Meine Kleider rochen nach Rauch. Es dauerte nicht lange, bis meine Mutter hereinkam.

»Ich wünschte mir, ich könnte dich vom Rauchen abbringen, Rosy«, sagte sie. »Du weißt doch, was dir Dr. Winkler gesagt hat. Du hast einen kleinen Herzfehler.«

»Den habe ich von Geburt an, Mutter.«

Sie setzte sich aufs Bett. Ich ging ins Bad und wusch mir die Schminke mit Seife und Wasser vom Gesicht. Dann putzte ich mir die Zähne, bis mein Zahnfleisch blutete und ich den Zigarettengeschmack los war. Ich ging auf mein Zimmer zurück. Meine Mutter saß immer noch auf dem Bett.

»Ich würde jetzt gern schlafen«, sagte ich.

Sie erhob sich und sie blickte mich ganz seltsam an, so als wüsste sie nicht mehr, was sie mit mir anfangen sollte.

»Willst du nicht einmal mit mir reden, Rosy?«, fragte sie, als ich im Bett lag und die Decke bis unters Kinn hochgezogen hatte.

»Worüber denn?«

»Über alles. Früher haben wir das oft getan, Rosy. Du hast mir immer gesagt, was dich bedrückt hat.«

»Du irrst dich, Mutter.«

»Warum sagst du das, mein Kind?«

»Was?«

»Dass ich mich irre. Warum sagst du das?«

»Das ist doch ganz einfach, Mutter, und eigentlich solltest du von alleine draufkommen. Ja, ich habe dir gesagt, wo es mir wehtat, wenn ich gestürzt bin. Ich habe dir gesagt, dass ich Angst vor diesem immer wiederkehrenden Albtraum habe. Und ich habe dir gesagt, dass mir die Badekappe gestohlen wurde und dass ich mich einmal in der Stadt verlaufen hatte und nicht mehr nach Hause fand. Das alles habe ich dir gesagt, Mutter, nur das Wichtige, das habe ich dir immer verschwiegen.«

Sie starrte mich an, als hätte ich ihr eben so nebenbei das Mutterherz gebrochen. Ich konnte sie nicht so dastehen sehen, mit diesen großen ungläubigen Augen, in denen ich nichts als Schmerz erkennen konnte.

»Es ist nicht zu spät, Rosy«, sagte sie leise und mit zitternden Lippen. »Es ist nie zu spät, miteinander über die Dinge zu reden, die einen quälen.« Sie kam zum Bett und ließ sich auf dem Rand nieder. »Ich weiß, dass du mehr unter der Scheidung gelitten hast als Matthias und Andrea, Rosy. Ja, wir haben nie darüber geredet, aber glaube nur nicht, dass es mir leicht fiel mit anzusehen, wie du gelitten hast. Ich kann …«

»Du kannst nichts mehr tun, Mutter. Das ist längst alles erledigt. Glaube mir, mein Leben ist absolut in Ordnung. In den Herbstferien geh ich nach Freiburg. Das weißt du doch.«

Sie nickte und ich sah, wie ihr die Tränen kamen. Da beugte ich mich zu ihr hinüber und ich umarmte sie und sie schluchzte an meiner Schulter, bis ich auch zu weinen anfing.

Ein paar Tage später, am Donnerstag, hatte ich meinen ersten Geschlechtsverkehr oder was das auch immer war. Ich mag eigentlich nicht einmal daran zurückdenken und ich frage mich, was Veronika zum Beispiel so gut daran fand, mit einem Jungen zu schlafen. Bei mir, da war fast alles falsch. Und bei Nick auch. Er tat zwar so, als wüsste er Bescheid, aber am Ende gab er zu, dass es für ihn auch das erste Mal gewesen war.

Es bahnte sich alles schon am Nachmittag in der Schule an, als er mir sagte, dass seine Eltern heute ausnahmsweise mal ins Kino gehen würden, weil gerade ein griechischer Film lief, und zwar im Theaterkino am Theaterplatz, wo meistens irgendwelche kulturell wertvollen oder ausländischen Filme gezeigt wurden, meistens nie länger als drei, vier Tage.

»Um acht Uhr, da sind sie bestimmt schon weg«, sagte er, ohne mich auch nur zu fragen, ob ich überhaupt Bock hatte, mich mit ihm in der Wohnung seiner Eltern zu treffen.

Ich überlegte es mir den ganzen Nachmittag, auch beim Fußballtraining, das wegen des Regens in der Sporthalle abgehalten wurde, redete aber nicht einmal mit Veronika darüber. Irgendwie ahnte ich, dass es an diesem Abend passieren würde, aber ich suchte vergeblich nach einem Grund, nicht zu ihm in die Wohnung zu gehen. Er war mein Freund und wir trafen uns seit Wochen heimlich und knutschten ein bisschen herum, anfänglich noch ziemlich zurückhaltend und scheu, manchmal beinahe ängstlich, aber inzwischen war das längst nicht mehr so. Einmal, da lagen wir unten am

Teich im Gras und er zog mir das T-Shirt aus und küsste meine Brüste und dann nahm er meine Hand und presste sie mit seiner Hand auf seine Hose.

»Mach ihn auf«, hatte er von mir verlangt, aber ich hatte nicht gleich gewusst, was er meinte, und mich ziemlich umständlich angestellt.

»Den Hosenladen! Mach ihn auf!«

Ich zerrte an seinem Hosenladen herum, aber der Reißverschluss klemmte zum Glück. Ich musste lachen und er wurde wütend und zum ersten Mal erlebte ich ihn, als er die Fassung verlor. Er ließ mich einfach zurück und ging durch den Wald davon. Ich bekam furchtbare Angst, weil nachts dort unten am Teich ziemlich kranke Knilche herumlatschen, denen nicht zu trauen ist. Erst als er schon beinahe drei- oder vierhundert Meter weit weg war, hielt er an und wartete auf mich.

Ich hatte ihn nie gefragt, was ihn so wütend gemacht hatte, aber ich wusste jetzt, dass Nick gottlob auch seine Macken hatte wie jeder von uns.

Ich besuchte ihn also, als seine Eltern im Kino waren, und wir tranken griechischen Rotwein und dann zeigte er mir sein Zimmer und wir fielen aufs Bett und so geschah es. Dieses Mal öffnete er den Reißverschluss selbst und auch sonst klappte mit den Kleidern alles ziemlich gut. Was danach geschah, das ist eigentlich nicht nennenswert, und was Alex immer behauptet hat, dass ein Mädchen das erste Mal nie im Leben vergessen würde, stimmt zwar, aber so, wie er es meint, ist es auch wieder nicht. Natürlich kann ich mich wahrscheinlich ein Leben lang daran erinnern, dass es Nick gewesen war, mit dem ich es zum ersten Mal getan hatte, aber alles andere hätte ich schon beinahe in den nächsten Tagen vergessen, wenn es nicht zu diesem lächerlichen Treffen zwischen den Karanikolos' und uns gekommen wäre. Aber davon später.

Momentan war für mich das Gravierendste an dieser Sache, dass ich mich ziemlich beschissen fühlte, weil ich mir nämlich einbildete, Bernd Hauser betrogen zu haben. Das machte mir zu schaffen. Ich fühlte mich am nächsten Tag vom ersten Moment an schlecht und dieses Mal gelang es mir, meine Mutter davon zu überzeugen, dass ich wirklich krank war und nicht in die Schule gehen konnte.

Sie rief sogar Dr. Winkler an und der kam gegen Mittag und stellte fest, dass ich tatsächlich Fieber hatte. Dr. Winkler kannte mich seit meiner Geburt. Er schickte meine Mutter aus dem Zimmer und als sie draußen war, fragte er mich, was los sei.

»Nichts«, sagte ich.

Er runzelte die Stirn. »Wer ist dein Freund, Rosy?«

»Nick Karanikolos.«

»Hast du mit ihm ... geschlafen?«

Ich schüttelte den Kopf.

»Natürlich hast du mit ihm geschlafen, Rosy«, sagte er. Er kannte mich wirklich gut und es hatte keinen Sinn, ihm etwas vorzumachen. Er ließ mir ein paar Kondome zurück, die ich in der Nachttischschublade versteckte, obwohl ich nicht davon ausging, dass ich je eines davon brauchen würde.

Das mit Nick, das war nämlich eine einmalige Sache, schon weil seine Eltern höchstens einmal im Jahr ins Kino gingen, hauptsächlich aber, weil ich keinen Bock mehr auf Geschlechtsverkehr hatte, es sei denn, mit Bernd Hauser.

5

Ich war ziemlich geschafft und hatte zu nichts Lust. So blieb ich das ganze Wochenende über im Bett und las. Nick kam vorbei und wollte das Buch von Jorge Amado zurückhaben. Andrea händigte es ihm aus und als er sich nicht dazu bringen ließ, ohne mich zu sehen, wieder zu verschwinden, kam Andrea ins Zimmer und sagte, dass ich mit Nick unbedingt reden sollte. Ich fuhr mir schnell mit den Fingern durchs Haar, zog ein T-Shirt und meine Jeans an und ging hinaus. Er stand im Flur, mit nasser Regenjacke, das Buch in der Hand.

»Hast du es gelesen?«, fragte er.

»Ja.«

Er nickte. »Wie hat es dir gefallen?«

»Gut.«

»Bist du krank?«

»Ja.«

»Die Grippe?«

»Ja.«

»Die halbe Schule ist krank.«

Ich hob die Schultern. Was ging mich die halbe Schule an?

Er blickte zu Boden. Da standen wir uns gegenüber und wir blickten beide zu Boden. Und Andrea beobachtete uns ganz bestimmt durchs Schlüsselloch.

»Es tut mir Leid«, sagte er plötzlich.

»Was?«

»Das, was geschehen ist.«

Ich tat, als wäre mir plötzlich kalt. Schüttelfrost.

»Ich muss wieder ins Bett«, sagte ich. »Tschüss.«

»Tschüss, Rosy.«

»Tschüss.«

Ich ging hinter ihm zur Tür und als er draußen war, machte ich sie schnell zu. Dann knöpfte ich mir Andrea vor. »Wenn du noch einmal jemanden reinlässt, hau ich dich windelweich!«, drohte ich ihr.

»Das sag ich Mutter!«, schnappte sie zurück.

»Tu das, du Puppe!«

Ich ging ins Bad, putzte mir die Zähne und kämmte mein Haar. Als meine Mutter vom Einkaufen nach Hause zurückkehrte, lag ich schon wieder im Bett. Sie kam in mein Zimmer und brachte mir Lakritzenbonbons, die ich so gern mochte.

»Du siehst schon besser aus, Rosy. Am Montag kannst du bestimmt wieder in die Schule, wenn du heute und morgen schön im Bett bleibst.«

Das tat ich. Aber am Montagmorgen hatte ich immer noch erhöhte Temperatur und so konnte sie mich nicht dazu zwingen, in die Schule zu gehen. Auch am Dienstag blieb ich zu Hause und am Mittwoch, als ich zum ersten Mal fieberfrei war, rief endlich Bernd Hauser an. Das war der Tag, an dem ich nach der Schule zu ihm zum Nachhilfeunterricht hätte gehen sollen. Das Telefon klingelte kurz nach zehn am Morgen und ich wusste sofort, dass er es war. Intuition nennt man das wohl.

Ich zögerte einen Moment, bevor ich abhob und mich meldete.

»Rosy, ich dachte, ich ruf dich mal an, um zu erfahren, wie es dir geht.«

»Es geht mir besser«, sagte ich. »Besser als gestern.«

»Das freut mich, Rosy. Aber heute wird es wohl nichts mit dem Nachhilfeunterricht?«

»Ich soll den ganzen Tag im Bett bleiben, hat der Arzt gesagt. Und morgen, wenn ich kein Fieber habe, kann ich in die Schule.«

»Zieh dich warm an, Rosy. Kein Minirock, hörst du? Es ist über Nacht kalt geworden.«

»Okay.«

»Gut. Dann seh ich dich morgen in der Klasse.«

»Ja. Bis morgen.«

»Bis morgen, Rosy.«

Es knackte in der Leitung. Er schien aufgelegt zu haben, aber ich hörte ein Geräusch, das wie Atemzüge klang. Und leise Stimmen, so leise, als hielte jemand die Sprechmuschel am anderen Ende der Leitung mit der Hand zu.

Ich lauschte und mein Herz klopfte rasend schnell und ich merkte erst, dass ich den Atem angehalten hatte, als mir die Luft ausging. Konnte es tatsächlich sein, dass er noch dran war? Aber warum hätte er das denn tun sollen?

»Hallo, Herr Hauser, sind Sie noch dran?«

Ich erhielt keine Antwort. Da legte ich auf und hob sofort wieder ab, aber jetzt kam nur noch der Summton.

Meine Mutter brachte schlechte Nachrichten nach Hause. Die Lederwarenfabrik, in der sie arbeitete, hatte bekannt gegeben, dass sie Arbeitsplätze kürzen würde. Besonders betroffen seien die Abteilungen, die kleinere Teile herstellten, wie Gürtel und Geldbeutel, da die Importware, die zu Billigstlöhnen in Asien hergestellt wurde, hier zu Lande zu Schleuderpreisen auf den Markt käme.

»Ich weiß gar nicht, was ich tun soll, wenn ich meine Stelle verliere«, sagte sie am Abend zu Trittschuh, als wir beim Essen saßen.

»Dann beziehst du erst einmal anständig Arbeitslosengeld«, sagte Trittschuh. »So machen es doch die anderen auch. Und ohne dass sie dabei ein schlechtes Gewissen kriegen.«

»Ich will aber irgendetwas tun, Heinrich. Ich kann nicht

den ganzen Tag herumsitzen und mich in den Einkaufsläden herumtreiben.«

»Wenn du willst, kannst du meine Büroarbeiten erledigen, Brigitte. Das wollte ich dir ohnehin vorschlagen. Du kannst hier in der Wohnung bleiben und die Büroarbeiten erledigen. Das wäre mir eine große Hilfe.«

»Wie könnte ich das tun, Heinrich? Ich habe so was noch nie im Leben getan und du weißt ja, wie schlecht ich mit Zahlen umgeh…« Sie brach ab und blickte mich an. Ich musste lachen.

»Ich könnte dir vielleicht Nachhilfeunterricht in Mathe geben, Mutter«, schlug ich ihr vor. Trittschuh verschluckte sich an seiner Minestrone und hustete in sein Taschentuch hinein. Er war einer der wenigen Menschen, die jeden Tag ein sauberes Taschentuch mit sich herumschleppten und es auch benutzten. Stockburger zum Beispiel, den hatte ich schon dabei beobachtet, wie er niesen musste und sich dabei das ganze Zeug aus der Nase ans Hemd spritzte. Trittschuh wäre das im Leben nie passiert, weil er einfach ein zu ordentlicher Mensch war.

»Ihr könnt euch gern lustig über mich machen«, sagte meine Mutter. »Aber es ist nun einmal so, dass ich nicht zu den gescheitesten Menschen auf der Welt gehöre.«

»Du solltest dich nicht selbst unterschätzen, Brigitte«, sagte Trittschuh, nachdem er sich die Nase geputzt hatte. »Das macht mich ganz wild, wenn du das tust.«

»Wild?« Ich musterte ihn von der Seite. Wenn es etwas gab, was auf Trittschuh nicht im Geringsten zutraf, dann war es das.

Er grinste schief, kannte er sich doch selbst am besten.

»Deine Mutter, meine Liebe, ist eine ganz besondere Frau, die über einen außergewöhnlich gesunden Menschenverstand verfügt, und das ist etwas, was heutzutage den meisten zivilisierten Menschen abhanden kommt. Unser Gehirn wird im Laufe der Zeit ganz einfach mit zu viel Müll belastet, Rosy. Gäbe es Müllplätze, wo wir unseren Gehirnmüll entsorgen könnten, wären vor allem die Industrienationen längst von riesigen Abraumhalden bedeckt.«

Ich klaubte mit dem Löffel die großen Saubohnen aus der Suppe und tat sie in Mutters Teller. Ich mochte keine Saubohnen.

»Zum Beispiel diese Sache mit den importierten Gürteln und Geldbeuteln, die beweist doch, wie idiotisch heutzutage gewirtschaftet wird. Da gibt es Länder, die wir laufend mit Steuermillionen unterstützen, weil die Leute dort nicht genug verdienen. Und verdienen tun sie nicht genug, weil sie für ein Butterbrot und einen Apfel arbeiten, damit wir billige Geldbeutel kaufen können. So ist das, Rosy. Die meisten Gäule werden heutzutage am Arsch aufgezäumt, sag ich dir.«

Ich staunte über ihn. Erstens kam es selten vor, dass er so lange Ansprachen hielt, und zweitens hatte ich ihn noch nie Arsch und ähnliche Wörter sagen hören.

»Ich werde dir zeigen, wie man die Buchhaltung macht, Brigitte«, versprach er meiner Mutter, »und du wirst es schneller begreifen als die meisten Leute, die ich kenne.«

Sie lächelte etwas verlegen. Nie zuvor, solange ich zurückdenken konnte, hatte ihr einer gesagt, dass sie was taugte, nicht einmal mein eigener Vater. Trittschuh war schon ein ganz besonderer Mensch und ich wünschte, ich hätte mehr Zuneigung zu ihm gefunden, aber ich schaffte das einfach nicht mehr seit jenem Abend, als er mir sozusagen in den Rücken gefallen war. Seither war eben nichts mehr so wie vorher, obwohl er mir gegenüber immer korrekt gewesen war, nie launisch und schon gar nicht überheblich. Ich mochte ihn zwar noch immer, aber das Vertrauen, das ich ihm gegenüber gehabt hatte, war einfach nicht mehr da.

Also, meine Mutter wartete auf den Tag, an dem sie die Kündigung erhalten würde. Und Trittschuh verschwand mit ihr jeden Abend nach dem Essen in dem Zimmer, das er als Büro eingerichtet hatte, und brachte ihr bei, wie man eine Geschäftsbuchhaltung macht. Sie saßen kaum mehr vor der Glotze, außer zu den Spätnachrichten, aber schon nach einer Minute döste meine Mutter dabei ein, und wenn die Nachrichten aus waren, weckte er sie und sie gingen zusammen ins Bad und dann ins Bett.

Andrea hatte sich ihren ersten richtigen Freund angelacht, einen kleinen Fettsack, der von seinen Eltern jede Menge Taschengeld erhielt, das er hauptsächlich in Fressalien umwandelte. Andrea und ihre Freundinnen tratschten über nichts anderes mehr als über ihre Freunde, jeder Furz, den sie ließen, schien ihnen interessant genug, um die Köpfe zusammenzustecken und zu kichern, und daheim begann sich sogar meine ehrwürdige Mutter für den kleinen dicken Noah zu interessieren, der der älteste Sohn eines bekannten Rechtsanwaltes war, dessen Name ich hier aus verständlichen Gründen nicht nennen möchte.

Ich redete mit niemandem über Hauser, aber als ich nach meiner mehrtägigen Abwesenheit in die Schule zurückkehrte, wurde schon herumgequatscht, ich hätte mit Hauser in seiner kleinen, schlecht geheizten Dachwohnung geschlafen und mir dabei eine Grippe geholt. Natürlich waren das Gerüchte, die niemand offen auszusprechen wagte, aber ich hörte von Veronika und von meinen anderen Freundinnen, dass ich sozusagen Schlagzeilen machte.

»Und wer redet denn über mich?«, fragte ich Veronika auf dem Weg in die Turnhalle.

»Alle.«

»Wer alle? Sag mir einen Namen.«

Natürlich wusste sie nur, dass es Alex gewesen war, der mit

größter Wahrscheinlichkeit das Gerücht in Umlauf gebracht hatte, aber hundertprozentig wollte sie sich nicht festlegen. Ich stellte Alex nach der Turnstunde zur Rede. Er lachte nur und nannte das ein typisches Weibergeschwätz, das unmöglich von ihm stammen könne, weil seine weiblichen Hormone schon im Mutterleib verkümmert wären. »Weißt du, zum Beispiel, dass ich schon Haare auf der Brust habe?« Er wollte vor dem Schulhaus den Pullover ausziehen und sein Hemd aufknöpfen, aber ich rannte davon und ging nach Hause.

Einerseits ärgerte es mich, dass man in der Schule über Hauser und mich redete, andererseits war ich natürlich stolz darauf. Immerhin, und das glaubten sogar meine engsten Freundinnen, war es ausgerechnet mir gelungen, Hauser zu verführen. Mir, dem Mädchen, das Fußball spielte, mit dem Fahrrad auf der Schulmauer balancierte, am Teich unten Lurche fing und nie einen Büstenhalter trug.

Jetzt wussten vielleicht sogar die Dämlichsten in unserer Schule, dass ich wirklich keinen Pimmel hatte.

Nick war der Einzige, der genau Bescheid wusste. Er fragte mich, als wir uns in der Pause kurz begegneten, ob ich etwas mit Hauser hätte. Ich lachte.

»Was denkst du, Nick?«

Er sah mich ganz merkwürdig an.

»Ich glaub's nicht.«

»Gut.«

Wir sahen uns nicht mehr oft. Als wir an jenem Abend, als seine Eltern ins Kino gingen, zusammen gewesen waren, schien nicht nur das mit dem Geschlechtsverkehr passiert zu sein, sondern irgendetwas in uns war kaputtgegangen. Ich hatte damals keine Ahnung, was es hätte sein können, aber jetzt weiß ich, dass wir wahrscheinlich ein bisschen vom gegenseitigen Respekt verloren hatten und wohl auch vom Respekt vor uns selbst.

Dummm war, dass neun Tage nach jenem Abend sein Vater einen Brief im Briefkasten fand, der vom Nachbarn im unteren Stock geschrieben worden war, einem Spirituosenvertreter, der Meier hieß. Was in diesem Brief stand, erfuhren wir erst, als die Karanikolos' zu einem Gespräch zu uns nach Hause kamen, bei dem, so verlangte es Herr Karanikolos, Nick und ich zugegen sein mussten.

Ich kannte Nicks Eltern nur von den Bildern her, die in ihrem Wohnzimmer auf dem Schrank standen, Bilder, auf denen sie noch sehr jung waren und zusammen auf Fahrrädern durch einen Olivenhain fuhren, sie, ein deutsches Touristenmädchen aus Düsseldorf, und er, der feurige Zorbas. Und ein Bild, das Herrn Karanikolos in einer Uniform zeigte und Frau Karanikolos in einem altmodischen Badeanzug auf einer der typisch griechischen Inseln, mit felsiger Küste und einer Sandbank im Hintergrund und türkisfarbenem Wasser.

Jetzt sahen sie anders aus. Herr Karanikolos hatte einen grau gesprenkelten Schnurrbart und einen dicken Bauch, seine Frau war dicklich und hatte ein richtiges Eulengesicht, mit großen runden Augen und einer gebogenen Schnabelnase und einem spitzen Mund.

Nick schwitzte Blut und Wasser, als ihm meine Mutter sagte, er solle auf dem Sofa Platz nehmen, von dem ich mich eben erhoben hatte, um die Karanikolos' zu begrüßen. Trittschuh fragte, ob sie etwas trinken wollten, aber sie sagten beide, dass sie eben erst gegessen und getrunken hätten, und so war Trittschuh der einzige vernünftige Mensch, denn er trank nämlich ein Bier, während er es sich im großen Sessel bequem machte.

Karanikolos und seine Gattin begutachteten mich und Nick, der neben mir saß und dessen Beine ziemlich stark zitterten. Ich war cool und nahm mir vor, die Fassung nicht zu verlieren und mich für nichts zu entschuldigen, da es meine und Nicks Sache war, ob wir miteinander gehen wollten oder nicht.

»Also, dann würde ich jetzt gern einmal erfahren, was geschehen ist«, sagte meine Mutter.

Herr Karanikolos verzog den Mund, sodass die Mundwinkel sich nach unten zogen und der Schnurrbart die Form eines Halbmondes annahm. Er dachte wohl, dass ihm dieser Gesichtsausdruck männliche Würde verlieh, aber im Grunde genommen sah er ziemlich belämmert aus, so, wie er dasaß und sich scheinbar ein paar gewichtige Worte überlegte.

»Liebe Frau Trittschuh, ich ...«

»Bevor Sie weitersprechen, Herr Karanolos, will ich Ihnen sagen, dass mein Name Walther ist und nicht Trittschuh.«

»Walter?«, staunte er und sah seine Frau ganz schnell Hilfe suchend an. »Verzeihen Sie, ich war immer der Ansicht, Walter sei ein männlicher Vorname.«

»Das ist es auch, Herr Karanolos. Aber mein Exehemann, dessen Tochter Rosy ist, heißt mit dem Familiennamen Walther. Mit th.«

»Und unser Name ist nicht Karanolos, sondern Karanikolos, Frau Walther«, mischte sich nun Nicks Mutter ziemlich schnippisch ein.

»Das tut mir Leid, Frau Karanikolos«, entschuldigte sich meine Mutter und ich hätte ihr in diesem Moment glatt einen Kuss geben können, weil es ihr gelungen war, dem alten Karanikolos erst einmal den Wind aus den Segeln zu nehmen. Er versuchte gar nicht mehr, den großen Zampano zu machen und den Schnurrbart zu verziehen.

»Nun, wir waren letzte Woche, ohne etwas Böses zu denken, im Kino und in dieser Zeit, so behauptet es unser Nachbar von unten, war Ihre Tochter Rosy bei uns in der Wohnung, und zwar zusammen mit meinem Sohn Nick.«

Meine Mutter warf mir einen Blick zu.

»Stimmt das, Rosy?«

»Ja, natürlich stimmt das. Warum sollte ich es abstreiten?«

»Sehen Sie!«, triumphierte Nicks Vater. »Mein Sohn Nick, dem ich bisher immer vertrauen konnte, hat mich diesbezüglich belogen. Er hat mir nämlich gesagt, dass er allein in der Wohnung war und Musik gehört hätte.«

Ich sah Nick an. Nick saß zusammengesunken auf dem Sofa, ein Häufchen Elend. Wahrscheinlich litt er sehr darunter, dass er gelogen hatte. Wahrscheinlich hätte er sich zur Strafe eine schlimme Prüfung auferlegt oder sich selbst ausgepeitscht. Ich hatte in diesem Moment Mitleid mit ihm und das gefiel mir nicht.

»Nun, Herr Karanikolos, Ihr Sohn hat Sie angelogen und ich weiß nicht, was meine Tochter damit zu tun haben soll«, sagte meine Mutter.

»Mein Sohn und Ihre Tochter waren drei Stunden allein in...«

»Entschuldigen Sie, dass ich Sie unterbreche, Herr Karanikolos, aber ich würde gerne wissen, ob Ihr Sohn auch der Sohn Ihrer Frau ist oder ob er sozusagen im Einmannverfahren auf die Welt gebracht wurde.«

»Selbstverständlich ist Nick auch der Sohn meiner Frau, aber wenn ich von mir aus gehe, dann ist es logisch, dass ich mein Sohn sage, nicht wahr, Herr... Herr...« Er war plötzlich unsicher.

»Trittschuh.«

»Also, Herr Trittschuh, mein Sohn und Ihre Tochter...«

»Die Tochter meiner Frau.«

»Ja, mein Sohn und die Tochter Ihrer Frau, die waren zusammen drei Stunden lang in unserer Wohnung allein. Meine Frau hat, als wir vom Kino nach Hause kamen, sofort gemerkt, dass mit Nick etwas nicht stimmte. Sie hat deswegen die halbe Nacht nicht geschlafen, aber schließlich gelang es mir, sie zu beruhigen, und wir dachten nicht mehr an diese Sache, bis wir den Brief unseres Nachbarn, der ein äußerst ehrenwerter Mensch ist, erhielten.«

»Und was stand in diesem Brief, wenn ich fragen darf?«, fragte meine Mutter.

Karanikolos sah seine Frau schräg an und sie hob die Schultern zum Zeichen, dass sie nicht wusste, was er eigentlich von ihr wollte, und da sagte er etwas auf Griechisch zu ihr und sie öffnete ihre Handtasche, kramte darin herum und brachte schließlich einen Briefumschlag zum Vorschein, der mit einer Briefmarke und einem Poststempel und einer Einschreibmarke versehen war. Außerdem hatte er Flecken, die wahrscheinlich von einer Spagettisoße herrührten.

»Einschreiben«, sagte Karanikolos. »Und trotzdem hat es neun Tage gedauert, bis der Brief bei uns ankam.«

»Mit einem Wochenende dazwischen«, versuchte Trittschuh die Post zu verteidigen.

»Wenn ein Brief eingeschrieben wird, dann sollte es auch übers Wochenende keine neun Tage dauern«, wandte Herr Karanikolos ein.

»Einschreiben heißt keineswegs, dass ein Brief schneller beim Adressaten ankommt, Herr Karanikolos.«

»Neun Tage für ein Einschreiben, das ist zu lange!«, beharrte Karanikolos stur. »Die Post ist einfach ein Schlamperladen.«

»Ihr Nachbar von unten hätte vielleicht PER EILBOTEN auf den Umschlag schreiben sollen.«

»Dann hätte der Brief noch mehr gekostet. Das sind ja jetzt schon mehr als vier Mark, die da drauf sind.«

»Ich finde, er hätte ihn uns einfach in den Kasten werfen können«, meldete sich Nicks Mutter endlich zu Wort. Vielleicht war sie im früheren Leben tatsächlich eine Eule gewesen.

»Das wollte er aber nicht. Er wollte sicher sein, dass wir den Brief auch erhalten.«

»Warum sollten wir ihn nicht erhalten haben, wenn er ihn bei uns eingeworfen hätte?«

»Du hast unterschreiben müssen, Gudrun.«

»Das stimmt. Ich wollte zuerst nicht unterschreiben, weil ich nicht wusste, was uns ein Nachbar in einem eingeschriebenen Brief mitzuteilen hätte, aber dann tat ich es trotzdem.«

»Na siehst du. Mit deiner Unterschrift hast du den Empfang dieses Briefes bestätigt. Deshalb ist er uns per Einschreiben geschickt worden.«

»Aber ich hätte ihn doch auch...« Nicks Mutter winkte plötzlich ab, als hätte sie von dieser Diskussion wirklich die Schnauze gestrichen voll, und Karanikolos streckte triumphierend seine Brust heraus und reichte meiner Mutter den Brief.

Sie betrachtete ihn von allen Seiten, so als wollte sie sich vergewissern, dass er keine Spagetti enthielt, nahm schließlich einen Zettel aus dem Umschlag und faltete ihn auseinander. Vom Sofa aus konnte ich nur sehen, dass auf dem Zettel nicht sehr viele Wörter standen, aber meine Mutter las sie und dann las sie sie noch einmal und noch einmal und sie schien nur ganz langsam zu verarbeiten, was da auf diesem Zettel stand. Nach einer Weile, während der sich von uns niemand gerührt hatte, außer Trittschuh, der aus seinem Bierglas trank und sich den Schaum mit dem Handrücken vom Mund wischte, hob meine Mutter den Kopf. Und über ihrer Nasenwurzel, in ihre sonst so glatte Stirn, hatten sich zwei oder drei steile Falten gegraben, die nichts anderes als Unheil bedeuten konnten.

Sie blickte Herrn und Frau Karanikolos an und als Nicks Vater fragte, was sie nun auf diesen Brief zu sagen hätte, erwiderte sie in einem Tonfall, den ich bei ihr nur hin und wieder gehört hatte, wenn sie mit einem ihrer Knilche nicht zurechtkam, dass dies kein Brief sei, sondern eine haarsträubende Unverschämtheit, für die, ganz gleich, für wie ehrenhaft die Karanikolos' ihren Nachbarn hielten, dieser zur Rechenschaft gezogen werden müsste.

Nicks Vater duckte sich und seine Mutter öffnete den Mund und ich dachte schon, sie wollte einen Eulenruf ausstoßen, aber es kam kein Ton über ihre Lippen.

Meine Mutter blickte mich an, dann Nick. Und selbst wenn sie mir geglaubt hätte, dass zwischen mir und Nick nichts gewesen war, sein schlechtes Gewissen, das sich in seinem ganzen Gehabe widerspiegelte, konnte sie unmöglich übersehen.

»Darf ich mal, Brigitte?«, fragte Trittschuh und sie gab ihm den Zettel und er las ihn. Als er wieder aufblickte, waren seine Augen glasklar.

»Herr Karanikolos, bitte sagen Sie diesem Herrn, dass ich meinen Rechtsanwalt, dieses Schreiben betreffend, zu Rate ziehen werde. Es geht doch wohl nicht an, dass der gute Ruf meiner Familie von solchen Leuten in den Dreck gezogen wird.«

»Ich würde diesen Brief auch gerne ...«

»Es ist kein Brief, Rosy!«, unterbrach mich Trittschuh so heftig, dass ich erschrak. »Es ist ein Fresszettel, auf dem irgendein bösartiger Mensch sein wahres Ich an den Tag gelegt hat. Hier!« Er gab mir den Zettel. Karanikolos wollte ihn daran hindern, indem er die Hand ausstreckte, aber ich war schneller.

In diesem Haus leben anständige Familien mit Kindern. ES IST KEIN PUFF!, stand mit Kuli auf dem Zettel geschrieben. Unterschrieben war der Wisch mit Meier.

Ich spürte, wie mir beim Lesen die Wut aufstieg, aber als ich aufblickte, begegneten mir die allwissenden Augen meiner Mutter und ich senkte den Kopf.

»Da sehen Sie, Herr Karanikolos, was so eine Unverschämtheit alles anrichten kann«, hörte ich meine Mutter sagen. »Und es enttäuscht mich, dass Sie darauf eingegangen sind. Wo bleibt denn Ihr Vertrauen in Ihren Sohn, Herr Karanikolos? Haben Sie ihn denn gefragt, was in jenen drei Stunden geschehen ist, die er zusammen mit Rosy in Ihrer Wohnung verbrachte? Ja, das haben Sie getan. Gut, Herr Karanikolos. Und was hat Ihnen Ihr Sohn geantwortet? Dass sie sich vielleicht geküsst haben? Dass sie miteinander Musik gehört haben und auf dem Bett lagen und herumgeknutscht haben? Das hat er Ihnen gesagt, nicht wahr? Und dann haben Sie ihn gefragt, was er sonst noch alles mit Rosy getrieben hätte, dass dieser Nachbar von unten so ein Zeug schreiben konnte. Und er hat gesagt, dass nichts geschehen sei. Stimmt das, Herr Karanikolos? Hat er Ihnen nicht gesagt, dass er ein anständiger und wohlerzogener junger Mann sei und meine Tochter ein anständiges junges Mädchen?«

Meine Mutter brach ab, weil ihr die Luft ausging. Und das wirkte bei ihr wie der Tiefenrausch bei einem Taucher. Sie war knallrot im Gesicht und Trittschuh wollte ihr einen Schluck Bier zu trinken geben, aber sie fuhr ihn an, als hätte er versucht, ihr einen Maulkorb umzulegen.

Und die Karanikolos' saßen da und starrten meine Mutter völlig entgeistert an. Nie hätten sie wohl gedacht, dass sich meine Mutter von einer Sekunde auf die andere in eine wahre Furie verwandeln konnte. Selbst mich hatte sie überrascht und ich war von ihr einiges gewöhnt.

»Nun, Frau… Frau…«

»Walther, wenn ich bitten darf!«

»Nun, Frau Walther, bei uns in Griechenland heißt es, wer einmal lügt, dem glaubt man nicht. Ich…«

»Nicht nur in Griechenland sagt man das, auch hier, bei uns sagt man das, Herr Karanikolos!«, fiel ihm meine Mutter ins Wort. »Ich weiß nicht, warum Ihr Sohn gelogen hat, als Sie ihn fragten, ob meine Tochter bei ihm in der Wohnung war, aber vielleicht liegt es daran, dass Sie ihn diesbezüglich unter Druck gesetzt haben! Wahrscheinlich hatte er ganz einfach Angst, seinem Vater die Wahrheit zu sagen.«

»Bis jetzt musste sich Nick nie davor fürchten, uns die Wahrheit zu sagen, Frau Walther.«

Meine Mutter lachte auf und jetzt folgte etwas, was nun wirklich nicht auf ihrem Mist gewachsen war. »Die Wahrheit? Worüber denn? Dass er seine Hausaufgaben nicht gemacht hat? Oder dass er im Schwimmbad seine Badekappe verlor? Oder dass er im Laden einen Lutscher geklaut hat? Was ist denn das, Herr Karanikolos, im Gegensatz dazu, seinem übermäßig gestrengen Vater zu sagen, dass ein Mädchen drei Stunden bei ihm in der Wohnung war und dass es sich bei diesem Mädchen ausgerechnet um Rosy gehandelt hat.«

Sie schwiegen nun alle.

Ich gab den Zettel Trittschuh zurück und dieser gab ihn Nicks Vater.

»Zerreißen Sie ihn und werfen Sie ihn in den Müll, Herr Karanikolos«, schlug Trittschuh Nicks Vater vor. »Sie sollten mit solchem Mist nicht Ihr Gehirn belasten. Es kann nämlich leicht geschehen, dass Sie ihn ein ganzes Leben lang nie mehr loswerden.«

Ich weiß heute noch nicht, wie es kam, dass sich Nicks Eltern sozusagen von einem Moment auf den andern um dreihundertsechzig Grad drehten. Sie blickten sich zuerst etwa eine Minute lang tief in die Augen, dann nickten sie, als hätten sie sich stumm verständigt, und Herr Karanikolos legte eine Hand auf den Arm seiner Frau und dann nickten sie noch einmal und schließlich sagte Nicks Vater, dass er wahrscheinlich durch die Sorge um seinen Sohn den Verstand verloren hätte. Fortan, sagte er, wollte er Nick wieder sein absolutes Vertrauen schenken wie eh und je, und Nicks Mutter brach in Tränen aus und dann umarmten sie Nick und küssten ihn, und als sie auch mich umarmen wollten, sagte ich, dass ich noch dringend Hausaufgaben zu machen hätte.

Ich flüchtete auf mein Zimmer.

Die Karanikolos' blieben noch eine Weile sitzen und tranken Bier und Nicks Vater und Trittschuh redeten über Fußball. Nick klopfte an meine Zimmertür. Ich rief: »Herein«, und da stand er im Türrahmen.

»Das tut mir alles sehr Leid«, sagte er. Das war nun das zweite Mal, dass er sich bei mir entschuldigte. Mir wurde beinahe übel.

»Was denn?«

»Das, was geschehen ist.«

Da ich nicht wusste, ob er den heutigen Abend meinte oder den, an dem ich bei ihm in der Wohnung gewesen war, sagte ich: »Mir auch.«

Und damit war alles gesagt. Wir sahen uns zwar noch in der Schule, aber alles andere war erledigt und schon beinahe vergessen. Ich war eigentlich richtig erleichtert. Nick war eben doch nichts anderes als ein Wicht, besonders im Vergleich zu Hauser, bei dem ich am Montag endlich wieder einmal Nachhilfe hatte.

Ich konnte es kaum mehr erwarten, mit ihm zusammen zu sein.

6

Neun Tage für einen Brief von einem Stockwerk ins andere, das war natürlich lächerlich. Als ich es Hauser nach einer Mathestunde erzählte, wollte er es mir erst gar nicht glauben.

Nicht einmal in Mosambik, wo er einmal ein Jahr lang an einer kleinen Dorfschule im Dschungel unterrichtet hatte, würde die Zustellung eines Briefes so lange dauern. Ausgerechnet Mosambik. Wo der Schwarze im McDonald's herkam. Quewe oder so ähnlich hieß er. Veronika erzählte mir am Nachmittag, dass sie ihn noch immer nicht dazu gebracht hatte, mit ihr zu schlafen. Er sei eben ein ziemlich scheuer und grundehrlicher Naturmensch, auf dessen Sexualtrieb sich das Stadtleben negativ auswirken würde. Das hatte sie vermutlich von Alex, der neuerdings ständig irgendwelche dicken Wälzer über Psychologie und das Sozialverhalten der Menschen mit sich herumschleppte, in denen er ihm wichtig erscheinende Thesen mit einem zitronengelben Markierungsstift markierte, was eigentlich in unserer Schule bei Büchern aus der Bibliothek verboten war.

Für Veronika war die Angelegenheit mit dem Schwarzen aus Mosambik eigentlich nicht mehr als ein Spiel, an dem sie sich aufgeilte. So war sie eben. Ziemlich auf sich selbst fixiert und berechnend, wenn es um eine Beziehung ging. So wollte ich nie im Leben sein und deshalb war ich eigentlich froh, dass Nick und ich einen Weg gefunden hatten, uns aus dem Weg zu gehen, ohne dass daraus eine Feindschaft entstand. Wir redeten beide mit niemandem über das, was geschehen war. Ich glaube, das wird einem zum Verhängnis, wenn man über Dinge, die niemanden etwas angehen, zu viel redet. Das versuchte ich auch Veronika beizubringen. Ich sagte ihr, dass sie über sich und ihre Angelegenheiten zu viel herumredete, und da wurde sie sauer und nannte mich ein verstocktes Huhn, das von nichts eine Ahnung hätte und demnächst auch noch seine letzten Freunde verlieren würde. »Das Getratsche ist doch im Leben wie das Salz in der Suppe«, sagte sie. »Lies mal die Magazine. Da steht nur drin, wer mit wem was hat. Das interessiert jeden normalen Menschen, Rosy.«

»Mich nicht.«

»Es interessiert dich nicht, mit wem sich Stephanie von Monaco herumtreibt?«

»Nein. Das interessiert mich genauso wenig, wie es mich interessiert, wie oft sie jeden Tag auf die Toilette geht und ob sie gerade in flamingorosa Modefarbe oder in Palmenwaldgrün gekleidet ist.«

»Das ist, weil du eben nicht normal bist.«

»Verstehe. Du denkst also auch, dass ich nicht normal bin?«

»Nein. So habe ich es natürlich nicht gemeint. Aber manchmal scheint es mir, als ob du alles zu ernst nehmen würdest und du deshalb ein so verstocktes Huhn geworden bist.«

Ein verstocktes Huhn? Ich staunte nicht schlecht über diesen Vergleich. Ich war absolut kein verstocktes Huhn. Ich hatte eben nur andere Prioritäten. Natürlich blätterte ich hin und wieder die einschlägigen Jugendzeitschriften durch, aber ich gehörte nicht zu denen, die gleich von einem Balkon im siebzehnten Stock springen wollten, als der Knilch von Nirvana Selbstmord verübt hatte.

»Ich bin kein verstocktes Huhn«, sagte ich zu Veronika und es klang wohl ziemlich traurig, denn sie umarmte mich und gab mir einen Kuss und wir lachten beide über das, was wir eben zusammengeschwafelt hatten. »Erzähl mir lieber von Hauser«, sagte sie. »Wie ist er? Ich will alles wissen. Bis ins Detail, Rosy.«

»Da gibt's nichts zu erzählen«, sagte ich.

»Siehst du, das ist es! Du benimmst dich schon wieder wie ein verstocktes Huhn.«

Ich versuchte das Gackern eines Huhnes nachzuahmen. Es gelang mir mehr schlecht als recht.

»Sag mir, wie er sich an dich rangemacht hat.«

»Hat er nicht.«

»Hat er doch. Mir kannst du nichts vormachen. Ich seh es ihm an, wenn er im Klassenzimmer herummarschiert, die Hände auf dem Rücken und den Blick auf dich gerichtet. Er schmachtet, sag ich dir. Er will dich, Rosy! Niemanden sonst sieht er so an. Du musst mir sagen, wie du das geschafft hast.«

Ich beharrte darauf, dass zwischen mir und Hauser nichts gewesen sei, aber es gelang mir nicht, sie zu überzeugen. Ich gab schließlich zu, dass ich mich vermutlich in Hauser verliebt hatte, ohne dass es dieser bemerkt hätte.

»Lieber Gott, Rosy, das gibt es doch gar nicht! Ich dachte, wir sind Freundinnen und haben keine Geheimnisse voreinander. Wenigstens keine wichtigen.«

»Ich habe dir die Wahrheit gesagt!«

Sie lachte nur und nannte mich zum dritten Mal ein verstocktes Huhn. »Die ganze Schule redet über euch, Rosy, und du behauptest, es wäre nichts zwischen dir und Hauser.«

»Es ist nichts zwischen uns!« Ich ließ sie stehen und überquerte die Straße. Später rief sie mich an und wir trafen uns bei McDonald's. Der Schwarze aus Mosambik, Quewe, war nicht dort. Veronika flirtete mit einem netten Jungen, der jede Menge Pickel im Gesicht hatte. Der Junge war ziemlich verlegen, aber das schien Veronika erst recht Spaß zu machen.

Es war behaglich warm in Hausers Dachwohnung. Er hatte Tee gemacht und wir saßen auf dem Sofa und er fragte mich, ob ich ein bisschen Rum in meinen Tee wollte. Das sei eines der besten Mittel, sich vor Erkältungskrankheiten zu schützen.

Wir tranken also Tee mit ein wenig Rum drin, aber ich merkte, wie davon in meinem Kopf alles durcheinander geriet. Ich konnte mich nur noch schlecht konzentrieren und einmal, als ich völlig danebenrechnete, legte er einen Arm um mich und schüttelte mich ein bisschen.

»Wach auf, Rosy«, lachte er und ich ließ mich zur Seite fallen, gegen ihn, und dabei landete mein Kopf auf seiner Brust. Ich spürte, wie er mich festhielt, sodass ich mich nicht von ihm hätte lösen können, selbst wenn ich dies gewollt hätte, aber das wollte ich ohnehin nicht. Mein Kopf ruhte an seiner Brust, das heißt sein Hemd war natürlich dazwischen, ein dickes, flauschiges Winterhemd, das ihm über die graue Kordsamthose herunterhing, aber ich spürte trotzdem seinen Herzschlag an meiner Wange. Außerdem stieg mir ein Hauch von irgendeinem Eau de Cologne in die Nase, das viel herber roch als das von Trittschuh. Wir sagten nichts zueinander und wir rührten uns nicht. Seine Brust hob und senkte sich gleichmäßig und ich fühlte mich in seinem Arm so ruhig und geborgen, dass ich wünschte, er hätte mich nie mehr losgelassen.

Ein Wunsch, der unmöglich in Erfüllung gehen konnte. Aber ein paar Sekunden waren in diesem Augenblick immerhin schon fast eine Ewigkeit. Ich war richtig benommen, als er mich mit seiner Hand an der Schulter berührte und mich aufrichtete, als hätte ich das von alleine nicht geschafft.

»Rosy«, sagte er und blickte mich an, »Rosy, bei dieser Aufgabe kommt es darauf an, dass du dich auf den gemeinsamen Nenner konzentrierst.«

Er tat, als wäre überhaupt nichts geschehen, und erklärte mir die Aufgabe, bis ich schließlich klar erkennen konnte, wo ich mich vorhin vertan hatte. Ich löste die nächste Aufgabe in null Komma nichts und wir gaben uns ein paar High-Fives. Es war merkwürdig, wie sich seine Fröhlichkeit auf mich übertrug. In seiner Nähe war ich wie verwandelt. Ich konnte lachen wie sonst nie und ich verlor jede Scheu, irgendetwas Falsches zu machen oder etwas Dummes zu sagen. Irgendetwas in mir drängte mich sogar, ihm zu sagen, dass ich ihn liebte. Ich suchte in meinem Kopf nach den richtigen Worten, während ich gleichzeitig seine Erklärungen in mir abzuspeichern versuchte. Das gelang mir schlecht. Ich machte sogar bei den einfachsten Aufgaben Fehler und er forderte mich mehrere Male auf, mich besser zu konzentrieren. Ich war so nahe dran, ihm zu gestehen, warum ich mich nicht konzentrieren konnte, dass in mir alles brannte. Ich stand auf und ging auf die Toilette. Seine Toilette war unheimlich sauber. »An den Toiletten sieht man sofort, mit wem man es zu tun hat«, behauptete Trittschuh, der ja durch sein Teppichreinigungsgeschäft in viele Häuser kam und es deshalb wissen musste. Ich setzte mich auf den Klodeckel und versuchte mich zu beruhigen. Als mein Kopf kühler war, betrachtete ich mich im Spiegel. Meine Augen schienen seltsam zu leuchten. Vielleicht hatte ich wieder Fieber und einen Gripperückfall. Ich roch an einigen von seinen Eau-de-Cologne-Fläschchen, die auf einem Regalbrett standen. Warenmuster. Es begann in meiner Nase zu kitzeln und ich musste niesen. Ich hörte ihn in der Küche herumhantieren. »Ich weiß, dass es nicht richtig ist, aber ich habe mich in Sie verliebt«, flüsterte ich meinem Spiegelbild zu. Oder sollte ich besser »dich« sagen? »Ich weiß, dass es nicht richtig ist, aber ich habe mich in dich verliebt, Bernd.«

Ich grinste mich an.

»Was soll denn daran falsch sein, Rosy? Ich liebe dich auch!«

»Ehrlich?«

»Ehrlich! Wie soll ich es dir denn beweisen, Rosy?«

»Küss mich!«

Uh, war das nicht der Stoff für einen richtig geilen Film mit Tom Cruise? Oder Johnny Depp? Den mochte ich eigentlich, weil er ein bisschen aussieht wie ich. Das behaupten wenigstens Andrea und meine Mutter. Und Andrea, die hat ihn über dem Bett an der Wand hängen, beinahe in dreifacher Lebensgröße. Nur das Gesicht natürlich.

Ich verließ das Badezimmer. Hauser war in der Kochnische, die halb von einem riesigen Gummibaum und einer Trennwand aus Bambus verdeckt war. Ich setzte mich aufs Sofa und wartete. Ich blätterte in meinem Matheheft herum und das Chaos in meinem Kopf wurde immer schlimmer. Ich merkte gar nicht, dass er hinter dem Gummibaum hervorgetreten war und mich beobachtete. Erst als er lachte, wurde ich auf ihn aufmerksam. Er lehnte an der Trennwand und lachte mich an.

»Ich glaube, heute ist kein Tag, an dem ich dir viel beibringen kann, Rosy«, sagte er. »Willst du mir nicht sagen, was dich beschäftigt?«

»Es ist nichts«, sagte ich.

»Nichts?«

»Nein.«

»Das glaube ich dir nicht. Ich kenne dich inzwischen recht gut und ich weiß, wenn irgendetwas nicht stimmt mit dir.«

Ich machte das Matheheft zu und verstaute es in meinem Sportsack.

»Du wirst deine Herbstferien bei deinem Vater verbringen, nicht wahr?«

»Ja.«

»Das tust du doch gern, Rosy?«

»Ja. Ich war noch nie in Freiburg.«

»Ich habe in Freiburg studiert«, sagte er. »Eigentlich wollte ich in Freiburg unterrichten. Die Stadt ist mir während meines Studiums richtig ans Herz gewachsen.« Er blickte mich die ganze Zeit an, während er das sagte. Und er hatte dabei ein Lächeln im Gesicht. »Mit Freiburg ist es mir beinahe so ergangen wie mit dir, Rosy. Ich mochte die Stadt vom ersten Augenblick an, als ich sie sah.«

Ich spürte, wie meine Handflächen feucht wurden und mein Herz immer schneller schlug. Jetzt wäre wohl die beste Gelegenheit gewesen, ihm zu sagen, dass ich ihn liebte, aber ich brachte die Worte einfach nicht über die Lippen.

Er kam zum Sofa herüber und setzte sich neben mich hin.

»Rosy, du weißt, was in der Schule geredet wird«, sagte er und er ergriff meine Hand und hielt sie fest. Ich konnte nur nicken.

»Du weißt auch, dass es immer dieselben sind, die solche Gerüchte verbreiten, Rosy.«

Das wusste ich. Alex und Veronika gehörten zu denen. Sibylle natürlich auch. Und ein paar andere.

»Mir macht es wenig aus, wenn sie über mich reden, Rosy. Aber ich könnte mir denken, dass es dich stört. Immerhin sind es deine Mitschüler und Freunde.«

Er dachte wirklich, dass mir das Gerede in der Schule zu schaffen machte. Dabei hatte ich mir mehr Gedanken um ihn gemacht. Immerhin war er ein Lehrer. Wenn sein Ruf ruiniert wurde, konnte es sein, dass er seine Anstellung verlor. Oder noch schlimmer. Ich hatte gehört, dass man Lehrer, die etwas mit Schülern hatten, sogar einsperrte. Das Salz in der Suppe, nannte Veronika diese Gefahr. Das Salz in der Suppe!

»Ich wünsche mir, dass du mir vertraust, Rosy«, sagte er und sein Händedruck wurde fester. »Du kannst mir jederzeit sagen, wenn dich etwas bedrückt. Du kannst mich Tag und Nacht hier erreichen. Ich gebe dir meine Telefonnummer, sie steht nicht im Telefonbuch.«

Er gab mir tatsächlich seine Telefonnummer und ich schrieb sie so ins Mathebuch, dass es aussah, als gehörten die Zahlen zur Lösung einer Aufgabe. Er grinste, als er das sah, und er bat mich, die Nummer niemandem weiterzugeben, nicht einmal an meine Mutter oder meinen Vater. Außerdem solle ich mich nicht durch das Gerede beirren lassen. »Es ist vorrangig, dass du in Mathe vorankommst, Rosy, damit du nicht ein Jahr wiederholen musst. Alles andere ist im Moment nicht so wichtig.«

Er hatte keine Ahnung, was für mich wichtig war und was nicht. Mathe bestimmt nicht. Klar wollte ich nicht ein Jahr wiederholen, aber ich hätte wahrscheinlich nur noch Einser geschrieben, wenn er wenigstens gemerkt hätte, dass ich ein Mädchen war. Er mochte mich, das hatte er selbst zugegeben, er mochte mich, wie er Freiburg mochte, aber ich war keine Stadt, mit Häusern und Straßen und Kneipen und Kirchen. Ich war ich. Rosy Walther. Mit y und mit th. Nicht sehr gut in Mathe, aber sonst okay. Konnte er das denn nicht sehen, verdammt! Spürte er nicht die Liebe, die uns gefangen hatte und uns nicht mehr loslassen wollte?

Ich erhob mich vom Sofa. Meine Beine wollten nicht so richtig und ich bewegte mich beinahe mechanisch zu dem Garderobenständer, der hinter einem Gummibaum stand. Ich blickte ihn nicht an, aber ich wusste, dass er mich beobachtete. Ich nahm meine Regenjacke von der Garderobe und legte sie mir über den Arm. Den Sportsack vom Schulterriemen hängen lassend, ging ich zur Wohnungstür. Dort holte mich seine Stimme ein.

»Rosy!«

Ich blieb stehen.

Er kam auf mich zu und vergeblich suchte ich in seinem Gesicht nach einer Spur des Lächelns, das ich eben noch bei ihm gesehen hatte.

Er blieb vor mir stehen, so dicht, dass ich den Kopf ein bisschen zurücklegen musste, um ihm in die Augen zu sehen.

»Rosy«, sagte er und ich hörte das leise Zittern in seiner Stimme, »Rosy, wir sollten nicht zerstören, was uns verbindet. Denk daran, wenn du jetzt nach Hause gehst, und ich bin sicher, dass du verstehen wirst, was ich damit meine.«

Ich stand still, beinahe ohne zu atmen. Meine Augen begannen zu brennen und ich senkte den Kopf etwas. Da nahm er mich bei den Schultern und schüttelte mich.

»Wach auf, Rosy!«, lachte er.

Ich hob den Kopf und zwang mich, mit ihm zu lachen, obwohl ich die Tränen spürte, die mir kommen wollten.

»Ich schlafe nicht«, sagte ich. »Ich träume nur.«

Und als er mit den Händen nach meinen Schultern greifen wollte, drehte ich mich um und machte schnell die Tür auf. Ich rannte die Treppe hinunter und er rief meinen Namen.

»Rosy!«

Ich lief weiter und hörte ihn noch einmal.

»Rosy!«

Die Haustür schlug hinter mir zu. Ich stand im Regen und zog erst einmal meine Regenjacke an. Dann machte ich mich auf den Heimweg. Obwohl es regnete, entschied ich mich, nicht den Bus zu nehmen. So ging ich durch die dunklen Straßen unserer Stadt, geblendet vom Licht der Autos, die mir entgegenkamen. Ich ärgerte mich darüber, dass ich nicht den Mut gehabt hatte, ihm zu sagen, was wirklich los war mit mir. Ich ärgerte mich und ich war von mir selbst enttäuscht. An das, was er mir zum Abschied gesagt hatte, wollte ich eigentlich überhaupt nicht denken. Schon aus reinem Trotz nicht. Aber die Worte fielen mir immer wieder ein und ich konnte ihn sehen, wie er vor mir stand mit seinem ernsten Gesicht und seinen Augen, die durch die Brillengläser hindurch in mich hineinsehen konnten.

Was war denn zwischen uns, wenn nichts war? Das hätte ich gern gewusst. Es war nur niemand da, der mir darauf eine Antwort hätte geben können. Was war es denn, was wir hätten zerstören können? Und durch was? Ich liebte ihn. Ich war mir noch nie im Leben über eine Sache so sicher gewesen wie über diese. Ganz bestimmt. Ich war noch nicht so alt, dass mich meine Erinnerung im Stich gelassen hätte. Und ich machte mir nichts vor. Ich wusste, wer ich war. Rosy Walther. Rosy!

Ich dachte an Nick Karanikolos und daran, dass unsere Freundschaft an jenem Abend kaputtgegangen war, als wir miteinander geschlafen hatten. Was denn, geschlafen? Gebumst, würde Veronika sagen. Sie hatte da überhaupt keine Schwierigkeiten. Ich eigentlich auch nicht, wenn es nicht mich selbst betraf. Merkwürdig war das, was da alles in einem abgeht, wenn man jemanden so liebt, wie ich Hauser liebte. Da kann man gewisse Dinge plötzlich nicht mehr beim Namen nennen. So als ob man davon eine dreckige Seele kriegte.

Ein Auto fuhr neben mir an den Gehsteigrand ran. Es war Trittschuhs neuer Diesel. Er hupte, beugte sich herüber und machte die Tür auf.

»Los, steig ein, Rosy, ich fahr dich nach Hause.«

Ich stieg ein.

»Warst du bei Hauser?«, fragte er.

»Ja.«

»Und? Wie war's?«

»Okay.«

Er blickte mich kurz von der Seite an, dann konzentrierte er sich wieder auf den Feierabendverkehr. Ich machte das Radio an. Er hatte Südwestfunk 3 drauf. Die brachten eben Nirvana. Kurt Cobain. Probleme, mit denen er nicht fertig wurde. Ich habe Probleme, Mann! Ich habe Probleme!

Trittschuh bat mich das Radio leiser zu drehen. Als ich es nicht tat, machte er es selbst leiser.

Ich gab mir unheimlich Mühe mit Mathe. Ich büffelte daheim bis spät in die Nacht hinein. Einmal schlief ich sogar auf dem Stuhl ein und wachte erst auf, als ich mit dem Kopf auf dem

Boden aufschlug. Der Knall weckte Andrea. Ich hörte sie im Flur herumschleichen. Ich ging hinaus und sie beäugte mich, als wäre ich ihr im Traum als Hexe erschienen.

»Was willst du?«, fragte ich sie leise.

»Nichts!«, stieß sie hervor und lief auf nackten Füßen in ihr Zimmer zurück. Ich ging auf die Toilette und dann ins Bett, aber ich konnte nicht schlafen.

Am nächsten Tag war Training.

Unser Trainer hieß Abend. Guten Abend, Herr Abend. Das war so ein blöder Witz. An diesem Abend nahm er mich zur Seite.

»Du siehst nicht besonders gut aus, Rosy. Ist was?«

»Ich war krank. Hatte die Grippe.«

»Ja, das weiß ich. Aber sonst? Du kannst mir immer sagen, wenn was ist.«

»Danke.«

Als ob ich mit ihm über so was hätte reden können. Er war keiner von denen, mit dem man über etwas anderes reden kann als über Fußball. Sonst war er nett. Hatte nur noch einen Lungenflügel, weil ihm der andere bei einem Unfall kollabiert war. Früher soll er einmal ein guter Spieler gewesen sein. Zweite Bundesliga. Linker Flügel. Wäre das mit seiner Lunge nicht passiert, hätte er wahrscheinlich Jungs trainiert und keine Mädchen. Wenn er von uns redete, sprach er manchmal von seinen Jungs. Das nahmen wir ihm nicht übel.

Nach dem Training ging ich zu McDonald's. Quewe hatte Dienst. Ich fragte ihn, wie lange in Mosambik normalerweise ein Brief unterwegs wäre.

»Wie bitte?«

»Nicht von einer Stadt in die andere. In derselben Stadt. Sozusagen von einem Briefkasten zum anderen.«

Er sah mich an, als hätte ich den Verstand verloren.

»Ein Tag«, sagte er.

»Und am Wochenende?«

Er hob die Schultern. »Ein Tag. Oder zwei, wenn der Sonntag dazwischenkommt.«

Wahrscheinlich dachte Quewe von diesem Abend an, dass ich 'ne Macke hatte. Auf jeden Fall bediente er mich fortan immer mit besonderer Aufmerksamkeit. Außerdem fragte er ausgerechnet Veronika über mich aus.

»Weißt du, was er wissen wollte?«, fragte sie mich.

»Keine Ahnung.«

»Er wollte wissen, ob du 'nen Freund hast.«

»Bestimmt hast du ihm gesagt, was du allen andern sagst.«

»Und was sage ich allen andern?«

»Dass ich mit Hauser schlafe.«

»Das habe ich keinem Menschen gesagt, Rosy. Wie kommst du denn darauf! Du kannst alle fragen, ob ich so was herumerzählt habe.«

Wir schwiegen und aßen unsere Pommes mit Majo.

»Übrigens, hast du nun mit ihm geschlafen oder nicht?«

Ich gab ihr keine Antwort. Sie lachte.

»Ich hab's doch gewusst«, sagte sie. Wir gingen zusammen nach Hause. Es regnete nur leicht, aber es war kalt geworden. In einer Woche fingen die Herbstferien an.

»Das wird nicht einfach für dich, zwei Wochen in Freiburg zu verbringen«, sagte Veronika auf dem Heimweg.

Ich wusste, worauf sie hinauswollte.

»Zwei Wochen sind schnell vorbei.«

»Nicht ohne Hauser.«

»Vielleicht kommt er mich besuchen. Freiburg, das ist die Stadt, wo er studiert hat. Seine Lieblingsstadt.«

»Bist du sicher, dass er nicht in Heidelberg studiert hat?«

»Ja. Er hat es mir selbst gesagt.«

»Mir war, als hätte er uns einmal gesagt, dass er in Heidelberg studiert hat.«

»Er hat in Freiburg studiert.«

»Okay. Dann wird das ja ein richtiger Abenteuerurlaub für dich. Dein Alter weiß bestimmt nicht, dass du es mit deinem Lehrer treibst.«

»Mein Alter ist nicht mein Alter, sondern mein Vater, und ich habe nie behauptet, dass ich es mit meinem Lehrer treibe!«

»Aber abgestritten hast du es auch nicht.«

»Was würde das bringen? Du spinnst dir doch dein eigenes Zeug zusammen. Von der Wahrheit willst du überhaupt nichts wissen.«

Sie blieb mitten im Schritt stehen und ich traute meinen Augen nicht, als ich sah, wie sie zu heulen anfing. Stand einfach da, mitten auf dem Gehsteig im Nieselriegen, und schluchzte.

Ich ging zu ihr und legte einen Arm um sie.

»Was habe ich denn gesagt, dass du plötzlich so durchdrehen musst?«, fragte ich sie.

Sie schüttelte den Kopf und schluchzte ein paar Worte, die ich nicht verstehen konnte. Ein älterer Herr blieb stehen und fragte uns, ob er uns irgendwie behilflich sein könne. Wir schüttelten beide die Köpfe.

»Was ist?«, fragte ich sie.

»Nicht … nichts«, schluchzte sie. »Ich … ich bin nur traurig.«

»Traurig? Ausgerechnet du?«

»Das ist mir wirklich schon lange nicht mehr passiert«, sagte sie, halb lachend und halb weinend. »Weißt du, ich beneide dich um deine Freundschaft mit Hauser. Du bist ganz anders geworden, Rosy. Viel erwachsener. Manchmal wünsche ich mir nichts anderes, als so zu sein wie du.«

»Wie ich? Ich glaub, du spinnst. Kein Mensch will so sein wie ich. Du weißt ja selbst, was man sich so über mich erzählt. Dass ich nicht weiß, ob ich ein Junge bin oder ein Mädchen. So was passiert dir nie im Leben, Mann!«

»Ganz bestimmt nicht, Rosy«, lachte sie. »Ich bin nämlich schwanger.«

»Schwanger?«

»Schwanger.«

»Bist du sicher?«

»Absolut. Ich habe den Test gemacht.«

»Hu«, sagte ich, weil ich nicht wusste, was ich ihr darauf hätte sagen sollen. Wir starrten uns in die Augen und sie nickte dabei.

»Fichtel hat schon einen Arzt angerufen und der wird es mir wegmachen.«

»Wegmachen?«

»Abtreiben.«

Da blieb mir echt die Spucke weg. Ich starrte sie fassungslos an.

»Du... du bist wahnsinnig«, stieß ich hervor. Sie winkte ab.

»Willst du nicht wissen, von wem es ist?«, fragte sie mich.

Eigentlich war mir das egal, aber das hätte sie mir nie geglaubt.

»Von wem?«, fragte ich sie.

»Fichtel.«

»Fichtel?«

»Ja. Du kennst ihn auch. Er arbeitet im Schallplattenladen. Ziemlich irrer Typ. Fährt ein Motorrad.«

»Der heißt Fichtel. Wusste ich gar nicht.«

»Jetzt weißt du's.«

»Der ist doch mindestens fünfzehn Jahre älter als du?«

»Dreißig ist er.«

»Dreißig?«

»Und verheiratet. Seine Frau liebe ihn nicht mehr. So hat

es angefangen. Dabei hat er schon zwei Kinder mit ihr. Übrigens, Hauser ist auch nicht jünger, Rosy.«

»Hauser ist siebenundzwanzig.«

»Na, also. Was sind schon drei Jährchen. Aber ehrlich, wenn das Kind von Hauser wäre, würde ich es bestimmt behalten wollen.«

Sie hakte sich bei mir ein und wir gingen die Straße hinunter zur Bushaltestelle. Dort setzten wir uns auf die Bank und sie erzählte mir alles von diesem Fichtel, wie er sich an sie herangemacht hatte und was dann geschehen war. Ich hörte zu, weil ich sie nicht einfach sitzen lassen konnte. Außerdem war sie meine Freundin.

»Wem hast du denn das alles schon erzählt?«, fragte ich sie zum Schluss.

»Niemandem«, sagte sie.

»Nicht einmal Fichtel.«

Wir umarmten uns auf der Bank und sie legte den Kopf gegen meine Schulter.

»Jetzt geht es mir schon wieder besser«, sagte sie.

Wenig später kam der Bus und wir stiegen ein.

7

Mein Vater rief mich an. Ich hörte zuerst meine Mutter mit ihm reden. Wenn sie mit ihm am Telefon redete, gab sie sich immer besonders Mühe, nett zu sein. Ihre Stimme war auch ganz anders als sonst. Richtig lieb.

»Soll ich dich holen kommen oder kommst du mit dem Zug?«, fragte er mich.

»Ich komme mit dem Zug«, sagte ich ihm. »Ich fahr gern mit dem Zug.«

»Gut. Dann hol ich dich am Bahnhof ab. Ruf mich vorher an und gib mir die Ankunftszeit durch, Rosy.«

»Okay.«

»Freust du dich?«

»Und wie!«

»Ich mich auch! Ich habe im Geschäft gesagt, dass ich zwei Wochen lang nicht ins Ausland will. Nicht einmal aus der Stadt raus. Ich glaube, das hat man inzwischen arrangiert. Und Hilde freut sich auf dich. Wenn du willst, kannst du ihr ab und zu im Buchladen helfen. Das würde dir bestimmt Spaß machen.«

»Bestimmt«, sagte ich, obgleich ich mir nicht so sicher war, dass ich mit seiner Hilde überhaupt zurechtkommen würde. Vielleicht war sie eine alte Schrulle, die nichts als hochgeistiges Zeug im Kopf hatte, sodass man mit ihr nur über Schopenhauer reden konnte oder über die Philosophie eines alten Griechen. Ich konnte mir das zwar nicht richtig vorstellen, weil ich doch meinen Vater ziemlich gut kannte, aber immerhin hatte sie einen Buchladen und da trifft man oft auf die merkwürdigsten Leute.

Auf jeden Fall war ich richtig gespannt auf sie und ich konnte das Wochenende und den Beginn der Herbstferien kaum mehr erwarten. Ich war ziemlich unruhig, denn in meinem tiefsten Innern kroch die Angst herum wie ein kleines Monster, das sich auf dem Weg zu meiner Seele mit spitzen Krallen durch die Eingeweide wühlte. Ich fürchtete, dass in dieser letzten Woche noch irgendetwas passieren würde, irgendein Unglück oder was, das mich daran hinderte, nach Freiburg zu fahren. Da ich keine Ahnung hatte, was es sein würde, war ich sogar beim Überqueren einer Straße besonders vorsichtig und schaute zweimal nach links und zweimal nach rechts, bevor ich vom Gehsteigrand trat.

So war das mein ganzes Leben lang gewesen. Immer wenn

ich mich besonders auf etwas gefreut hatte, war ein Unglück dazwischengekommen. Einmal, als ich mit dem Fußballverein nach Holland zu einem Turnier fahren sollte, verstauchte ich mir den Knöchel am rechten Fuß, sodass ich nur noch auf Krücken gehen konnte. Und ein anderes Mal wurde ich von den Masern ausgerechnet zu einem Zeitpunkt heimgesucht, als die Schule einen Ausflug in die Berge machte.

Ich war also ganz besonders darauf bedacht, dass mir in dieser Woche nichts zustieß. Ich zog mich warm an, weil die halbe Schule die Grippe hatte, und ich hörte nicht auf Alex, der mich dazu anstiften wollte, im Teich nach seinem alten Moped zu tauchen, das über die Böschung hinuntergestürzt und spurlos im schlammigen Wasser verschwunden war.

Am Montag ging ich zu Hauser.

Es regnete in Strömen. Ich konnte mich gar nicht mehr daran erinnern, dass es einmal nicht geregnet hatte. Die Leute hatten den Regen und dieses verfrühte Herbstwetter satt. Überall redeten sie darüber und beklagten sich.

Auf dem Weg zu Hauser lauerte mir Veronika auf. Sofort stieg in mir das Misstrauen und die Angst auf. Ich wollte mich nicht von ihr aufhalten lassen und ihre Probleme zu meinen machen. Ich hatte schon die ganze Nacht schlecht geschlafen, weil ich das, was sie mir anvertraut hatte, nicht aus meinem Kopf verdrängen konnte. Als ich sie aus dem McDonald's kommen und über die Straße laufen sah, ahnte ich natürlich, dass sie auf mich gewartet hatte und dass etwas nicht stimmte.

»Rosy, du musst mir helfen«, stieß sie hervor.

»Du warst heute nicht in der Schule«, sagte ich.

»Ja. Ich konnte nicht. Wir haben uns mit dem Arzt getroffen.«

»Du, ich hab im Moment keine Zeit. Du weißt ja, dass ich zu Hauser muss.«

Sie nickte und als ich weiterging, folgte sie mir und packte mich am Arm.

»Wir sind Freundinnen, stimmt's?«

»Was soll ich für dich tun?«

»Ich... ich brauche dreihundert Mark, Rosy«, sagte sie stockend.

»Dreihundert Mark?«

»Ja!«

»Wofür?«

»Frag mich lieber nicht.«

»Ich frag dich aber!«

»Für die Abtreibung.«

»Mann, wieso brauchst du dreihundert Mark für die Abtreibung? Du kannst doch einfach zu 'nem Arzt gehen und...«

»Das geht nicht, Rosy! Fichtel sagt, dass sein Leben ruiniert ist, wenn jemand etwas erfährt. Er will nicht, dass ich einfach zu einem gewöhnlichen Arzt gehe und...«

»Man braucht dem Arzt doch nicht einmal mehr zu sagen, wer der Vater ist, Mann! Das weiß doch inzwischen jeder!«

»Fichtel sagt, dass sie einem Fragen stellen und dass es früher oder später bekannt wird. Außerdem wollen sie, dass man zu einem Psychotherapeuten geht. Das kann ich nicht. Ich brauch keinen Psychotherapeuten, verdammt. Ich weiß haargenau, was los ist, und ich werd auch damit fertig, glaub es mir! Außerdem muss ich an seine Familie denken, Rosy. Er hat zwei kleine Kinder!«

»Das hätte er sich wohl überlegen sollen, als er mit dir...«

»Rosy, bitte, ich kann das jetzt am allerwenigsten brauchen. Ich mache mir selbst die schlimmsten Vorwürfe, aber das ändert nichts an dem, was geschehen ist. Er hat mir gesagt, dass er den größten Teil des Geldes auftreiben kann. Aber wir sind dreihundert Mark zu knapp dran, Rosy, und es muss jetzt schnell gehen, verstehst du?«

»Und wo soll ich denn dreihundert Mark auftreiben?«

»Warum fragst du nicht Hauser. Er würde...«

»Hauser? Du bist wahnsinnig! Was sollte ich ihm denn sagen, wenn er mich fragt, wofür ich das Geld brauche?«

»Sag ihm etwas. Irgendetwas. Er wird dir glauben. Er vertraut dir, Rosy!«

Ich schüttelte den Kopf.

»Tut mir Leid, aber ich glaube nicht, dass ich das tun kann.«

»Rosy, du weißt, dass ich dich nicht fragen würde, wenn es nicht absolut lebenswichtig wäre. Ich habe schon Quewe gefragt und er hat mir fünfzig Mark geliehen. Das ist alles, was er hatte.«

»Fünfzig Mark? Dann brauchst du jetzt noch zweihundertfünfzig?«

»Nein. Insgesamt brauche ich noch fünf- oder sechshundert. Den größten Teil treibt Fichtel auf. Etwa zweihundert kann ich aufbringen, Rosy. Außerdem habe ich ein Sparschwein zu Hause.«

»Ich weiß nicht, von wem ich dreihundert Mark kriegen könnte. Das ist viel Geld.«

»Bitte frag Hauser! Er wird sie dir bestimmt leihen, Rosy!«

»Das kann ich nicht!«

»Für mich, Rosy! Bitte!«

»Ich kann vielleicht Trittschuh fragen.«

»Deinen Vater?«

»Er ist nicht mein Vater!«

»'tschuldige. Das weiß ich doch.«

»Und ich könnte Kalmbach fragen.«

»Wer ist denn das?«

»Unser Hausmeister. Du kennst ihn.«

»Dieser fiese Typ? Warum sollte ausgerechnet er dir Geld geben? Hast du ihn etwa mal...?« Sie brach ab. »Rosy, es ist mir egal, woher das Geld kommt. Ich brauche es dringend und so schnell wie möglich.«

Ich gab ihr keine Antwort. Als wir am Anfang der Straße ankamen, in der Hauser wohnte, blieben wir stehen. Ein Polizist musterte uns kurz und ging weiter.

»Tust du's?«, fragte sie mich.

Ich hob die Schultern.

»Ich kann es mal versuchen. Aber ich weiß nicht, ob es klappt. Ich kann mal Trittschuh fragen.«

»Bitte sag ihm nicht, wofür das Geld wirklich ist, Rosy. Ich will nicht, dass Fichtels Familie kaputtgeht.«

»Ein Schwein ist er!«, brach es aus mir heraus. »Nicht nur, dass er dich geschwängert hat, jetzt bringt er nicht einmal den Mut auf, dazu zu stehen. Ich könnte ihn ...«

»Rosy! Ich war es, die ihn angemacht hat!«

Ich starrte sie wütend an und sie lächelte. »Es wird schon alles in Ordnung gehen, Rosy. Du brauchst dir um mich keine Sorgen zu machen.«

»Das mach ich mir aber«, sagte ich. »Tut mir Leid, verdammt!«

»Sag niemandem was! Bitte!«

Wir umarmten uns in unseren klitschnassen Regenjacken.

»Ich muss jetzt gehen«, sagte ich.

»Tschüss.«

»Tschüss.«

Wir gingen auseinander und das kleine Monster in mir rumorte herum, als hätte es endlich meine Seele in den Krallen.

Hauser war noch nicht zu Hause. Ich hockte mich auf der schmalen Treppe hin, lehnte mich gegen die Mauer und schloss die Augen, aber die Weltuntergangsstimmung, in der ich mich befand, fiel nicht von mir. Im Gegenteil, die Stille in diesem Treppenhaus, in dem ich mich so schutzlos fühlte, als hätte ich mich hierher verirrt, machte alles noch viel schlimmer. Ich hatte es gewusst! Ich hatte gewusst, dass noch irgendetwas schief gehen würde. Jetzt musste ich nur aufpassen, dass ich da irgendwie rauskam und mein Herbsturlaub bei meinem Vater nicht in die Binsen ging.

Ich überlegte mir fieberhaft, was ich für Veronika tun könnte. Sie war immerhin sozusagen meine beste Freundin, obwohl wir eigentlich nicht mehr so oft zusammen waren wie früher. Instinktiv ahnte ich, dass sie dabei war, einen riesigen Fehler zu machen, indem sie auf Fichtel Rücksicht nahm und sich nicht an einen Arzt ihres Vertrauens wandte, der ihr hätte helfen können. Mit einer solchen Sache war nicht zu spaßen. Da findet bei einem Mädchen im Kopf allerhand statt und deshalb hätte sie natürlich jemanden aufsuchen sollen, der ihr diesbezüglich hätte zur Seite stehen können. Irgendwann hatten wir mal im Sexualunterricht über diese Dinge gesprochen. Wie man beim Geschlechtsverkehr verhindern kann, dass man schwanger wird. »Safer Sex!« Ich konnte mich noch gut daran erinnern, dass eine Ärztin in die Klasse gekommen war, die uns einen Film gezeigt und mit uns über die Verantwortung diskutiert hatte, die jedem von uns auferlegt war, sobald wir uns dazu entschieden, sexuell aktiv zu sein. Wir hatten auch darüber gesprochen, was zu tun war, wenn es versehentlich zu einer ungewollten Schwangerschaft kam, aber ich hatte damals nicht besonders aufgepasst. Wir hatten das alle nicht sehr ernst genommen, damals, weil keiner von uns auf den Gedanken gekommen wäre, dass es einmal uns selbst betreffen könnte. Wir waren ja so cool und obergescheit, dass ich mir jetzt selbst hätte in den Hintern treten können vor Wut.

Ich hörte Hauser heraufkommen. Er beeilte sich und als er mich auf der Treppe sitzen sah, blieb er stehen und betrachtete mich.

»Es tut mir Leid, dass ich mich verspätet habe«, entschuldigte er sich. »Wartest du schon lange?«

»Nicht sehr. Fünf Minuten höchstens.«

Er kam zu mir und streckte mir seine Hand entgegen, um mir beim Aufstehen behilflich zu sein. Ich ergriff sie und er zog mich hoch und da standen wir im halbdunklen Treppenhaus so dicht voreinander, dass wir uns berührten, und ich dachte schon, dass er es jetzt tun würde, dass er mich umarmen und küssen würde, aber er legte nur seinen Arm um mich und sagte mir voller Freude, dass ich bei meiner letzten Mathearbeit nur eine einzige Aufgabe falsch gelöst hätte.

»Komm, ich zeig es dir, Rosy!«

Er war richtig aufgeregt und noch bevor er in der Wohnung seinen Regenmantel auszog, öffnete er seine Mappe und entnahm ihr einen Ordner, in dem er die korrigierten Mathearbeiten aufbewahrt hatte. »Ich kann dir dafür keine Eins geben, Rosy, aber eine Zwei plus ist ja auch nicht von schlechten Eltern.« Er nahm mich bei der Hand. »Was sagst du jetzt?«, fragte er mich so stolz, als wäre er mein Vater.

»Das ist meine erste Zwei in Mathe«, sagte ich. »Das nächste Mal wird es vielleicht eine Eins sein.«

»Ja, ich weiß, dass du daheim viel arbeitest, Rosy, und das freut mich ganz besonders. Oft ist es nämlich so, dass man sich vergebens um einen Schüler oder eine Schülerin bemüht. Aber bei dir, da macht es mir besonders viel Spaß.«

Er ließ meine Hand los und begann seinen Mantel auszuziehen. Ich zog meine Regenjacke aus und er nahm sie mir ab und hängte seinen Mantel und meine Regenjacke an denselben Garderobehaken.

»Ich mach uns ganz schnell einen Tee«, sagte er und verschwand hinter dem Gummibaum und der Bambustrennwand. »Rosy, du musst mir die Telefonnummer deines Vaters geben, damit ich dich anrufen kann, wenn ich nach Freiburg komme«, rief er aus der Küche.

»Kommen Sie denn nach Freiburg?«, fragte ich und mein Herz wollte in diesem Moment zerspringen.

»Ich habe daran gedacht, meine Freunde wieder mal zu besuchen, Rosy«, kam es aus der Küche zurück. »Und bei dieser Gelegenheit könnte ich auch gleich nach dir sehen.«

»Ich... ich weiß nicht, ob wir in Freiburg bleiben oder irgendwohin fahren werden«, sagte ich.

»Wie bitte? Sag das noch einmal, Rosy. Ich konnte dich nicht verstehen.«

»Ich habe gesagt, dass wir vielleicht nicht in Freiburg bleiben, sondern irgendwohin fahren werden. Mein Vater, glaube ich, hat Urlaub genommen.«

Jetzt kam er hinter der Trennwand aus Bambus hervor.

»Das wäre schade«, sagte er. »Ich hätte dir die Stadt zeigen können und die Uni.« Er lachte und hob die Schultern. »Gib mir die Telefonnummer trotzdem, Rosy. Wer weiß, vielleicht klappt es ja.«

Ich schrieb ihm die Telefonnummer auf einen Zettel, den er über seinen Computer mit einem Stück Tesa an die Stirnseite eines Regalbrettes klebte. Dort hingen mindestens drei dutzend Zettel, zum Teil übereinander, alle mit irgendwelchen Notizen und Nummern drauf. Mir fiel ein, dass er mir noch nie mehr von sich erzählt hatte als irgendwelche ganz banalen Dinge, zum Beispiel, dass er in Freiburg studiert und in Mosambik unterrichtet hatte. Nichts über sein Privatleben. Wer seine Freunde waren. Was er in seiner Freizeit am liebsten tat. Ob er ins Kino ging oder ins Theater. Und in welchen Kneipen er sein Bier am liebsten trank. Ich hatte keine Ahnung, ob er Schi laufen konnte oder ob er überhaupt einen Sport betrieb. Genau genommen wusste ich überhaupt nichts über ihn, außer dass er mein Mathelehrer war.

Er brachte zwei Tassen und die Teekanne ins Wohnzimmer, während ich ein paar Bilder an der Wand betrachtete, die wahrscheinlich Kunstwerke waren.

»Lithografien«, sagte er. »Von Krajnc. Das ist ein österreichischer Künstler, den ich bei einer Kunstausstellung in London getroffen habe. Ich mag seine Bilder besonders, weil sie eine versteckte Dimension haben, die einem zufälligen Betrachter verborgen bleibt.«

Ich hatte keine Ahnung, was er damit meinte, und so demonstrierte er es mir anhand eines Bildes, auf dem ich nichts Besonderes entdecken konnte außer einer Landschaft mit einem Teich und Bäumen. Am Ufer festgemacht, lag ein Ruderboot im Wasser, in dem sich die Landschaft spiegelte. »Was du siehst, wenn du das Bild direkt von vorne betrachtest, ist nicht das, was es in Wirklichkeit darstellt.« Er nahm mich beim Arm und führte mich zur Seite des Bildes, sodass ich es aus einem spitzen Winkel schräg betrachten musste.

»Versuch zu vergessen, was du vorhin gesehen hast, Rosy. Schau einfach auf das Bild, dann wirst du seine versteckte Dimension erkennen können.«

Es dauerte mehrere Sekunden, bis ich etwas anderes sah als Farbflecken und Striche. Tatsächlich entstand auf dem Bild ein ganz anderes Bild. Zwei Menschen waren es, offenbar ein Maler und sein Modell.

»Jetzt kannst du es sehen, nicht wahr?«, sagte er. »Anamorphismus nennt man diese Art von Kunst. Im sechzehnten Jahrhundert war sie häufiger anzutreffen als heute, weil sie damals von vielen Künstlern angewendet wurde, um verbotene oder zumindest umstrittene Themen zu malen. Eines der berühmtesten Gemälde jener Zeit hängt in der National Gallery in London. Es heißt *Die Gesandten* und zeigt einen weltlichen und einen kirchlichen Würdenträger, umgeben von den Insignien und Symbolen ihrer Macht. Unter ihren Füßen befindet sich jedoch ein merkwürdig geformter Schatten, auf dem beide zu stehen scheinen. Blickt man jetzt von einem ganz gewissen Punkt seitlich auf das Bild, entsteht aus dem Schatten ein Totenschädel.«

»Das Einzige, was sie miteinander verbindet«, sagte ich, »der Tod.«

»Richtig. Das Bild ist von Hans Holbein gemalt, einem berühmten Künstler der damaligen Zeit. Heutzutage gibt es wohl keinen Künstler, der diese Kunst so grandios beherrscht wie Krajnc.«

Meine Augen waren auf das Bild fixiert.

»Magst du es?«, fragte er.

»Ja. Es sind eigentlich zwei wunderbare Bilder, das wirkliche und das versteckte.«

»Der Maler und die Muse. Sie gehören zusammen, so verschieden sie sind. Wie Realität und Illusion. Wie Tag und Nacht. Wie Feuer und Eis.« Er berührte meine Schulter. »Oder auch wie Mann und Frau.«

Wie du und ich, hätte ich beinahe gesagt, aber ich schaffte es irgendwie, die Worte zu verschlucken, bevor sie mir hervorsprudeln konnten. An diesem Abend arbeiteten wir mehrere Matheaufgaben durch und es gelang mir trotz allem, mich zu konzentrieren. Das lag wahrscheinlich vor allem daran, dass ich ihm über alles gefallen wollte. Ich hatte eingesehen, dass ich mir alles, was ich von ihm wollte, durch gute Leistungen verdienen musste, und ich redete mir ein, dass das ganz natürlich war, weil er eben hauptsächlich als mein Mathelehrer fungierte und nicht als mein Freund. Seine Zuneigung war mir ohnehin sicher und dieses Wissen machte mich stark. Eines Tages, davon war ich überzeugt, würden wir zusammenfinden. In der Dämmerung zwischen Tag und Nacht, wenn sich Illusion und Wirklichkeit nicht mehr voneinander unterschieden. Ich träumte davon. Von seiner Zärtlichkeit. Von der Freude, bei ihm zu sein, unzertrennlich auf unserem Schatten stehend, der uns verband. Bis in den Tod. Jede Nacht träumte ich davon, wenn ich im Bett lag und nicht schlafen konnte. Und in der Schule träumte ich davon, wenn meine Gedanken mich davontrugen, irgendwohin, wo ich mit ihm zusammen sein konnte. Es war ein Traum, der genauso zur Wirklichkeit gehörte wie das Bild im Bild. Niemand und nichts hätte ihn zu zerstören vermocht, weil er verborgen war in mir und ihn niemand außer mir sehen konnte.

Fast zwei Stunden blieb ich bei ihm und die Zeit verging wie im Flug. Ich glaube, wenn er mich nicht daran erinnert hätte, dass ich nach Hause gehen musste, wäre ich bis in die Nacht hinein bei ihm geblieben. Es war schon dunkel draußen, als wir aufhörten.

»Jetzt musst du dich aber beeilen, Rosy«, sagte er. »Deine Mutter macht sich bestimmt Sorgen.«

»Meine Mutter macht sich derzeit Sorgen um ihren Job«, antwortete ich ihm. »Um mich macht sich niemand mehr Sorgen. Ich bin nämlich beinahe erwachsen.«

»Ich bin erwachsen, Rosy, und trotzdem macht sich meine Mutter immer noch Sorgen um mich. Ob ich mich warm genug anziehe. Ob ich in der Schulkantine auch ein gesundes Essen kriege. Ob ich zu viel arbeite und zu wenig schlafe. Und ob ich die richtige Freundin habe.«

»Und? Haben Sie die richtige Freundin?«, sagte ich scherzend.

Er schüttelte den Kopf und seine Augen hatten plötzlich einen merkwürdig betrübten Ausdruck.

»Nein, Rosy. Ich habe überhaupt keine Freundin. Bis vor einem halben Jahr war das anders. Ich war beinahe zehn Jahre lang mit einer Frau zusammen. Aber dann hat sich auf einen Schlag alles geändert und ich habe es bislang nicht geschafft, über diese Trennung hinwegzukommen.«

Ich senkte den Kopf. Endlich hatte er mir etwas über sich verraten. Er war traurig und enttäuscht, das hörte ich ihm an. Seine Freundin musste ihn verlassen haben und er hatte sich von diesem Schicksalsschlag noch nicht erholt.

Er kam zu mir und hob meinen Kopf an, indem er mir die Hand unter das Kinn hielt.

»Kopf hoch, Rosy«, sagte er. »Keiner von uns hat immer nur Glück im Leben. Aber ich bin sicher, dass ich eines Tages wieder glücklich sein kann.«

Mit mir, drängte es mich zu sagen, aber ich schwieg, weil mir die Worte wie ein Kloß in der Kehle steckten. Er trat nun zurück und öffnete die Haustür. Die Gedanken in meinem Kopf wirbelten durcheinander wie Herbstblätter im Sturm. Ich wollte ihn trösten, aber ich wusste nicht, wie. Ich wollte ihn glücklich machen, fand aber nicht den Mut, es ihm zu sagen. Wenn er es nur selbst gemerkt hätte.

Während ich nach meiner Regenjacke griff, fiel mir Veronika ein. Das Geheimnis, das sie mir anvertraut hatte, lastete so schwer auf mir, dass ich am liebsten mit ihm darüber gesprochen hätte. Aber dazu war es jetzt zu spät. Er half mir in die Regenjacke und begleitete mich auf den Flur hinaus.

»Auf Wiedersehen, Rosy«, sagte er.

»Auf Wiedersehen, Herr Hauser.«

Ich wollte mich umdrehen, aber da griff er nach meiner Hand.

»Hier, bei mir zu Hause, da bin ich für dich nicht der Herr Hauser«, sagte er. »Ich heiße Bernd.«

Ich blickte ihn an und er lachte.

»Bernd«, sagte er.

»Bernd«, sagte ich.

»In der Schule, da bin ich der Herr Hauser.«

»Okay.« Ich entzog ihm meine Hand und ging langsam die Treppe hinunter. Ohne mich nach ihm umzublicken, wusste ich, dass er oben auf dem Treppenabsatz stand und mir nachschaute.

Unten, beim Frisör, tratschten im Treppenhaus zwei aufgetakelte Damen miteinander. Eine erzählte der anderen über einen Flirt auf Mallorca. Die andere sagte, dass sie einen Isländer kennen gelernt hätte, und ich wusste, dass sie nicht von einem Gaul sprach, obwohl sie sagte, dass sie ihm Zügel angelegt hätte.

Es regnete nicht, als ich aus dem Haus trat. Zum ersten Mal seit langer Zeit regnete es nicht. Ich überquerte die Straße und blickte an der Hausfassade zu seinem Dachfenster hoch. Und da sah ich ihn. Er winkte mir zu. Ich winkte zurück.

»Am Mittwoch sag ich's dir«, sagte ich zu mir selbst. »Du bist blind, Bernd. Du bist blind wie ein Maulwurf.«

Ich nahm den Bus nach Hause und überlegte mir, wie ich Trittschuh dazu bringen konnte, mir dreihundert Mark zu geben und mit niemandem darüber zu reden. Auf dem halben Weg verließ ich den Bus und nahm einen, der in entgegengesetzter Richtung fuhr. Wenn ich Glück hatte, war Trittschuh noch im Geschäft, sodass ich ungestört mit ihm reden konnte.

Die Vordertür war abgesperrt, aber hinten stand noch sein Diesel unter einem Wellblechdach und drei seiner kleinen Servicewagen mit der roten Aufschrift TRITTSCHUH TEPPICHREINIGUNG und die Telefonnummer in riesigen Ziffern.

Ich ging zur Hintertür und schaute durch das kleine Fenster. Er saß an seinem Schreibtisch, über einen Stoß Formulare gebeugt. Ich nahm all meinen Mut zusammen und klopfte an die Scheibe. Er drehte sich auf dem Drehstuhl und als er mich sah, lachte er und kam zur Tür.

»Rosy? Bist du denn schon einmal hier gewesen?«

»Nein. Noch nie.«

»Dann komm doch rein. Ich bin fast fertig mit meinem Kram. Dann können wir zusammen nach Hause fahren.«

Ich ging hinter ihm in den Büroraum, der gleichzeitig als Lager diente. Es roch furchtbar nach irgendwelchem Zeug, mit dem die Teppiche der Warenhäuser gereinigt wurden.

Trittschuh fragte mich, ob meine Mutter wüsste, wo ich sei. Ich schüttelte den Kopf. »Ich habe zwei Stunden lang mit Hauser Mathearbeiten gemacht«, sagte ich.

Er blickte mich aufmerksam an. Wahrscheinlich ahnte er, dass ich aus einem ganz bestimmten Grund hierher gekommen war, und so wollte ich ihn nicht unnötig hinhalten.

»Ich möchte dich um einen Gefallen bitten, von dem meine Mutter nichts erfahren darf«, sagte ich.

Er legte den Kopf schief, als wolle er mal abwägen, ob er selbst bereit war, mir einen Gefallen zu tun oder nicht.

»Es geht um ein Geschenk für meinen Vater. Er hat nämlich Geburtstag, wenn ich bei ihm in Freiburg bin.« Und dann sprudelte es nur so aus mir heraus, dass ich meinem Vater unbedingt dieses eine Geschenk kaufen wollte, meine Ersparnisse jedoch nicht ausreichen würden und dass ich nicht meine Mutter oder sonst jemand fragen wollte, mir das Geld zu leihen, das ich dann in wöchentlichen Raten von meinem Taschengeld zurückzahlen wollte. Ich redete so schnell und so viel, dass mir beinahe die Luft ausging, und als ich fertig war, da verzog er das Gesicht zu einem breiten Grinsen und er fragte mich, ob ich ihm denn verraten wolle, um was es sich bei diesem Geschenk handle.

»Es ist … eine Uhr«, sagte ich stockend, weil ich mir überhaupt kein Geschenk ausgedacht hatte. »Eine echte alte Großvater-Taschenuhr an einer silbernen Kette.«

»Und wie viel soll denn diese Uhr kosten, Rosy?«

»Dreihundertachtzig Mark. Davon habe ich achtzig Mark selbst gespart.«

Er fragte mich, wo ich denn die Uhr gesehen hätte und ob ich sicher wäre, dass es eine echte Uhr war und nicht eine billige Reproduktion. Ich log ihm was vor, dass sich die Balken bogen, und als mir nichts mehr einfiel, nickte er und sagte, dass er mir das Geld als ein Darlehen geben würde.

»Ohne meiner Mutter etwas zu sagen?«

»Natürlich bleibt das zwischen uns, Rosy.«

Ich gab ihm einen Kuss. Das überraschte ihn derart, dass er das Gesicht verzog, als hätte er eben in einen sauren Apfel gebissen. Es konnte gut sein, dass ich mich bei meinem Gerede selbst verraten hatte. Aber das war ja jetzt nicht mehr zu ändern. Ich ließ ihn seine Arbeit fertig machen. Dann fuhren wir nach Hause. Auf dem Heimweg hielt er bei einem Bankomaten und als er wieder eingestiegen war, reichte er mir drei Hundertmarkscheine.

»Ich will jeden Monat zehn Mark zurück, Rosy«, sagte er.

»Und die Zinsen.«

»Die erlasse ich dir, wenn du mit den Rückzahlungen nicht in Verzug gerätst.«

Wir lachten beide und er fragte mich, wie es denn mit Mathe voranginge. Ich sagte ihm, dass ich zum ersten Mal im Leben eine Zwei geschrieben hätte. Eine Zwei plus sogar.

»Hervorragend«, sagte er. »Dieser Hauser scheint ein ausgezeichneter Lehrer zu sein. Und dafür, dass du solche Fortschritte machst, schenke ich dir einhundert Mark, die du mir nicht zurückzahlen musst.«

Ich fiel ihm beinahe um den Hals.

Auf dem restlichen Weg nach Hause redeten wir nichts mehr und die meiste Zeit war ich in meinen Traum versunken, aus dem ich eigentlich gar nicht mehr aufwachen wollte.

Am nächsten Tag gab ich Veronika in der Schultoilette die drei Hunderter. Ich kam mir beinahe vor, als wäre ich dadurch ihre Komplizin bei einem Verbrechen geworden, und das machte mich noch nervöser, als ich es in letzter Zeit schon war. Sie umarmte mich schluchzend. Noch nie hatte ich sie so aufgelöst erlebt. Völlig verzweifelt und hilflos. Sie schluchzte, dass sie das Kind zur Welt bringen wolle und dass es schließlich auch ihr Kind sei, ein Teil von ihr, und dass sie alt genug sei, eine solche Entscheidung zu treffen.

»Mann, du weißt gar nicht, was das für eine Verantwortung ist«, sagte ich. »Du bist doch erst fünfzehn und …«

»Ich werde sechzehn im Dezember!«, unterbrach sie mich und wischte sich mit der Hand die Nase sauber. »Zu Weihnachten. Alle haben immer gesagt, dass ich ein Glückskind bin, aber das war ich nie. Wenn ich Glück gehabt hätte, wäre ich wohl nicht von einem Mal bumsen schwanger geworden.«

Ich wollte mich nicht auf eine Diskussion mit ihr einlassen. Sie war so schon ziemlich fertig und ich wusste, dass es nichts genützt hätte, ihr irgendwelche Vorwürfe zu machen oder Ratschläge zu erteilen. Sie war über ein Jahr älter als ich und eigentlich hätte sie vernünftiger sein sollen, aber das war sie eben nicht.

Als sie mich fragte, was ich denn in ihrer Lage tun würde, sagte ich ihr, dass ich mir das erst einmal überlegen müsste.

»Wenn du an meiner Stelle wärst, Rosy!«, beharrte sie.

»Ich weiß nicht«, versuchte ich auszuweichen.

»Aber du kannst dir doch vorstellen, wie …«

»Nein, das kann ich eben nicht, Mann!«, brauste ich auf. »Ich kann mir nicht einmal vorstellen, dass ich mit diesem fiesen Typen gepennt hätte! Und wenn ich mit ihm gepennt hätte, dann bestimmt nicht ohne Pariser!«

»Aber mit Hauser, das ist wohl was anderes, Rosy!«

Da packte ich sie an den Jackenaufschlägen und zog sie ganz dicht an mich heran.

»Lass dir das ein letztes Mal gesagt sein, Sahner!«, stieß ich zwischen den Zähnen hervor. Das war nämlich ihr Familienname: Sahner. »Ich habe nicht mit Hauser gepennt und wenn du weiterhin zu denen gehörst, die irgendwelche Gerüchte verbreiten, kriegst du mal eins auf die Fresse! Klar?«

Sie war so geschockt, dass sie mich mit offenem Mund anstarrte.

»Und noch etwas, Sahner, ich will das Geld zurück, verstehst du. Ich habe es von Trittschuh geliehen und er will von mir jeden Monat zehn Mark! Du wirst Verständnis dafür haben, dass diese zehn Mark nicht von meinem Taschengeld stammen werden.«

»Du ... du kriegst die zehn Mark, Rosy«, stotterte sie. »Jeden Monat, bis die dreihundert Mark abgezahlt sind.«

Ich ließ ihre Jacke los und sie taumelte zurück.

»Keine Zinsen, hörst du! Wenn du nicht in Verzug gerätst, will ich keine Zinsen. Klar?«

»Ja. Keine Zinsen, wenn ich jeden Monat pünktlich zahle.«

»Gut. Und jetzt geb ich dir einen Rat, von dem ich nicht richtig weiß, ob er gut ist oder dumm oder was. Aber wenn ich tatsächlich an deiner Stelle wäre, würde ich wahrscheinlich zu einem Arzt gehen, dem ich vertrauen kann. Und womöglich zu einem Psychotherapeuten, weil ich mir vorstellen kann, dass ich allein nicht so leicht mit dieser Sache fertig werde.«

»Aber Fichtel ...«

»Und noch eins, Sahner!« Ich machte einen Schritt auf sie zu und sie wich zurück. »Diesen Scheißkerl, den würde ich dazu bringen, dass er zu dieser Sache steht! Er hat mit dir gepennt und es spielt keine Rolle, ob du ihn dazu gebracht hast oder er dich.«

»Er ist ...«

»Ein Dreckskerl ist er. Ein ganz feiger Dreckskerl!« Ich trat zurück. »So, jetzt weißt du's!« Ich drehte mich um und lief voller Wut durch den Regen davon. Zu Hause, im Treppenhaus, tauchte aus dem Dunkeln plötzlich Kalmbach auf und trat mir in den Weg. Das hätte er in diesem Moment nicht tun sollen, aber er hatte keine Ahnung, in welcher Verfassung ich mich befand.

»Rosy, ich dachte, du wolltest mir mal im Keller helfen«, sagte er so schmierig, dass ich gleich hätte kotzen können.

»Ihnen helfen? Womit denn?«

Er grinste und zeigte zur offenen Kellertür.

»Komm her, ich zeig es dir.«

Ich ging an ihm vorbei die Kellertreppe hinunter. Er folgte mir und unten holte er mich ein und er griff nach mir und schob mich in den Heizungsraum, wo er mich gegen die Wand stieß. Seine Augen funkelten.

»Zieh die Jacke aus«, sagte er.

Ich zog die Regenjacke aus.

»Den Pulli!«, verlangte er.

Ich zog den Pulli aus. Darunter trug ich ein T-Shirt. Er kam auf mich zu und seine kleinen Schweineaugen waren direkt auf meine Brust gerichtet, als hätte ich eine Zielscheibe auf dem T-Shirt.

»Du … du trägst keinen BH, nicht wahr?«, keuchte er.

»Nein.« Ich hob mein T-Shirt leicht an und da stürzte er sich regelrecht auf mich, die Hände ausgestreckt, und als er mich beinahe berührte, wich ich blitzschnell zur Seite. Er knallte gegen die weiß getünchte Zementwand, an der ich eben noch gestanden hatte, und prallte mit einem derben Fluch von ihr ab. Ich war inzwischen schon bei der Tür.

»Lassen Sie sich eine Ausrede für Ihre Frau einfallen!«, rief ich ihm zu, während er ganz benommen von der Wand wegtaumelte.

»Verfluchte Hure«, keuchte er. »Komm her und …«

»Vergessen Sie es, Sie Schwein!«, fiel ich ihm ins Wort. »Ich sollte Sie anzeigen!«

Seine Augen wurden mit einem Mal ängstlich. Er blieb stehen, aber es schien, als wollten ihn seine Beine nicht mehr tragen.

»Rosy!« Nach einem Halt suchend, streckte er eine Hand nach mir aus. »Rosy, ich wollte doch nur …«

»Wissen Sie, warum ich Sie nicht anzeige? Weil mir Ihre Frau Leid tut. Das ist der einzige Grund. Sonst hätte ich schon früher meiner Mutter gesagt, was für ein erbärmliches Schwein Sie sind. Schon als ich drei oder vier war!«

Jetzt blieb er stehen. Die Angst brachte ihn beinahe um und ich fürchtete schon, ein Herzschlag würde ihn treffen. Fast begann er mir Leid zu tun. Er streckte mir nun beide Hände entgegen. Beschwörend. »Rosy, bitte, sag niemandem etwas. Ich gebe dir Geld, hörst du. Hundert Mark. Ja, ich gebe dir hundert Mark, wenn du …«

»Ich will Ihr Geld nicht«, unterbrach ich ihn. »Gehen Sie damit lieber zu einer Nutte. Oder kriegen Sie etwa nur noch bei kleinen Mädchen einen hoch?«

Es war ein Wunder, dass er nicht in die Knie ging und zu flennen anfing. Ich ließ ihn im Heizungsraum stehen, machte die schwere Stahltür zu und drehte von außen den Schlüssel um.

»Rosy, mach bitte auf!«, hörte ich ihn krächzen. Ich zog den Pullover und die Jacke an und ging hinauf. Ich weiß nicht, wer ihn dort unten im Heizungsraum fand, aber von diesem Tag an bekam ich ihn nie mehr zu Gesicht und das war gut so.

8

Zum Glück war ich gerade in der Nähe des Telefons, als er zu Hause anrief, aber wahrscheinlich hätte er ohnehin aufgelegt, wenn jemand anders drangegangen wäre.

»Rosy, ich habe über das nachgedacht, was ich dir heute gesagt habe«, sagte er. »Bestimmt hast du von meinem Gerede den Eindruck erhalten, dass ich über die Trennung von Elena noch immer sehr traurig bin und dass ich sozusagen herumgehe und Mitgefühl suche.« Ich schwieg.

»Rosy!«

»Ja?«

»Du sollst wissen, dass ich allein damit fertig werden muss. Ich will kein Mitleid. Von niemandem. Mein Leben ist so, wie es ist, besser als je zuvor. Ich habe endlich einen Gummibaum in der Wohnung.« Er lachte. »Elena mochte Gummibäume nie, verstehst du.«

Ich lachte, obwohl mir eigentlich nicht danach zu Mute war. Ziemlich dämliche Wachtel, diese Elena. Hatte den besten Mann zum Freund, den es auf der Welt gab, und ließ ihn wegen eines Gummibaumes sausen.

»Natürlich haben wir uns nicht wegen des Gummibaumes getrennt. Es gab einfach zu viele Unstimmigkeiten in unserem Verhältnis, Rosy. Und eines Tages sagte sie mir einfach, dass sie jemand anders gefunden hatte. Das ist alles.«

Ich sagte nichts, weil Andrea aus ihrem Zimmer kam, in der Türöffnung stehen blieb und mich unter ihren künstlichen Wimpern hervor anstarrte, als wäre sie es, die die Telefonrechnungen bezahlte.

»Rosy, wir könnten uns zusammen den neuen Mel-Gibson-Film ansehen. Ich habe zwei Karten gekauft und weiß nicht, mit wem ich lieber ins Kino gehen würde als mit dir.«

»Und was würde die Öffentlichkeit dazu sagen?«, fragte ich ihn. Andrea rollte die Augen.

»Wir könnten nach Stuttgart fahren. Es wäre ein riesiger Zufall, wenn uns dort jemand begegnen würde.«

»Wann?«

»Am Mittwoch. Anstatt der Nachhilfe. Du hast es dir verdient, Rosy. Und da nächste Woche keine Schule ist …«

»Okay. Ich muss jetzt leider das Telefon einem kleinen Monster überlassen, sonst werde ich den Abend wohl nicht mehr überleben.«

»Dann ist es abgemacht?«

»Ja.«

»Bis morgen, Rosy!«

Er legte auf. Ich wartete ein paar Sekunden. Dann sagte ich, um Andrea nicht auf irgendwelche krumme Ideen zu bringen: »Tschüss, du alte Hexe«, und legte auf.

»Wer war denn das?«, fragte Andrea natürlich.

»Veronika.«

Ich ging auf mein Zimmer und machte die Stereoanlage an. Ich hätte vor Freude herumtanzen und Purzelbäume schlagen können, aber ich warf mich aufs Bett und biss in einen Zipfel des Kissens, um nicht laut zu jubeln.

Es wollte einfach nicht mehr zu regnen aufhören. Meine Mutter sagte, dass sie sich an keinen so verregneten Herbst erinnern könne. Trittschuh, der ein Jahr jünger war als meine Mutter, wollte sich an einen Oktober vor ungefähr fünfunddreißig Jahren erinnern, an dem es immerfort geregnet habe, Tag und Nacht. »Wir haben alle Schwimmhäute gekriegt«, behauptete er.

Am Mittwoch fehlte Veronika in der Schule. Ich rief sie zu Mittag zu Hause an, aber es war niemand da. Bevor ich mich am Nachmittag mit Hauser traf, rief ich sie noch einmal an. Vergebens.

Hauser erwartete mich in seiner Wohnung. Er war ziemlich nervös und er fragte mich, ob ich denn jemandem etwas von unserem Rendezvous erzählt hätte.

Ich schüttelte nur den Kopf.

»Auch nicht Veronika?«

»Ich rede mit niemandem über uns«, antwortete ich ihm, ein bisschen enttäuscht darüber, dass er nicht wusste, mit wem er es zu tun hatte. Ich war schließlich schon beinahe weltberühmt dafür, ein verstocktes Huhn zu sein, das niemand zum Gackern bringen konnte, wenn es nicht gackern wollte.

Wir hielten uns nicht lange in seiner Wohnung auf, da wir uns wegen des Feierabendverkehrs beeilen mussten. Im Regen eilten wir die Straße entlang zum Parkplatz bei der katholischen Kirche, wo sein grauer Honda unter einem der mächtigen Kastanienbäume stand. An der Windschutzscheibe klebten nasse goldene Blätter. Er machte den Scheibenwischer an und wir fuhren im Regen auf Umwegen durch die Stadt und über die Autobahn nach Stuttgart. Die Fahrt dauerte fast eine halbe Stunde und wir redeten allerlei belangloses Zeug, über Filme, die wir gesehen hatten, und über Musik, die uns gefiel. Er mochte vor allem coolen Jazz und Blues. Außerdem ging er gern ins Theater. In seinem Autoradio hatte er eine Kassette mit Eric Clapton drauf. Er ließ sie leise laufen. Ich sagte ihm, dass mir Tracy Chapman gefiele, und er hatte tatsächlich ein Band von ihr im Handschuhfach.

Hauser parkte den Honda im Parkhaus beim Bahnhof. Auf dem Weg ins Kino begegneten wir nicht einem Menschen, den wir kannten, und im Kino war es, weil wir zu spät kamen und der Film schon angefangen hatte, so dunkel, dass uns sowieso niemand erkannt hätte.

Der neue Gibson-Film war ein Krimi, in dem Mel Gibson

alles versucht, um seinen Sohn aus den Klauen brutaler Entführer zu befreien. Ich konnte mich schlecht in den Film hineindenken, weil ich die ganze Zeit darauf wartete, dass irgendetwas geschehen würde. Ich dachte, er würde nach meiner Hand greifen oder mir einen Arm um die Schultern legen, aber ich wartete vergebens darauf. Nur einmal beugte er sich zu mir herüber und flüsterte mir zu, dass er seit langer Zeit nicht mehr mit jemandem im Kino gewesen sei.

Das letzte Mal wahrscheinlich mit Elena. Ich war sicher, dass er die ganze Zeit an sie dachte, während er neben mir saß. Dieser Gedanke machte mich beinahe fertig. Wenn er schon nicht den Mut hatte, den Anfang zu machen, dann lag es wohl an mir, etwas zu tun. Ich wusste nur nicht, was. Mit Nick war das alles viel einfacher. Und für Veronika wäre es wohl auch kein Problem gewesen. Ich hätte sie vielleicht fragen sollen, wie sie es angefangen hätte.

Ich schielte zu ihm hinüber. Er bemerkte es sofort, drehte den Kopf und lächelte. Und da hob er seine Hand und er strich mir ganz sachte über das Haar.

»Ich wünschte, du wärst ein paar Jahre älter, Rosy, und ich wäre nicht dein Lehrer«, flüsterte er.

Ich frohlockte innerlich und gleichzeitig war ich so nervös, dass ich beinahe durchdrehte.

»Was wäre, wenn du nicht mein Lehrer wärst?«, fragte ich ihn leise.

Er lachte.

»Alles wäre anders, Rosy. Wir würden uns vor niemandem zu verstecken brauchen.« Er nahm die Hand von meinem Haar. »Du könntest mir sagen, dass du mich liebst, und ich könnte dich fragen, ob du diese Nacht bei mir bleiben willst.«

Ich sah seine Hand auf der Lehne und da berührte ich seine Finger mit meinen Fingern und ich streichelte seinen Handrücken und er ließ es geschehen.

»Rosy!«

»Ja?«

Er drehte seine Hand um und ergriff meine.

»Ich muss mit dir reden.«

Das klang ernst. So als hätte er über ein riesengroßes Problem nachgedacht, das ihm seit geraumer Zeit Kopfzerbrechen machte, und ich war sicher, dass ich ein Teil dieses Problems war.

»Ich habe lange über unsere Beziehung nachgedacht, Rosy«, flüsterte er.

Ich sagte nichts.

»Ich wollte schon gestern mit dir über diese Dinge reden, aber das Telefon eignet sich dazu nicht besonders.«

»Und das Kino?«

Er musste lachen.

»Rosy, es wäre nicht fair, wenn ich dir gegenüber nicht ehrlich wäre.«

Ich blickte in die blauen Augen von Mel Gibson, riesengroß auf der Leinwand und so klar und ehrlich, dass mir ein kalter Schauer über den Rücken lief.

»Rosy, du musst verstehen, dass aus unserer Freundschaft nichts anderes werden kann als das, was sie ist.« Er drückte meine Hand. »Alles andere würde ins Unglück führen, Rosy, und das darf unmöglich geschehen. Ich weiß nicht, ob du das verstehen kannst, aber es hat mit nichts anderem etwas zu tun als mit Verantwortung.«

Natürlich wusste ich haargenau, was er meinte, aber da ich in diesem Moment von ihm alles andere erwartet hatte als eine Lektion in zwischenmenschlicher Beziehung, war ich zuerst einmal voll enttäuscht und gleichzeitig auch ziemlich sauer.

»Was... was sollte denn schon geschehen?«, flüsterte ich ihm zu. »Ich bin schließlich kein Kind mehr!«

»Gib mir meinen Sohn zurück!«, schrie Mel Gibson im Film in ein Telefon. Wir schwiegen. Er hielt meine Hand fest. Hinter uns flüsterte ein Mann einer Frau etwas zu. Die Frau lachte leise.

»Mit knapp fünfzehn ist man immer noch ein Kind, Rosy«, sagte Hauser leise.

»Wer sagt das?«

»Ich sage das.« Er lachte. »Dein Lehrer!«

»Du weißt nichts von mir.«

»Ich weiß, dass du mir viel bedeutest, Rosy. Und das genügt vorläufig.«

»Aber ein Kind bin ich schon lange nicht mehr«, beharrte ich.

»Seit wann, meinst du denn, bist du kein Kind mehr?«

»Seit ein paar Monaten. Seit ich mich in dich verliebt habe.« Jetzt war es endlich raus und ich war so erleichtert, dass ich gleich nachsetzte. »Seither ist alles anders in meinem Leben! Ich bin erwachsen geworden und ...«

»Könnt ihr da vorn vielleicht mal die Klappe halten!«, wurde ich von hinten scharf unterbrochen.

Hauser entschuldigte sich. Wir redeten nicht mehr, bis der Film fast zu Ende war. Dann erst beugte er sich zu mir herüber. »Komm«, sagte er leise. »Wir gehen.«

Wir verließen das Kino im Dunkeln und ich stolperte über die Füße eines Mannes, der in der äußersten Reihe saß und beide Beine lang ausgestreckt hatte. Er fluchte und wir machten, dass wir rauskamen, bevor das Licht anging.

Auf dem Heimweg versuchte er mir noch einmal zu erklären, warum aus der Liebe zwischen uns nichts werden durfte. Obwohl alles, was er sagte, Sinn machte, wollte ich es nicht wahrhaben. Im Gegenteil, je länger er auf mich einredete, desto starrköpfiger wurde ich. Er bat mich, während der Herbstferien mal darüber nachzudenken, was mir unsere

Freundschaft wirklich bedeutete. »Wenn sie dir so wichtig ist wie mir, dann wirst du von allein darauf kommen, dass wir ganz vorsichtig sein müssen, was wir mit ihr anfangen. Es wäre furchtbar einfach, sie zu zerstören, Rosy. Es wäre einfach, einen Fehler zu machen.«

»Du meinst, wenn wir miteinander pennen würden, dann wäre das ein Fehler?«, platzte es schließlich aus mir heraus.

Er drehte jäh den Kopf, aber ich wich seinem Blick aus.

»Das ist es doch, was du meinst, nicht wahr?« Ich ließ nicht locker.

Er blickte wieder durch die nasse Windschutzscheibe hinaus. Wir fuhren im Regen und im Sprühnebel der Autos vor uns, in dem die Rücklichter zu großen roten Bällen wurden.

»Es wäre nicht das erste Mal«, sagte ich trotzig und ich wusste, dass ich ihn in diesem Moment zu quälen angefangen hatte.

Er schwieg. Ich sah ihn von der Seite an. Sein Gesicht war hart geworden im roten Licht, das durch die Windschutzscheibe drang.

»Ich habe dir im Kino gesagt, dass ich kein Kind mehr bin«, sagte ich.

Er nickte und sah mich kurz an.

»Rosy, wenn es nur ums Bumsen ginge, wäre das eine einfache Sache. Wir hätten bei mir in der Wohnung bleiben können, nicht wahr? Wir hätten es schon beim ersten oder beim zweiten Mal, als du zu mir gekommen bist, tun können. Wir könnten uns jede Woche einige Male heimlich treffen und allen Leuten etwas vormachen. Nur uns selbst nicht, Rosy. Vor uns selbst können wir uns nie verstecken, verstehst du? Wir wissen immer, dass wir etwas tun, was wir nicht tun sollten. Wir können vielleicht versuchen uns etwas anderes einzureden, auf die Dauer jedoch wird es uns nicht gelingen, mit einer Lüge fertig zu werden. Und das ist es, worum es geht,

Rosy. Um die Verantwortung. Und um den Respekt, den wir vor uns selbst haben.«

Das war's. Genauso war es bei Nick gewesen. Ich hätte es ihm sagen können, aber ich schwieg. Ich schwieg, bis wir in der Stadt ankamen. Er hielt in einer Nebenstraße, nicht weit von dort, wo ich wohnte, und an einer dunklen Stelle zwischen zwei weit auseinander liegenden Straßenlaternen.

»Rosy, wenn du willst, rufe ich dich an, wenn ich nach Freiburg komme«, sagte er.

Ich wusste, dass ich ihn verletzt hatte, und er tat mir fast ein bisschen Leid. Ich sagte ihm, dass ich mich freuen würde, ihn in Freiburg zu sehen. »Wir könnten vielleicht wieder einmal zusammen ins Kino gehen und den Film noch einmal sehen. Heute habe ich nämlich nicht viel mitgekriegt.«

Er lachte und beugte sich zu mir herüber und einen Moment lang umarmten wir uns und er küsste mich auf die Schläfe.

»Wir sehen uns morgen in der Schule«, sagte er.

»Jawohl, Herr Hauser«, antwortete ich ihm. Ich machte die Tür auf und ging nach Hause.

»Wo warst du denn so lange, Rosy?«, fragte mich meine Mutter. »Ich habe bei Hauser angerufen, aber da war niemand.«

»Ich war noch schnell bei Veronika«, log ich.

Beim Abendessen sagte sie uns, dass sie die Kündigung erhalten hatte. Ich sah ihr an, dass ihr das sehr nahe ging.

Trittschuh sagte, dass er mit ihr ins Kino gehen wolle. »Damit du auf andere Gedanken kommst. Da läuft der neue Mel-Gibson-Film, den wir unbedingt sehen sollten.«

Nach dem Abendessen zog sich meine Mutter schön an und Trittschuh rief ein Taxi und sie gingen zusammen ins Kino. Ich war längst im Bett, als beide ziemlich beschwipst nach Hause kamen und im Flur die griechische Blumenvase, die

Nicks Eltern meiner Mutter geschenkt hatten, von der Garderobenablage fiel und in Brüche ging. Ich hörte, wie Trittschuh und meine Mutter kicherten, während sie die Scherben vom Teppich aufklaubten.

Es war also doch nichts mit meiner ersten großen Liebe. Ich sah ein, dass Hauser eigentlich Recht hatte und wahrscheinlich in erster Linie an mich und meine Zukunft dachte als an sich selbst. Natürlich fiel es mir schwer, das einzusehen. Am Anfang wollte ich einfach nicht wahrhaben, dass ich nicht selbst fähig war, über mein Leben zu verfügen und gewisse Entscheidungen selbst zu treffen. Ich war alt genug dazu und hatte im Leben immerhin schon einiges erfahren.

In der Nacht, nachdem ich mit Hauser nach Stuttgart gefahren war, erwachte ich aus einem schrecklichen Albtraum, bei dem Hauser plötzlich wie Mel Gibson aussah und mich anschrie: »Gib mir Rosy zurück!« Rosy? Das war ich doch selbst. Ich lag hellwach im Bett, felsenfest davon überzeugt, dass ich nicht allein in meinem Zimmer war. Ich starrte zum Stuhl hinüber, auf dem meine Kleider lagen. Zum Spiegelschrank, in dem sich das Fenster spiegelte, die Spalten zwischen den Jalousienstreben hell vom kaltblauen Licht einer Straßenleuchte. Erst als ich sicher war, dass sich außer mir und meinem zweiten Ich, das mir im Traum begegnet war, niemand im Zimmer befand, machte ich das Licht an. Ich setzte mich auf und lehnte mich gegen das Kopfbrett. Natürlich wusste er mehr vom Leben. Er war immerhin fast fünfzehn Jahre älter als ich, hatte in Freiburg studiert und in Mosambik unterrichtet. Wenn ihm etwas abging, dann vielleicht das Einsehen, dass ich wirklich kein Kind mehr war. Außerdem schien es, als hätte er kein Gefühl für meine Gefühle, was wahrscheinlich daran lag, dass ihn seine Freundin Elena verlassen hatte und er noch immer unter Schock stand.

Dabei hätte ich ihm ganz bestimmt darüber hinweghelfen können. Meine Liebe, die ich bislang in meinen Träumen verschwendet hatte, hätte ihn Elena und die Trennung von ihr vergessen lassen. Ein Sprichwort fiel mir ein: Man kann einen Esel zum Brunnen führen, aber man kann ihn nicht zum Trinken zwingen. So war das mit uns. Ich hatte ihm gesagt, dass ich ihn liebte. Und ich hatte ihm zu verstehen gegeben, dass ich mit ihm schlafen wollte. Es lag nun nur noch bei ihm.

Ich stand auf und ging ins Bad. Als ich mich im Spiegel sah, erschrak ich. Mein Gesicht war so weiß wie die Wandkacheln. Und irgendwie eingefallen. Ich stellte mich im T-Shirt auf die Waage. Sie gab achtundvierzig Kilo an. Ich hatte in den letzten Monaten etwa fünf Kilo abgenommen. Ich war beinmager geworden und meine Brüste stachen spitz durch den dünnen Stoff des T-Shirts, auf dem in dicken Buchstaben NIE IM LEBEN! aufgedruckt war. War das die Antwort auf so viele Fragen? Würde Hauser eines Tages einsehen, dass wir zusammengehörten? Würde ich jemals wieder einen anderen Mann lieben können, wenn ich einmal mit ihm geschlafen hatte? Würde unsere Freundschaft ewig währen?

Ich ging in die Küche und aß ein großes Stück von einem Räucherschinken, eine Banane, ein Butterbrot mit Aprikosenmarmelade und zwei Karotten. Irgendwann kam mein Bruder in die Küche. Ich hatte gar nicht gewusst, dass er die Nacht bei uns in der Wohnung verbrachte. Seit einiger Zeit war er nur noch ganz selten zu Hause.

»He«, sagte er und setzte sich auf das Fensterbrett.

»He«, sagte ich.

Er starrte mich an.

»Was starrst du mich an?«

Er blies die Luft durch die Nase. »Du bist dünn geworden, Rosy.«

»Stimmt nicht«, antwortete ich ihm. »Ich bin nur etwas größer geworden.«

»Größer und dünner.«

Ich erhob mich vom Stuhl und ging zur Tür.

»Rosy!«

Ich blieb stehen.

»Ein Freund von mir war gestern in Stuttgart. Er meint, er hätte dich dort gesehen.«

»In Stuttgart?«

»Ja. Im Kino.«

»Ich war weder in Stuttgart noch war ich im Kino!«

Er lachte.

»Mit einem Mann!«

Ich drehte mich um und sah ihn an. Er grinste.

»Der Beschreibung nach könnte der Mann dieser Hauser gewesen sein. Dein Mathelehrer.«

»Und?«, stieß ich trotzig hervor.

Er hob die Schultern.

»Ich dachte nur, dass ich es dir besser sage, Rosy. Immerhin bist du noch minderjährig und der Hauser könnte einige Probleme mit dem Gesetz kriegen, wenn er …«

»Dein Freund hat sich geirrt!«, fiel ich ihm ins Wort. »Und du verbreitest besser keine Gerüchte, sonst …«

Er lachte. »Was denn sonst, Schwesterchen?«, höhnte er.

»Sonst geht es dir dreckig!«

Ich wandte mich ab und verließ die Küche. Im Flur trat ich mit dem linken Fuß in eine Scherbe der griechischen Vase, die Trittschuh und meine Mutter zertrümmert hatten. Ich humpelte ins Bett. Mein Fuß blutete. Ich umwickelte ihn mit einem Taschentuch und machte das Licht aus.

Bevor ich einschlief, kam mir der verrückte Gedanke, dass Hauser mich vielleicht nicht haben wollte, weil ich zu dünn war und ihm zu sehr wie ein Junge aussah. Ich nahm mir vor, über die Herbstferien mehr zu essen und das Haar wachsen zu lassen.

Am Donnerstag fiel das Training aus, weil sich der Fußballplatz inzwischen in einen knöcheltiefen Morast verwandelt hatte und die Sporthalle von den Volleyballerinnen benutzt wurde. Unser Trainer lud uns zu sich nach Hause ein, damit wir zusammen ein Video von der letzten Fußballweltmeisterschaft studieren konnten, aber das war nicht mein Bier. Stattdessen traf ich mich mit Veronika im McDonald's. Sie erzählte mir, dass mit dem Arzt alles geklappt hätte und Fichtel und sie eine Anzahlung geleistet hätten. Während der Herbstferien sollte die Abtreibung gemacht werden, aber sie hatte noch keinen Termin, weil noch einiges geklärt werden musste.

Sie war gut drauf an diesem Nachmittag. Ganz anders als die Tage zuvor. Es schien, als ob sie zum ersten Mal im Leben alles im Griff hätte. Sie flirtete mit niemandem, nicht einmal mit Quewe, als er um unseren Tisch herum den Boden kehrte. Ich aß zwei Big Macs und eine doppelte Portion Pommes und Veronika schien nur darauf zu warten, dass ich aufstehen und aufs Klo gehen würde, um mich zu übergeben. »Kannst du mir mal erklären, wieso bei dir plötzlich die Fresssucht ausgebrochen ist?«, fragte sie mich.

»Fresssucht? Welche Fresssucht denn?«

»Du hast eben zwei Big Macs und zwei große Portionen Pommes vertilgt, Rosy!«

»Findest du nicht, dass ich dünn geworden bin?«, fragte ich sie. »Ich habe nämlich in ein paar Wochen fünf Kilo abgenommen.«

»Du bumst zu viel, Rosy!« Sie lachte und klaute mir ein paar Pommes vom Teller. Dann beugte sie sich zu mir herüber und flüsterte mir ins Ohr, dass sie Quewe endlich dazu gebracht hätte, mit ihr zu schlafen. Ich drehte schier durch. Da war sie schwanger von diesem Dreckskerl Fichtel und es stand ihr eine Abtreibung bevor, aber das hinderte sie alles nicht daran, weiterhin ihrem verqueren Sextrieb zu folgen und herumzubumsen, als wäre sie eine Nutte.

»Erzähl mir von Hauser!«, forderte sie mich auf.

»Da gibt es nichts zu erzählen«, sagte ich. Aber dann erzählte ich ihr von Kalmbach und dass ich ihn im Keller eingesperrt hätte. Wir lachten uns halb tot.

Am Samstag fuhr ich mit dem Zug nach Freiburg. Trittschuh und meine Mutter hatten mich zum Bahnhof gebracht und Trittschuh stieg sogar in den Wagen und wuchtete meinen alten Koffer mit meinen Kleidern in das Gepäcknetz. Alles, was ich sonst noch brauchte, hatte ich in einem Rucksack untergebracht, der auch ein Survival-Kit enthielt, das mir vor Jahren mein Bruder geschenkt hatte. Da waren eine Lupe drin, mit der man Feuer machen konnte, ein kleines Taschenmesser mit Nagelfeile und Ahle, eine Silberfolie, die einem als Decke dienen konnte, falls man sich in der Eiswüste von Alaska verirrte, eine Taschenlampe, eine Schnur, drei Zeltpflöcke aus Plastik, eine kleine Dose, die Wundpflaster, Wundsalbe und ein Desinfizierungsmittel enthielt, und ein Kompass. Ich hatte das Zeug zwar noch nie gebraucht, aber jedes Mal, wenn ich irgendwohin fuhr, nahm ich es zur Sicherheit mit.

Kurz vor Mittag kam ich in Freiburg an. Die Sonne schien. Mein Vater stand auf dem Bahnsteig und lief ein Stück weit neben dem Wagon her, während er zum Fenster hochwinkte, hinter dem ich saß. Er rannte beinahe in einen Gepäckwagen und als der Zug endlich zum Stehen kam, war er ziemlich erschöpft. Ich hievte meinen Koffer aus dem Gepäcknetz, schulterte meinen Rucksack und wartete, bis die Leute vor mir draußen waren.

Wir umarmten uns auf dem Bahnsteig und er gab mir einen Kuss.

»Komm«, sagte er. »Wir fahren zu Hilde. Sie konnte heute Morgen unmöglich weg. Der Samstag ist der geschäftigste Tag der Woche.«

Er nahm meinen Koffer auf und wir gingen den Bahnsteig entlang. Ohne dass ich es wollte, fiel mir Hauser ein. Wie oft mochte er über denselben Bahnsteig gegangen sein, als er hier in Freiburg studierte. Bestimmt war er an den Wochenenden oft nach Hause gefahren. Sein Elternhaus war in Ulm.

»Und wie geht es mit Mathe?«, hörte ich meinen Vater fragen.

»Bombig«, gab ich ihm zur Antwort. Und das war nun wirklich nicht gelogen.

9

Ihr Buchladen befand sich in der Stadtmitte, in der Nähe des Doms. Fußgängerzone. HILDES BUCHLADEN. Das Schöne an ihrem Laden war, dass man da auch Kaffee trinken und das Buch, das man gekauft hatte, gleich mal anlesen konnte.

Hilde war mir vom ersten Augenblick an sympathisch. Ich weiß nicht, woran es lag. Vielleicht an ihrer natürlichen Art, mit der sie mir begegnete. So als kannten wir uns schon seit Jahren und hätten nur noch darauf gewartet, uns endlich zu begegnen. Keine Spur von vorsichtigem Abschätzen oder gar von Misstrauen. Sie gab mir die Hand und hielt sie fest, während sie mir in die Augen sah.

»Rosy«, sagte sie. »Ich freue mich, dass du da bist. Heute bin ich zwar voll mit dem Laden beschäftigt und deshalb werden wir uns am Abend von deinem Vater zum Essen einladen lassen, aber morgen ist Sonntag und da gibt es bei uns etwas, was dein Vater jeden Tag essen würde, wenn ich ihn ließe.«

»Lasagne«, sagte ich lachend. »Das mag auch ich am liebsten.«

Sie nickte meinem Vater zu, der vor sich hin schmunzelte, als wäre ich sein bestes Stück und deshalb unverkäuflich.

»Keine Frage, Kurt, sie ist deine Tochter.«

»Beinahe wäre aus mir sein Sohn geworden«, sagte ich scherzend und sie lachte und es war ein offenes und ehrliches Lachen, so wie ich es nicht sehr oft bei anderen Leuten erfahren hatte. Eine junge Verkäuferin rief nach ihr und sie entschuldigte sich und sagte, dass sie sich um die Kundschaft kümmern müsse. Im Weggehen schlug sie vor, uns nach Ladenschluss beim Türken auf der anderen Straßenseite zu treffen, weil wir dann gleich dort essen könnten.

Wir gingen hinaus und als ich die Ladentür hinter mir zumachte, blickte ich noch einmal zurück. Hilde war eben dabei, einem älteren Mann ein Buch über Eisenbahnen zu zeigen. Sie hob in diesem Moment den Kopf und sah mich durch die Glastür lächelnd an und ich glaube, ich lächelte zurück, aber sicher bin ich mir dessen nicht mehr, weil ich damals nicht oft lächelte. Ich war cool und dachte, nur ältere Leute und Vollidioten wären in der Lage, die Welt so zu sehen, dass sie Freude an ihr hatten: die Vollidioten vermutlich, weil sie uns alle durchschauten, und die älteren Leute, weil sie zynisch genug geworden waren, ihr Leben jetzt zu genießen, da es morgen dafür schon zu spät sein konnte.

Für mich war das nichts. Ich war mir noch nicht einmal richtig sicher, ob ich überhaupt leben wollte. Ehrlich, manchmal wünschte ich, jemand hätte mich mal vor der Geburt kurz um meine Meinung gefragt. Aber das tat ja niemand. Nicht einmal Veronika. Die entschied einfach, ob ihr Kind leben sollte oder nicht. Ob das richtig ist oder falsch, das weiß ich nicht. Ich weiß nicht einmal, ob es einen Gott gibt oder ob das alles nur Quatsch ist, vom ewigen Leben und so. Man muss sich das einmal vorstellen. Zigbillionen Menschen, die irgendwo ewig leben und sich gegenseitig auf die Füße treten, weil bald kein Platz mehr ist. Und die ganzen Idioten, die schon diese Welt kaputtgemacht haben, die sind auch noch da. Millionen von ehemaligen Politikern. Und die ganzen Moralapostel. Da will doch kein Schwein hin. Ich auf jeden Fall schon gar nicht.

Ich lächelte also nur selten zu jener Zeit, als ich sozusagen die ersten Schritte ins Erwachsenenleben machte, obwohl ich keine Ahnung hatte, wer ich eigentlich war.

Mein Vater und ich, wir fuhren nach Hause. Er wohnte in einem Haus am Stadtrand, am Fuße einiger Hügel, die alle gleich aussahen, weil an den Sonnenhängen nichts anderes als Rebstöcke wuchsen, alle in einer Reihe und sich mit ihren Ranken an Drähten festhaltend, schwer beladen mit Trauben.

»Dieses Jahr ist kein besonderes Jahr für den Wein«, erklärte mir mein Vater, als wir die Straße zu seinem Häuschen hochfuhren, das in einer Reihe mit anderen Häuschen am Hang stand, weiß getüncht, mit einem roten Ziegeldach und einer kleinen Mauer, die das Grundstück säuberlich einfasste und wohl das Haus daran hinderte, zusammen mit den anderen Häusern ins Tal hinunterzurutschen, wenn es einmal noch mehr regnete, als es diesen Sommer und Herbst geregnet hatte.

»Heute scheint zum ersten Mal die Sonne«, sagte mein Vater. »Schau nur, wie klar die Luft ist. Bis weit hinauf kann man die Trauben an den Rebstöcken sehen.«

Ja, die Luft war wunderbar klar und über dem Tal, durch das der Rhein floss, und über den Dächern der Stadt und den spitzen Kirchtürmen und über den Hügeln, die zum Schwarzwald aufstiegen, wölbte sich ein blauer Himmel, an dem einige vereinzelte Schönwetterwolken daherzogen.

Ein Nachbar war dabei, unter seinen Brombeersträuchern Unkraut zu jäten, und auf der anderen Straßenseite, vor einem der anderen Häuschen, die alle fast gleich aussahen, polierte ein Mann sein Spielzeug, bei dem es sich, so erklärte mir mein Vater, um ein ganz seltenes Exemplar eines britischen Sportwagens aus den Fünfzigerjahren handelte, einen Austin Haley oder so was Ähnliches.

Mein Zimmer befand sich unter dem Dach, mit einem Fenster nach hinten hinaus, auf die Weinberge und auf die bewaldeten Hügel dahinter. Das Zimmer hatte ein kleines Bad und war im Bauernstil eingerichtet, mit einem Doppelbett aus Holz und einem bemalten Schrank, auf dem ein Weidenkorb stand. Auf einer Bauerntruhe stand das Telefon und gleich, als ich es sah, dachte ich an Hauser. Er hatte versprochen mich anzurufen, sobald ich in Freiburg war. An einer Wand über dem Telefon hing das Bild einer Kuh, auf der mein Vater saß, mit nacktem Oberkörper, kurzer Hose und Wanderschuhen. Hilde stand neben der Kuh, umarmte sie und tat, als wollte sie ihr einen Kuss geben.

»Das war im Sommer vor drei Jahren, als wir in Schottland Urlaub machten«, sagte mein Vater.

Vor drei Jahren? Ich konnte mich erinnern, dass er uns aus Schottland eine Postkarte geschickt hatte. Außerdem hatte er uns allen, meinem Bruder, meiner Schwester und mir, je einen Schlüsselanhänger mit dem Loch-Ness-Monster dran mitgebracht.

Er zeigte mir das ganze Haus, das Schlafzimmer und alles. In seinem kleinen Büro hingen Bilder von uns. Nur meine Mutter fehlte, aber das konnte ich ihm nicht übel nehmen. Auf einem Lederhocker aus Ägypten lag eine Gitarre. Da ich von Mutter erfahren hatte, dass er völlig unmusikalisch war und nicht einmal »Fuchs, du hast die Gans gestohlen« fehlerfrei pfeifen konnte, nahm ich an, dass es Hilde war, die mit der Gitarre umgehen konnte.

»Nun, dann lass ich dich erst mal in Ruhe«, sagte er, nachdem er mir auch seinen Weinkeller gezeigt hatte, der eigentlich ein Luftschutzkeller war, mit meterdicken Eisenbetonwänden und einem kleinen Luftschacht. »Hier drin variieren die Temperaturen kaum«, erklärte er mir. »Ideal für Weine, die man sich für besondere Gelegenheiten aufheben will.« Ganz behutsam nahm er eine Flasche aus einem Regal, blies sachte den Staub vom Etikett und las mir vor, dass es sich bei diesem Wein um einen 64er Pinot Noir aus Frankreich handelte, den wir morgen zur Lasagne trinken würden. »Eine bessere Gelegenheit für dieses Tröpfchen könnte ich mir gar nicht ausdenken«, sagte er und er legte die Flasche genauso behutsam, wie er sie herausgenommen hatte, ins Regal zurück.

Ich wartete vergeblich auf Hausers Anruf und am Abend, nachdem wir beim Türken gegessen hatten, dachte ich daran, ihn anzurufen. Aber dazu kam ich nicht, weil Hilde mir ein paar neue Bücher zeigte, die sie als Leseexemplare von verschiedenen Verlagen erhalten hatte.

»Wenn du willst, kannst du in einigen herumschmökern und mir dann sagen, was du von ihnen hältst«, sagte sie. »Du liest doch gern, nicht wahr?«

Ich wählte zwei Bücher aus, von denen eines in Afrika spielte und von der Tochter eines weißen Großwildjägers und einem schwarzen Jungen handelte, der ihren Vater davon abbringen wollte, auf zwei Löwenjungen Jagd zu machen. Ich mochte solche Bücher, die mich aus der Stadt hinaus in fremde Welten entführten, wo man nachts noch die Sterne am Himmel sah und man den Sommerregen riechen konnte und wo die Sonne nicht durch irgendwelche Giftwolken schien. Das andere Buch war ein Kinderbuch, das von einer Froschfamilie und ihrem Reich, einer fiktiven Welt eines Sumpfgebietes, handelte, das langsam austrocknete.

An diesem Wochenende kam ich jedoch nicht nur nicht dazu, Hauser anzurufen, ich kam auch nicht zum Lesen. Obwohl eigentlich nichts Besonderes geschah, war es eines der schönsten Wochenenden, an die ich mich zurückerinnern kann. Alles stimmte. Hilde war spitze. Sie spielte auf der Gitarre die coolsten Lieder, eines sogar von Tracy Chapman, speziell für mich. Manchmal sang mein Vater mit, immer haarscharf daneben, aber das schien ihr nichts auszumachen. Ich half ihr beim Kochen und wir machten zusammen die beste Lasagne, die ich je gegessen hatte. Und dazu tranken wir den Pinot Noir von 1964, und zwar gleich zwei Flaschen. Ich wurde richtig redselig davon und erzählte ihnen von zu Hause und von meinen Freunden, besonders von Alex und seiner Psychologie, mit der er alle nervte, und dann machte ich den Fehler und fing über Hauser und meine Mathearbeiten an zu reden, und Hilde sagte, dass dieser Hauser anscheinend ein ganz besonders cooler Typ wäre und ich aufpassen müsse, dass ich mich nicht in ihn verliebte.

»Das ist leider schon geschehen«, entfuhr es mir und als ich merkte, dass ich etwas Dummes gesagt hatte, war es schon zu spät. Sie lachten zwar beide, aber mein Vater wollte plötzlich wissen, was denn inzwischen aus Nick geworden wäre und warum ich ihn bisher mit keinem Wort erwähnt hätte, während mir Hauser offenbar nicht mehr aus dem Sinn ginge.

»Nick gibt es nicht mehr«, sagte ich, plötzlich wieder wachsam und darauf bedacht, keinen Fehler zu machen.

»Den gibt's nicht mehr?«, lachte Hilde. »Was hast du denn mit ihm gemacht, Rosy? Du hast ihn doch nicht etwa auf

Agatha-Christie-Art verschwinden lassen, weil er zu viel über dich wusste?«

»Im Teich ertränkt habe ich ihn«, sagte ich so ernst, dass mein Vater die Stirn runzelte und mich ansah, als hätte er schon immer gefürchtet, dass ich einen Hang zum Verbrechen hatte. Hilde hingegen fragte mich, ob mich die Kripo schon vernommen hätte.

»Bis jetzt fischen die noch im Trüben, weil man nicht einmal seine Leiche gefunden hat. Nur seine Schuhe lagen am Ufer.«

»Dann könnte es ja sein, dass er barfuß in den Teich gewatet und einfach ertrunken ist«, sagte mein Vater, zögernd auf unser Spiel eingehend.

»Er war aber ein guter Schwimmer«, wandte ich ein. »Außerdem gibt es da eine verdächtige Schleifspur durch das Schilf.«

»Und Fußabdrücke«, sagte Hilde. »Hast du wenigstens deine alten Turnschuhe beseitigt, Rosy?«

»Die habe ich im Keller vergraben, aber ich glaube, Kalmbach hat mich dabei gesehen.«

»Kalmbach?«

»Der Hausmeister. Ein fieser Typ, der im Keller haust, in einem Luftschutzbunker, den noch nie jemand betreten hat.«

»Aber manchmal hört man im ganzen Haus merkwürdige Geräusche, die aus dem Keller kommen«, sagte mein Vater bierernst.

»Man sagt, es sind die Ratten, die Kalmbach fängt.«

»Aber es könnten auch die Seelen seiner Familie sein, die im Haus, in dem er früher wohnte, bei einem Brand ums Leben gekommen sind.«

Wir waren mittendrin, einen echten Krimi zu machen, als das Telefon klingelte. Ich saß mit übereinander geschlagenen Beinen auf einem Polsterstuhl und erstarrte, weil ich sofort dachte, dass der Anruf von Hauser kam. Vater warf einen Blick auf die Uhr. Es war schon bald Mitternacht. Hilde ging ans Telefon.

»Walther«, meldete sie sich. Dann hielt sie mir den Hörer entgegen. »Für dich, Rosy. Deine Mutter.«

Ich war so erleichtert, dass ich förmlich vom Stuhl sprang. Meine Mutter sagte, dass sie sich nur kurz erkundigen wolle, ob ich gut angekommen sei. »Du hättest mich auch anrufen können, Rosy. Du weißt doch, dass ich mir Sorgen mache.«

Ich sagte ihr, dass alles in Ordnung sei, und sie wollte wissen, warum sich Hilde mit Walther meldete. »Hat er denn inzwischen geheiratet?«

»Nein. Ich glaube nicht.«

»Und? Wie ist sie?«

»Super.«

»Und du? Wie kommst du mit ihm zurecht?«

»Okay.«

»Gut. Übrigens, denk bitte daran, dass er nächste Woche Geburtstag hat.«

»Ich denk daran, Mutter!«

»Also, dann. Schönen Gruß von Heinrich.«

»Danke. Ihm auch.«

Ich legte auf und stolperte über den Teppichrand. »Ich bin betrunken«, sagte ich und wir lachten und Hilde ließ mich auf dem Teppichrand gehen, aber das schaffte ich nicht und mein Vater sagte, dass ich immer noch nicht erzählt hätte, was denn mit Nick passiert sei.

Ich erzählte ihnen, dass es bei uns zu Hause eine Familienkonferenz gegeben hätte und dass Mutter Nicks Eltern immer Karanolos genannt hatte, und wir kringelten uns vor Lachen, weil wir alle drei ziemlich angesäuselt waren. Irgendwann nach Mitternacht gingen wir zu Bett und Hilde sagte mir, dass ich morgen im Laden aushelfen könne, wenn ich wolle, aber mein Vater sagte, dass er mir erst einmal die Stadt zeigen wolle und die Uni, weil ich ja möglicherweise, falls ich in Mathe noch besser würde, mal hier in Freiburg studieren könnte.

Ich wollte natürlich überhaupt nicht studieren, aber das sagte ich ihm lieber nicht. Ich schlief in dieser Nacht ein, ohne dass ich es merkte, und am Morgen hörte ich Hilde nicht, als sie aus dem Haus ging und ins Geschäft fuhr. Ich wachte erst um elf auf, als das Telefon klingelte. Niemand hob ab und als es etwa zehnmal geklingelt hatte, stand ich auf und taumelte schlaftrunken durchs Zimmer. Das Telefon hörte auf zu klingeln, als ich nach dem Hörer griff.

Jetzt war ich erst richtig wach. Ich ging auf den Flur hinaus und rief, ob denn jemand im Haus sei. Niemand antwortete. Ich ging hinunter. Auf dem Küchentisch lag ein Zettel. *Musste schnell ins Büro. Bin gleich zurück. Vater.*

Ich ging ins Bad und duschte und als ich aus dem Bad kam, war mein Vater noch immer nicht da. Ich trank ein Glas kalte Milch, holte das Afrikabuch und setzte mich mit ihm auf den Balkon an die Sonne. Ich las ein paar Seiten. Der Postbote blickte zu mir hoch und grüßte.

Ich ging hinein und rief Hauser an. Er war nicht zu Hause. Ich rief Veronika an. Da war auch niemand. Ich setzte mich auf den Küchentisch und las. Irgendwann klingelte das Telefon. Es war nicht Hauser. Mein Vater rief vom Büro aus an. »Tut mir Leid, Rosy, ich schaff das nicht, heute. Wenn du willst, kannst du dich mal in der Stadt umtun und am Abend mit Hilde nach Hause fahren.«

»Und wie komm ich in die Stadt?«

»Hast du Geld für ein Taxi? Ich geb es dir am Abend zurück.«

Ich sagte ihm, dass ich genug Geld hätte, in die Stadt zu fahren, wenn es nicht über fünfzig Mark kostete.

»Lass dich nur zur Bushaltestelle unten an der Hauptstraße fahren, Rosy. Von dort nimmst du den Bus ins Zentrum.«

Genau das tat ich. Ich nahm das Taxi zur Bushaltestelle. Dort begegnete ich Meike.

Sie saß auf der anderen Straßenseite an der Böschung, mit einem Rucksack zwischen den Beinen. Ich sah sie sofort, als das Taxi davonfuhr. Ich sah sie, aber ich beachtete sie eigentlich nicht, da ich erst dachte, sie wäre ein Junge. Es war also sozusagen nicht mehr als ein flüchtiger Blick, mit dem ich sie streifte, bevor ich mich auf die Bank setzte, um auf den nächsten Bus zu warten. Ich hatte das Afrikabuch dabei, weil ich mir überlegt hatte, dass ich viel lieber zu Hilde in die Buchhandlung gehen würde, als mich in einer Stadt herumzutreiben, in der ich mich nicht auskannte. Bei Hilde hätte ich dann das Afrikabuch auslesen können, um ihr am Abend meine Kritik darüber abzugeben. So saß ich auf der Bank und las in dem Buch und genau der Bushaltestelle gegenüber saß Meike am Straßenrand, mit dem Rucksack zwischen den Beinen und einer Baseballmütze auf dem Kopf, unter der ein paar kurz geschnittene dunkle Haarsträhnen hervorhingen. Ich weiß nicht, was mich dazu veranlasste, vom Buch aufzusehen und zu ihr hinüberzuschauen. Ich hob nur kurz den Kopf, so als wollte ich mich vergewissern, dass sie immer noch dort saß. Mehr nicht. Beim zweiten oder dritten Mal fiel mir das Pappschild auf, das sie dort, gegen eine Straßenmarkierung gelehnt, aufgestellt hatte. Auf dem Schild stand: GIBRALTAR oder HAMMERFEST.

Gibraltar oder Hammerfest. Einige Sekunden lang dachte ich mir nichts dabei, aber als ich mich wieder auf das Buch konzentrieren wollte, gelang mir das nicht mehr.

Gibraltar? Mann, war das nicht der südlichste Zipfel der Iberischen Halbinsel, also weit unten in Spanien und direkt über Afrika? Und Hammerfest, das wusste ich im Moment nicht so genau, befand sich entweder in Norwegen oder Schweden, mindestens zweitausend Kilometer im Norden von hier und keinesfalls irgendwo in der Gegend von Gibraltar. Die Europakarte im Kopf, blickte ich durch Bergketten und Flachländer, durch Seen und Flüsse und durch rote und schwarze Punkte, die Ortschaften und Städte markierten, zu ihr hinüber. Autos fuhren vorbei, die meisten in Richtung aus der Stadt hinaus, aber nicht eines hielt an, um sie mitzunehmen. Es schien aber auch gar nicht, dass sie sich besonders bemühte, jemanden zum Anhalten zu bringen und sie mitzunehmen, egal wohin, nach Norden oder nach Süden.

Im Gegenteil, sie hatte einen Brotlaib aus einer Tüte genommen und war nun dabei, ihn stückweise zu vertilgen.

Ich beobachtete sie über den Buchrand hinweg. Sie schien groß zu sein und genauso dünn wie ich. In ihrem rechten Nasenflügel glitzerte ein Ring. Sie trug dunkles Zeug, eine graue oder schwarze Jeans und einen grauen oder schwarzen Pullover und sie saß auf einer schwarzen Regenjacke, die sie in das dürre Gras an der Böschung gelegt hatte. Ihr Gesicht war sehr blass, so als wäre ihr irgendwie das ganze Blut ausgelaufen, und ich konnte einfach nicht entscheiden, ob sie ein Junge war oder ein Mädchen, obwohl ich nun gewettet hätte, dass sie weiblichen Geschlechts war.

Plötzlich erhob sie sich, den Brotlaib in der Hand, und kam zum Straßenrand. Ich dachte, sie wollte nun den vorbeifahrenden Autofahrern den Daumen entgegenstrecken, und ich richtete mich noch etwas auf, gespannt, wie lange es dauerte, bis eines der Autos anhalten würde. Etwa ein halbes Dutzend fuhr vorbei, als wäre die Gestalt am Straßenrand eine Vogelscheuche, die sich verirrt hatte. Dann kam ein Mopedfahrer vorbei, drehte den Kopf nach ihr und fuhr beinahe in den Straßengraben.

Nach dem Mopedfahrer kam sie über die Straße. Ich klappte das Buch zu. Sie hatte einen richtigen Männerschritt. Genau wie ich. Aber sie war kein Junge, das erkannte ich jetzt klar, während sie näher kam.

»Hallo«, sagte sie und blieb vor mir stehen. »Hast du schon zu Mittag gegessen?«

Ich schüttelte den Kopf.

»Ich esse nie viel zu Mittag.«

»Ich auch nicht. Nur Brot.«

Sie setzte sich neben mich auf die Bank und hielt mir den Brotlaib entgegen. Ich brach ein Stück davon ab und bedankte mich, obwohl ich eigentlich überhaupt keinen Bock hatte, von ihrem Brot zu essen. Ich blickte die Straße hoch und hielt nach dem Bus Ausschau, aber er war nirgendwo zu sehen.

»Ich bin Meike«, sagte sie.

»Rosy«, sagte ich.

Wir aßen von ihrem Brot und guckten auf die Straße hinaus und zum anderen Straßenrand hinüber, wo ihr Rucksack an der Böschung stand und das Pappschild. Und hinter der Böschung, da dehnte sich ein Stoppelfeld aus und darüber wölbte sich der blaue Himmel.

Mindestens zwei Minuten vergingen, ohne dass eine von uns etwas sagte. Dann noch eine. Sie hielt mir das Brot hin. Es roch frisch. Als ob es eben erst gebacken worden wäre.

»Ich will dir nicht das ganze Brot wegessen«, sagte ich.

»Iss noch ein Stück. Du siehst ziemlich blass aus.«

»Ich?«

»Ja. Wohnst du hier?«

»Nein. Ich bin hier auf Urlaub. Bei meinem Vater.« Ich stopfte mir ein Stück Brot in den Mund. Wir aßen und blickten über die Straße zu ihrem Rucksack hinüber und unsere Blicke schweiften über das Stoppelfeld, von dem ein paar Krähen aufflatterten.

»Und du?«, fragte ich.
»Ich bin beinahe ein Jahr hier.«
»Und jetzt?«
»Jetzt habe ich die Schnauze voll.«
»Wohin gehst du?«
»Keine Ahnung.«
»Ich dachte, du willst nach Gibraltar? Oder nach Hammerfest?«
Sie lachte.
»Irgendwohin. So soll man das lesen. Ganz gleich, wohin. Hauptsache, ich komm raus aus dieser Stadt. Aber die meisten Leute sind so kreuzdämlich, dass sie nichts verstehen. Deshalb hält keiner an, verstehst du. Von denen fährt doch keiner nach Gibraltar.«
»Und schon gar nicht nach Hammerfest.«
Wir schwiegen. Der Bus kam und kam nicht, aber eigentlich wartete ich schon gar nicht mehr auf ihn.
»He, meinst du, wir könnten ihn kapern?«
»Kapern?«
»Hijacken.«
»Den Bus?«
»Wen denn sonst. Wir könnten zusammen mit dem Bus zumindest bis an die französische Grenze fahren. Ob sie uns dort durchlassen würden, bezweifle ich, obwohl es ja nicht einmal mehr eine richtige Grenze gibt.«
»Wir könnten es ja versuchen, falls hier überhaupt jemals ein Bus vorbeikommt.«
»Da kommt schon einer vorbei. Du hast eben Pech gehabt. Sekunden, bevor du mit der Taxe hier angekommen bist, ist der Bus weggefahren. Ich schlage vor, wir steigen einfach ein und ich sag, ich hab 'ne Handgranate in der Tasche und dass alle aussteigen sollen. Kannst du einen Bus fahren?«
»Schwierig ist das bestimmt nicht«, sagte ich. »Ich bin

schon bei einer Gartenausstellung auf einem Rasenmäher-traktor gefahren.«

»Hm, vielleicht sollten wir doch lieber den Fahrer nicht aussteigen lassen.«

»Du könntest auch mit mir in die Stadt zurückfahren, Meike.«

Sie steckte den Rest des Brotlaibes in die Tüte zurück, erhob sich von der Bank und schüttelte sich die Krumen vom Pullover.

»Mach's gut, Rosy«, sagte sie.

»Du auch.«

Sie ging über die Straße und setzte sich wieder an der Böschung hin. Die Autos fuhren vorbei, aber dann hielt eines an, ein Kleinlaster, der seiner Aufschrift nach Forellen und andere frische Fische auslieferte, und als er weiterfuhr, befand sich Meike nicht mehr am anderen Straßenrand, und ich dachte, dass ich sie nie wieder sehen würde, es sei denn irgendwo anders auf dieser Welt und aus purem Zufall.

Ich musste noch fast zehn Minuten warten, bis endlich der Bus kam. Der Fahrer war eine Fahrerin und ich dachte mir, dass es wahrscheinlich nicht so einfach gewesen wäre, etwa dreißig Leute zum Aussteigen zu zwingen,wenn man ihnen nicht zumindest eine echte Handgranate unter die Nase gehalten hätte.

Ich rief Hauser von einer Telefonkabine aus an. Dieses Mal erwischte ich ihn. Er war erkältet. Husten und Schnupfen.

»Ich habe schon am Samstag versucht dich anzurufen«, sagte er.

»Wir sind am Abend zum Essen ausgegangen«, sagte ich. Eigentlich wollte ich ihm von Hilde und von ihrem Buchladen erzählen, aber irgendetwas in seiner Stimme ließ mich vorsichtig werden. Er fragte mich, von wo ich ihn anrufen würde, und er war hörbar erleichtert, als ich ihm sagte, dass ich mich in einer Telefonkabine in der Nähe der Universität befand.

»Rosy, ich muss dringend mit dir reden«, sagte er. »Weißt du, ob du morgen in Freiburg bist oder ob dein Vater etwas anderes geplant hat?«

»Ich dachte, du wolltest erst nächste Woche kommen?«

»Das wollte ich auch. Aber das geht jetzt nicht mehr. Ich muss dich so schnell wie möglich sehen, Rosy!«

Ich hatte mich also nicht getäuscht. Irgendetwas musste schief gelaufen sein und ich war sicher, dass es mit mir zu tun hatte und wahrscheinlich mit dem Geschwätz, das in der Schule aufgekommen war.

»Wenn ich morgen nach Freiburg komme, können wir uns irgendwo treffen?«, fragte er drängend.

»Ich … ich weiß nicht, was mein Vater für morgen vorhat«, sagte ich etwas verunsichert. »Was ist denn überhaupt geschehen, Bernd?«

»Du musst deinen Vater irgendwie davon überzeugen, dass du den Tag morgen für dich allein haben willst.«

»Und wenn er Pläne hat, die sich nicht …«

»Rosy, ich muss dich sehen! Wenn nicht morgen, dann übermorgen!«

»Was ist denn überhaupt geschehen?«

»Das will ich dir lieber unter vier Augen sagen, Rosy!«

»Sag es mir jetzt! Bestimmt hat es etwas mit dem Gerede in der Schule zu tun.«

»Gegen das Gerede kann man sich zur Wehr setzen.«

»Was ist es dann?«

»Jemand muss uns zusammen in Stuttgart gesehen haben.«

Daran hatte ich im Moment überhaupt nicht gedacht, aber natürlich fiel mir sofort ein, was mein Bruder in jener Nacht, als ich aus dem Albtraum erwacht war, in der Küche gesagt hatte.

»Rosy!«

»Ja?«

»Hast du gehört, was ich gesagt habe?«

»Ja. Jemand hat uns in Stuttgart gesehen. Weißt du vielleicht auch, wer?«

»Nein. Rosy, das wäre weiter nicht schlimm, wenn man nicht die Schule angerufen hätte. Das Rektorat. Hofheinz hat mich heute Morgen angerufen und mich gebeten, ihn im Rektorat aufzusuchen.«

Jetzt rührte sich dieses kleine Monster wieder, das meine Seele fressen wollte. Ich spürte ganz deutlich seine spitzen Krallen in mir herumwühlen.

»Rosy, wir müssen uns sehen. Wir müssen uns etwas einfallen lassen. Eine Erklärung. Ich habe nicht zugegeben, dass wir zusammen in Stuttgart waren, ich habe es aber auch nicht abgestritten. Hofheinz sagte, dass ich schriftlich zu der Anschuldigung Stellung nehmen soll, und zwar bis Ende dieser Woche. Ich habe keine Ahnung, was ich ihm sagen soll.«

»Warum sagst du ihm nicht, dass ich dich dazu überredet habe?«

»Weil das eine inakzeptable Entschuldigung wäre, Rosy. Einen Lehrer, der sich von seiner Schülerin dazu überreden lässt, mit ihr ins Kino zu gehen, kann sich eine Schule aus rein moralischen Gründen nicht leisten, selbst wenn zwischen dem Lehrer und der Schülerin kein Liebesverhältnis besteht.«

»Dann sagen wir einfach, dass es nicht stimmt.«

»Und wenn uns mehrere Leute gesehen haben?«

»Das glaube ich nicht. Ich glaube vielmehr, dass ich sogar herausfinden kann, wer uns gesehen hat.«

»Das verstehe ich nicht, Rosy. Wie …«

»Mein Bruder hat in der Nacht auf den Donnerstag eine Bemerkung gemacht.«

»Dein Bruder?«

»Ja. Er hat behauptet, dass einer seiner Freunde uns in Stuttgart gesehen hat.«

»Rosy, warum hast du mir nicht sofort etwas gesagt?«

»Weil ich es nicht für wichtig hielt.«

»Dann kann es sein, dass dein Bruder …«

»Das glaube ich nicht, dass er es war, der angerufen hat. Das würde er nie tun.«

Ich hörte ihn atmen.

»Rosy, eine Lüge hilft uns trotzdem nicht weiter, wenn wir für die Zeit in Stuttgart nicht ein Alibi aufbringen.«

»Ein Alibi?«

»Man will wissen, wo du warst.«

»Bei dir, natürlich! Zum Nachhilfeunterricht!«

»Und wer würde das im Notfall bezeugen, Rosy?«

Ich weiß auch nicht, warum mir sofort Veronika einfiel. Vielleicht, weil sie meine Freundin war. Vielleicht aber auch nur, weil ich im Unterbewusstsein dachte, dass sie in meiner Schuld stand, seit ich ihr Geld für die Abtreibung gegeben hatte.

»Das geht in Ordnung«, sagte ich schnell. »Ich kenne jemanden, der das bezeugen wird.«

»Wer?«

»Veronika.«

»Rosy, wie könnten wir uns ausgerechnet auf Veronika verlassen?«

»Sie tut alles für mich!«, sagte ich trotzig. »Sie wird auch für mich lügen!«

Er seufzte. »Das ist es eben, Rosy. Das ist es, worüber ich mit dir reden muss.«

»Worüber?«

»Darüber, dass wir uns für die Wahrheit oder für die Lüge entscheiden müssen, Rosy.«

»Ich dachte, dass die Schule sich einen Lehrer nicht leisten kann, der …«

»Das stimmt. Mein Job steht auf dem Spiel. Vielleicht sogar meine ganze Lehrerlaufbahn. Meine Karriere.« Das klang schon beinahe verzweifelt.

»Dann … dann gibt es doch gar keine Frage!«, sagte ich.

»Die Frage ist, ob eine Lüge nicht auch dein Leben derart beeinflussen würde, dass …«

»Mein Leben?«, lachte ich auf. »Mein Leben geht so lange in Ordnung, wie du weiterhin Lehrer bei uns auf der Schule bist. Wenn du nämlich von der Schule fliegst, haue ich ab! So einfach ist das! Ich geh mit dir, ganz gleich, wohin, und niemand wird mich daran hindern können!«

»Rosy, wir müssen darüber reden! Nicht jetzt. Nicht am Telefon. Ich komme nach Freiburg. Ruf mich an und sag mir, wann wir uns treffen können. Red mit deinem Vater! Dann rufst du mich an. Wir können uns in einem Restaurant treffen, das ich von früher kenne.«

Ich versprach ihm, heute Abend noch mit meinem Vater zu reden und ihn irgendwann morgen anzurufen, sobald sich eine günstige Gelegenheit dazu ergab.

»Ich bin den ganzen Tag hier, Rosy«, sagte er und dann entschuldigte er sich dafür, dass es zu dieser Sache überhaupt kommen konnte. »Ich hätte verantwortlicher handeln sollen, Rosy. Ich hätte es wissen müssen!«

Ich konnte im Moment nicht verstehen, dass er sich Vorwürfe machte. Es war der reinste Zufall gewesen, dass uns jemand gesehen hatte. Und was war denn überhaupt passiert? Gar nichts. Er hatte mich nicht einmal richtig geküsst.

Ich war ziemlich durcheinander, als ich die Telefonkabine verließ, und ich dachte daran, daheim anzurufen, aber mein Bruder war bestimmt nicht da.

Ich überquerte die Straße mit einer Gruppe von Unistudenten und ging im Schatten alter Bäume über eine Grünanlage. Auf einer Bank saß ein Mädchen mit einem Laptop auf den Knien. Ich ging eine Treppe hinunter und über einen Platz. Und da erspähte ich Meike zum zweiten Mal. Sie war eben dabei, sich vom hinteren Sitz eines Motorrades zu schwingen, den Rucksack auf dem Rücken und die Basketballmütze verkehrt herum auf dem Kopf. Sie sagte etwas zu dem Motorradfahrer und er fuhr davon. Da stand sie am Straßenrand und blickte sich nach allen Seiten um, so als könnte sie sich nicht entscheiden, in welche Richtung sie gehen wollte.

Ich trat hinter sie und als sie sich umdrehte, zeigte ich nach Norden. »Dorthin geht's nach Hammerfest.«

Sie nickte, aber in ihrem blassen Gesicht regte sich nichts.

»Kommst du mit?«, fragte sie.

»Wohin?«

Sie hob die Schultern.

Wir gingen im Nachmittagsverkehr eine breite Straße hinunter und ich habe keine Ahnung, warum ich plötzlich anfing, ihr von daheim zu erzählen, von meiner Kindheit und von der Scheidung, von meinem Bruder und von Andrea. Ich begann mit dem Schlüsselbeinbruch und wir setzten uns in einem Gartenrestaurant an einen kleinen runden Tisch und tranken Cola und dann lagen wir in einem Park im kalten Gras, von dem die Herbstblätter weggerecht worden waren, mit der bunten Krone eines riesigen Baumes über uns und dem mattblauen Herbsthimmel.

Ich erzählte ihr von mir, als hätte ich ein Leben lang nur darauf gewartet, endlich jemandem mein Herz ausschütten zu können. Dabei stellte sie mir nicht eine einzige Frage. Sie hörte nur zu und manchmal lachte sie oder sie schüttelte den Kopf und ich war felsenfest davon überzeugt, dass sie jedes meiner Worte in sich aufnahm und irgendwo tief in sich verwahrte, als wären es Geheimnisse von größtem Wert, die ich ihr anvertraute.

Dabei war es nicht mehr als mein Leben, das ich bis jetzt oft für ziemlich wertlos gehalten hatte.

Und wenn ich nicht mehr sicher war, ob ich fortfahren sollte, wenn ich zu zweifeln anfing und mich der Mut zu verlassen drohte, dann fand ich in ihren Augen die stille Aufmunterung weiterzumachen, und ich redete und ich redete so viel und so lange, wie ich noch nie zuvor geredet hatte und auch nie mehr danach.

Später gingen wir ins Stadtzentrum. In einem Café tranken wir heiße Schokolade, aßen ein Stück Apfelkuchen und lasen zusammen im Afrikabuch. Am Spätnachmittag saßen wir in einem kleinen Park auf einer Bank und Meike las mir vor. Das konnte sie unheimlich gut. Richtig mit Betonung. »Das solltest du später mal machen«, sagte ich ihr.

»Was?«

»Kindern Geschichten vorlesen.«

Sie blickte vom Buch auf und beinahe lächelte sie.

10

Meike kam aus einem Dorf im Pott. Sie war sechzehn und vor einem halben Jahr von ihrer Pflegefamilie abgehauen. Einfach so. »Das sind gute Leute«, sagte sie mir, als wir am späten Nachmittag vor dem beleuchteten Dom standen, der mit seinen mächtigen Türmen wie ein Gebilde aus einer utopischen Welt in den von dünnen Wolkenschleiern durchzogenen Abendhimmel ragte. »Sie mögen Kinder. Wenn ich nicht ich wäre, hätte es mir dort ganz bestimmt gefallen. Aber ich kann nicht aus meiner Haut raus, verstehst du. Ich bin, wie ich bin. Ich kann das nicht ertragen, wenn mir jemand eine Welt aufdrängen will, mit der ich nichts anfangen kann. Das macht mich zum Biest. Und deshalb bin ich einfach abgehauen, bevor sie sich zu sehr an mich und meine Macken gewöhnen konnten. Es hat schon genügt, dass mir Ulla die ganze Zeit nachgelaufen ist wie ein kleiner Hund.«

Ulla, erklärte sie mir, war die dreijährige Tochter ihrer Pflegeeltern.

»Ich wollte nicht, dass sie zu viele Gefühle in mich investieren, weil ich sie bestimmt früher oder später enttäuscht hätte. Weißt du, in wie vielen Pflegefamilien ich in den letzten zehn Jahren war? Zehn. Zehn Pflegefamilien. Bei keiner hat es geklappt. Das liegt daran, dass ich zu bockig bin. Renitent nennt man das wohl. Ich lass mich nicht unterkriegen. Von niemandem. Und schon gar nicht von irgendwelchen Spießern, die meinen, dass sie immer Gutes tun müssen und dafür irgendwann mal in den Himmel kommen.«

Wir gingen gemächlich um den Dom herum. Es war merkwürdig, wie sehr sie mir verwandt erschien, während sie von sich erzählte. So als hätten wir dieselbe Seele. So als hätten wir einmal zusammengehört wie siamesische Zwillinge, die man irgendwann später voneinander getrennt hatte. Ein grauweißer Hund mit einem zottigen Fell wollte unbedingt an meinem Fuß knabbern. Meike mochte keine Hunde. Das war immerhin etwas, was wir nicht gemeinsam hatten. Sie versuchte ihn wegzuscheuchen, aber er machte nur ein paar Bocksprünge rückwärts und kläffte uns an. Sobald wir weitergingen, folgte er uns. Wir hielten nach seinem Besitzer Ausschau, der Hund schien jedoch niemandem zu gehören.

»Wenn wir uns nicht um ihn kümmern, hört er ganz bestimmt auf, uns nachzulaufen«, sagte ich.

»Nicht der«, sagte Meike. »Den musst du treten, damit er abhaut.«

Sie hatte Recht. Der Hund folgte uns überallhin. Eine Frau ermahnte uns, den Hund doch an der Leine zu führen, als er kläffend hinter uns über die Straße lief und ihr zwischen die Beine geriet.

»Weißt du, wo Hildes Buchladen ist?«, fragte ich Meike. »Wenn du willst, können wir dorthin gehen und einen Kaffee trinken. Der Hund wird ganz bestimmt nicht draußen auf uns warten.«

Ich hatte ihr von meinem Vater und von Hilde erzählt, aber sie sagte, dass sie noch etwas anderes vorhätte. »Ich kenne ein paar Leute, bei denen ich für eine Nacht unterkommen kann. Morgen versuch ich noch einmal, von hier wegzukommen.«

Wir gingen durch eine enge Straße, die vom Dom wegführte.

»Der Laden befindet sich irgendwo in der Nähe«, sagte ich.

»Dort drüben«, sagte sie. »Ich war einige Male drin. Habe mir eine Landkarte von Spanien gekauft. Da war Gibraltar drauf. Das ist so nahe bei Afrika, dass es scheint, man könnte rüberspringen.«

Wir blieben vor einem Tabakwarenladen stehen. Der Hund lehnte sich hechelnd gegen meine Beine. Ich streichelte ihn, während ich über die Straße zum Buchladen hinüberblickte, dessen Schaufenster hell erleuchtet waren. Es war inzwischen ziemlich kühl geworden und ich begann zu frieren.

»Dann werde ich dich wohl nie mehr sehen«, sagte ich zu ihr.

»Man soll niemals nie sagen«, lachte sie. »Bestimmt hast du heute, nachdem wir uns an der Bushaltestelle getroffen haben, nicht gedacht, dass wir uns so schnell wieder begegnen.«

»Sicher war das kein Zufall«, sagte ich. »Weißt du, dass ich noch nie jemandem mein Leben erzählt habe?«

»Ich auch nicht.«

»Du hast mir nicht viel über dich erzählt. Nichts über deine Eltern.«

»Ich habe keine Eltern.«

»Jeder hat Eltern.«

Sie lachte. »Nur ich nicht.«

»Jemand hat dich auf die Welt gebracht. Das kannst du nicht abstreiten.«

Sie gab mir darauf keine Antwort. Ich sah sie von der Seite an und der Ausdruck in ihren Augen erschreckte mich.

»Entschuldige«, sagte ich schnell.

Sie winkte ab.

»Du brauchst dich nicht zu entschuldigen. Weißt du, ich will nur nicht an meine Eltern erinnert werden. Das ist etwas, womit ich wahrscheinlich nie fertig werde.«

»Und wenn du darüber redest?«

Sie schüttelte den Kopf. »Reden wir lieber nicht mehr darüber.« Sie drehte mir den Rücken zu und blickte zum Buchladen hinüber. In diesem Moment kam mein Vater heraus. Hilde hielt ihm die Tür auf.

»Das ist er«, entfuhr es mir. »Mein Vater. Er hat wahrscheinlich damit gerechnet, dass ich bei Hilde im Laden bin.«

»Also, dann geh ich jetzt«, sagte Meike neben mir. »Tschüss!«

»Warte, ich …«

Meike war schon dabei wegzugehen. Da entdeckte mich Hilde und sie machte meinen Vater auf mich aufmerksam. Er winkte herüber und trat vom Gehsteig auf die Straße hinaus.

Ich sah mich nach Meike um. Da ging sie auf ihren langen dünnen Beinen und den klobigen Schuhen im Licht der Schaufenster und der kleine struppige Hund trottete sage und schreibe hinter ihr her, als gehörte er zu ihr.

»Meike!«

Ohne ihren Schritt zu verlangsamen, blickte sie über die Schulter zurück und grinste.

»Warte!«, rief ich ihr nach. »Ich mach dich mit meinem Vater bekannt!«

Sie hob nur die Hand zum Abschied und im nächsten Moment waren sie und der Hund zwischen anderen Passanten verschwunden.

Mein Vater hatte inzwischen die Straße überquert. Er kam auf den Bürgersteig und ich drehte mich ihm zu. Wahrscheinlich sah er in meinen Augen, dass mir der Abschied von Meike schwer gefallen war.

»Wer war denn der junge Mann, Rosy?«, fragte er mich.

»Meik«, sagte ich, das zweite e einfach weglassend.

»Mike?«

Ich nickte nur und ich weiß heute immer noch nicht, warum ich ihn im Glauben gelassen hatte, dass es sich bei Meike um einen Jungen handelte, aber wahrscheinlich lag das daran, dass ich fürchtete, mir ihm gegenüber eine Blöße zu geben, wenn ich ihm die Wahrheit gesagt hätte.

Er sagte mir, dass er schon drei Stunden bei Hilde im Laden gewesen sei und auf mich gewartet hätte. »Tut mir Leid, dass ich dich sitzen lassen musste. Ich hoffe, du hattest trotzdem eine gute Zeit.«

»Ich habe mir die Stadt angesehen«, sagte ich.

»Und? Wie gefällt sie dir?«

»Gut.«

»Gut, dann schlage ich vor, dass wir jetzt erst einmal etwas trinken gehen. Und wenn Hilde Schluss gemacht hat, gehen wir zusammen essen.«

Genau das taten wir, aber ich war an diesem Abend nicht bei der Sache. Die Sache mit Stuttgart ging mir nicht mehr aus dem Kopf. Ich musste Hauser dringend sehen, hatte aber keine Ahnung, wie ich meinem Vater beibringen sollte, dass ich morgen noch einmal allein sein wollte. Schließlich kam mir Hilde ungewollt zu Hilfe. Sie fragte mich nämlich, ob ich morgen im Laden aushelfen wolle, da eine ihrer Angestellten aus familiären Gründen fehlen würde.

»Das Weihnachtsgeschäft hat zwar noch nicht angefangen, aber man merkt trotzdem, dass der Winter vor der Tür steht und die Leute wieder mehr Zeit zum Lesen haben.«

Ich sah kurz meinen Vater an, der mir zunickte, als hätte er sich vorher mit Hilde über diese Sache unterhalten.

»Ich muss morgen leider nach Frankfurt, Rosy. Du könntest zwar mit mir kommen, aber ich glaube, diese Geschäftssachen wären zu langweilig für dich.«

»Das geht schon in Ordnung«, sagte ich. »Dann kann ich mich zu Mittag mit Mike treffen.«

»Mike?«

»Der Junge von vorhin.« Ich erzählte ihnen von Meike, als ob sie ein Junge wäre. »Wir haben zusammen im Afrikabuch gelesen und …« Der Gedanke an das Buch, das Hilde mir zum Lesen gegeben hatte, überfiel mich mit der jähen Gewissheit, dass ich es nicht mehr bei mir hatte. Irgendwo musste ich es liegen gelassen haben. Ich sprang vom Stuhl auf und wollte zur Tür laufen, sah aber gleichzeitig die Sinnlosigkeit des Unterfangens ein, jetzt noch nach dem Buch zu suchen, das inzwischen vermutlich längst im Besitz von jemand anderem war.

»Das Buch«, stieß ich hervor. »Ich hatte es die ganze Zeit bei mir und dann …« Ich brach ab und setzte mich wieder hin.

»Du meinst, du hast das Buch verloren?«, fragte mich mein Vater.

»Ich muss es irgendwo liegen gelassen haben.«

»Wo hattest du es denn zuletzt?«

»Das weiß ich eben nicht mehr.« Ich sah Hilde an. »Wir waren in einem Café und dann in einem kleinen Park in der

Nähe des Münsters. Später sind wir durch die Stadt gegangen und…« Ich schüttelte den Kopf.

»Mach dir nichts draus, Rosy«, sagte Hilde mit einem Lächeln und sie legte mir die Hand auf den Rücken. »Ich werde den Vertreter anrufen. Bestimmt hat er noch ein Leseexemplar. Wie hat dir denn das Buch gefallen?«

»Gut. Wir haben es fast bis zur Hälfte gelesen. Es ist spannend und gut geschrieben. Gar nicht wie die anderen Jugendbücher, die ich früher gelesen habe.«

Wir unterhielten uns über Bücher und Hilde wollte von mir wissen, was ich davon hielte, dass die meisten Jugendzeitschriften scheinbar überhaupt nicht zur Kenntnis nahmen, dass heutzutage Bücher immer noch eine große Rolle im Leben junger Menschen spielen.

»Da ist alles andere drin«, sagte Hilde. »Nur nichts über Bücher.«

Es war mir überhaupt noch nicht aufgefallen, dass in den Jugendmagazinen, die ich ab und zu las, nie etwas über Bücher drinstand. Eigentlich schade, dachte ich, aber ich wusste auch nicht, warum das so war.

Hilde und mein Vater redeten über den neuen Schinken von Grisham, der auf den Bestsellerlisten ganz oben stand, und nach dem Essen sagte ich, dass ich auf die Toilette müsste. Im Flur befand sich ein öffentliches Telefon. Ich rief Hauser an und sagte ihm, dass ich morgen im Buchladen aushelfen würde.

»Wir können uns morgen sehen«, sagte ich ihm.

»Wann und wo?«

»Zu Mittag. Hildes Laden ist über Mittag geöffnet. Da kann ich mich bestimmt für eine Stunde dünn machen.«

»Dann treffen wir uns im *Bistro*«, sagte er. Da ich keine Ahnung hatte, wo sich das *Bistro* befand, musste er es mir erklären. In dem Moment, als wir uns voneinander verabschiedeten, kam mein Vater aus dem Restaurant. Er ging auf die Herrentoilette. Ich ging zu unserem Tisch zurück. Hilde rauchte eine Zigarette.

Ich fragte mich, was sie zu Meike gesagt hätte, wenn ich mit ihr in den Laden gekommen wäre. Oder zu meinem Verhältnis mit Hauser. Sie war ziemlich aufgeschlossen und wahrscheinlich hätte sie mir mehr Verständnis entgegengebracht als mein Vater. Mein Vater war in gewissen Dingen einfach zu altmodisch. Konservativ nennt man das wohl. Ich hatte einige Male daran gedacht, mich mit ihm über Dinge zu unterhalten, die mich beschäftigten. Zum Beispiel darüber, dass ich, solange ich denken konnte, immer ein Junge sein wollte. Die Behauptung meiner Mutter, das liege daran, dass sich mein Vater einen Jungen gewünscht hätte, als ich auf die Welt kam, wollte ich nun nicht mehr so ernst nehmen, seit ich mit ihm darüber gesprochen hatte. Aber ganz außer Acht lassen wollte ich sie doch nicht. Warum hätte meine Mutter so etwas erfinden sollen? Er hätte nie ein Mädchen haben wollen und dann seien es gleich zwei geworden, ich und dann auch noch Andrea. Das hatte sie uns einmal an den Kopf geworfen, als wir sie wütend gemacht hatten. Und dass ich wahrscheinlich der Hauptgrund für die Scheidung gewesen sei. Das ging mir fortan nicht mehr aus dem Sinn und ich hätte gern noch einmal mit ihm darüber geredet, aber irgendwie fehlte mir der Mut dazu. Er war einfach nicht ein Mensch, mit dem man leicht klarkommen konnte, obwohl er bestimmt nicht engstirnig war. Konservativ, ja, aber nicht engstirnig.

Er bestellte Dessert und wir redeten über Fußball und er erklärte, warum das seiner Meinung nach eigentlich kein Mädchensport sei, aber Hilde fiel ihm ins Wort und sagte, dass man da überhaupt keine Unterschiede machen sollte und dass sie zum Beispiel viel lieber Fußball gespielt hätte als Tennis.

»Dann gehen wir am Samstag mal zum Heimspiel des FC«, schlug mein Vater vor. »Die spielen nämlich gegen Stuttgart und ich habe zufällig drei Karten gekriegt.«

»Zufällig?«, schmunzelte Hilde.

»Zufällig sogar Sitzplätze auf der Haupttribüne.«

»Zufällig«, sagte Hilde noch einmal.

»Absolut zufällig«, sagte mein Vater. Es klang fast, als ob es ein ganz privates Wortspiel wäre, das sie da miteinander trieben.

Ich dachte sofort an Meike, wünschte mir, sie hätte mit uns zum Spiel gehen können, wusste aber gleichzeitig, dass sie morgen wieder unterwegs sein würde, entweder nach Gibraltar oder nach Hammerfest. Ich musste aufpassen, dass sie mir die Traurigkeit nicht anmerkten, von der ich plötzlich gebeutelt wurde. Als die Eingangstür des Restaurants aufging, warf ich den Kopf hoch. Drei Jungen und ein Mädchen kamen herein, aber es war nicht Meike.

Früh am nächsten Morgen fuhr ich mit Hilde ins Geschäft. Die Hügel waren nebelverhangen und auf der Böschung, wo gestern Nachmittag Meike gesessen hatte, lag Raureif. Wir öffneten den Laden um sieben. Es war noch dunkel. Vor der Ladentür lagen Zeitungspakete. Zeitungen aus mehreren großen Städten der Bundesrepublik, aber auch welche aus dem Ausland, zum Beispiel die Zürcher Zeitung aus der Schweiz, der Standard aus Österreich, eine Pariser Zeitung und sogar eine aus Portugal.

Wir legten die Zeitungen sortiert in die Regale, die Bildzeitung in einem Stoß auf den Ladentisch. Sobald der Laden geöffnet war, kamen Leute herein und kauften Zeitungen.

»So ist das an jedem Morgen«, erklärte mir Hilde. »Zuerst kommen die Zeitungskäufer, meistens Männer, die schnell mal nachlesen wollen, was am Vortag alles im Sport geschehen ist. Und einige kaufen Zeitungen, um die aktuellen Wirtschaftsberichte zu lesen, und einige, die wollen wissen, was sich politisch auf der Welt getan hat. Was interessiert dich denn am meisten, wenn du am Morgen aufwachst, Rosy?«

»Ich lese nie Zeitung«, gestand ich ihr. »Wenn ich am Morgen aufwache, will ich meistens gleich wieder einschlafen. Dann denke ich, was das wieder für ein Tag wird, in der Schule und so, und ich denke an meine Freunde und das ist eigentlich alles.«

»Wenn man so jung ist, genügt das wohl auch, Rosy. Ich war genauso unbekümmert wie du und manchmal fällt es mir heute sogar noch schwer, mich mit all dem Zeug auseinander zu setzen, das auf der Welt geschieht. Manchmal denke ich, es wäre wirklich angenehmer, keine Zeitungen zu lesen, aber ich weiß natürlich, dass es die Pflicht eines engagierten Menschen ist, sich zu informieren.«

»Ich lese lieber ein Buch«, sagte ich. »Übrigens, es tut mir Leid wegen des Afrikabuches.«

Sie rief gleich den Verlagsvertreter an und dieser versprach ihr, heute oder morgen vorbeizukommen und ihr noch ein Leseexemplar auszuhändigen.

Während Hilde und eine Verkäuferin damit beschäftigt waren, die Kunden zu bedienen, schaffte ich auf den Buchregalen Ordnung, sodass alle Bücher nach Autorennamen in alphabetischer Folge aufgereiht waren. Besonders in den Regalen der Kinderbücher herrschte ein furchtbares Durcheinander, aber da waren die Bücher ohnehin nach Altersstufen eingeteilt, Bilderbücher in einem eigenen Regal. Da war eines dabei, das mir besonders ins Auge stach, ein Buch von Annegert Fuchshuber mit dem Titel *Karlinchen*. Es erzählt die Geschichte eines Kindes, das die Welt kennen lernt, so wie sie wirklich ist. Ich war gerade dabei, mir die phantastischen und in prächtigen Farben gemalten Bilder anzusehen, als ich aus irgendeinem Grund den Kopf hob und zwischen den Regalen hindurch zum Schaufenster blickte. Mein Herz setzte aus, als ich durch die Spiegelungen in der Glasscheibe draußen eine Gestalt bemerkte, die ich unter tausend anderen Gestalten sofort wieder erkannt hätte. Es war Meike, die auf dem Bürgersteig stand, die Kapuze ihrer grau-schwarzen Regenjacke über ihre Mütze hochgeschlagen, deren Schild ihr blasses Gesicht beschattete. Ich erhob mich langsam vom Hocker, auf den ich mich gesetzt hatte, und da sah ich, dass Meike nicht allein war. Dicht neben ihr stand nämlich der kleine struppige Hund, der uns gestern den halben Nachmittag lang gefolgt war.

Meike grinste, zog etwas aus ihrer Regenjacke und hielt es mit beiden Händen hoch. Es war das Afrikabuch.

Mein Herz begann wieder zu schlagen, und zwar so heftig, dass es beinahe zersprang. Ich legte *Karlinchen* weg und stürzte zwischen den Regalen hervor in den Laden.

»Wo brennt's denn, Rosy?«, fragte mich Hilde verdutzt.

Ich blieb stehen und zeigte zum Schaufenster.

»Das Buch«, stieß ich hervor.

Hilde kam hinter dem Ladentisch hervor.

»Das muss Mike sein«, sagte sie.

Ich gab ihr keine Antwort und ging hinaus.

»Mann, du hast das Buch gestern in meinen Rucksack getan«, sagte Meike. Der kleine Hund sprang an mir hoch. »Und deinen Fido hier, den hast du mir auch überlassen. Du weißt doch, dass ich lieber Katzen mag.«

»Da… das ist nicht mein Fido. Aber es freut mich, dass du nicht in Hammerfest bist.«

»Ich bin auf dem Weg dorthin.« Sie gab mir das Buch.

»Kommst du schnell auf einen Kaffee rein? Ich glaube, Hilde würde sich freuen, dich kennen zu lernen. Allerdings glaubt sie, dein Name sei Mike und du wärst ein Junge.«

Sie verzog ihr Gesicht.

»Wetten, dass sie nicht einmal merkt, dass ich keiner bin.«

Wir gingen in den Laden. Der kleine Hund folgte uns natürlich. Hilde musterte Meike kurz, lächelte und streckte ihr die Hand entgegen.

»Mike, Rosy hat uns von dir erzählt«, sagte sie. »Klasse, dass du das Buch zurückgebracht hast, bevor du nach Hammerfest gehst.«

»Oder nach Gibraltar«, sagte Meike und sie ergriff Hildes Hand und drückte sie so männlich fest, dass Hilde zusammenzuckte. »Ich hab's übrigens ausgelesen. Kein schlechtes Buch. Am Anfang vielleicht ein bisschen zu ausschweifend, mit zu vielen Erklärungen über Afrika und die Leute dort, aber wenn man mal drin ist, dann lässt es einen nicht mehr los.«

Hilde freute sich darüber, dass Meike das Buch gelesen hatte. Sie lud uns zu einem Kaffee ein. Wir nahmen an einem der kleinen runden Tische Platz, in der Nähe des ersten Regals, auf dem eine Reihe von Bestsellern stand. Meike zog ihre Regenjacke aus und ich dachte schon, Hilde würde es jetzt merken, aber der Pulli, den Meike trug, hing so lose von ihren mageren Schultern, dass man überhaupt nichts von ihren Brüsten sehen konnte, falls sie überhaupt welche hatte.

»Du liest viel, nehme ich an«, sagte Hilde.

»Ich habe früher viel gelesen. Fast jeden zweiten Tag ein Buch. Manchmal sogar jeden Tag eines. Aber in letzter Zeit bin ich immer weniger dazu gekommen.«

»Wer einmal Spaß am Lesen gehabt hat, wird immer wieder lesen, Mike.«

»Menschen ohne Bücher sind blind«, sagte Meike. »Ein Dichter aus Island hat das einmal gesagt.«

»Halldór Laxness war das, der das gesagt hat«, sagte Hilde, sichtlich erstaunt. »Und was kannst du mir noch über diesen

Jugendroman sagen, Mike?« Sie schlug das Afrikabuch auf, das ich auf den Tisch gelegt hatte.

Meike lehnte sich zurück und schlug ihre langen Beine übereinander.

»Spannend. Und sehr gut geschrieben. Einfach in der Sprache, aber in jedem Satz steckt trotzdem viel drin. Solche Bücher mag ich. Gute Geschichten, die spannend und gekonnt erzählt sind. Das Buch hat mich bis zur letzten Seite gefesselt und ein Happyend gab es auch nicht. Es war schon fast drei Uhr, als ich es weglegte, und während ich einschlief, haben mich meine Gedanken noch einmal nach Afrika zurückgetragen.«

Ich sah Meike an, als wäre sie dabei, uns ein Märchen zu erzählen. Aber das war es nicht. Ich staunte über das, was ihr alles zu diesem Buch einfiel und wie überzeugt das alles klang, was sie zu sagen hatte.

»Dann meinst du, dass es junge Leser gerne lesen werden?«

»Nicht nur junge Leser. Auch Erwachsene, die jung geblieben sind. Diese Geschichte erzählt einmal nicht immer den gleichen Kram, der in den meisten so genannten Erwachsenenbüchern drinsteht. Da geht es nicht nur um Geld, um Sex und um Intrigen. In diesem Buch geht es um Menschen, die ein gewöhnliches Leben leben wollen und durch einen unvorhersehbaren Zwischenfall aus ihrer Bahn geworfen werden. Und von diesem Moment an müssen sie kämpfen, obwohl sie nichts besitzen, kein Gold und kein Geld, und obwohl sie nichts besitzen wollen außer dem, was sie immer schon gehabt haben, ihre Freiheit und ihren Stolz.«

»Ich dachte, da geht es um einen Jungen, der ein paar Löwen vor einem skrupellosen Großwildjäger retten will?«

»Darum geht es natürlich auch. Aber wie ich schon gesagt habe, da steht viel mehr drin. Man muss nur aufpassen, dass es einem nicht entgeht, weil man von der Spannung überwältigt wird. Aber dieser Autor ist ein wahrer Meister, Hilde! Wie es Faulkner einmal war. Ein Geschichtenerzähler, der einen unglaublichen Rhythmus in seiner Sprache hat. Ich glaube, der könnte auch Theaterstücke schreiben.«

»Gehst du etwa auch ins Theater?«

»Ab und zu. Wenn ich Kohle habe. Oder wenn mich jemand einlädt. Das letzte Stück, das ich gesehen habe, war das neue von Edward Albee: *Three tall Women.*«

»Von Albee habe ich *Wer hat Angst vor Virginia Woolf* gesehen«, sagte Hilde. »Und *Empfindliches Gleichgewicht.*«

»Virginia Woolf hat mir im Film besonders gut gefallen«, sagte Meike. »Ziemlich düster. Mit Burton und Taylor. Bringt einen ziemlich durcheinander, das Stück.«

Der Kaffee kam und Hilde fragte Meike, was sie dazu brachte, Freiburg zu verlassen. »Rosy hat gesagt, dass du nicht weißt, wohin du gehen sollst. Einfach nur weg von hier.«

»Stimmt.« Meike grinste. »Ich hatte eine Freundin hier, die aus Neuseeland kam. Auckland. Die ist wieder weg. Ich dachte, ich mach mich einfach mal auf den Weg woandershin.«

Hilde fragte sie nach ihren Eltern, aber Meike gab ihr darauf keine Antwort. Sie trank den Kaffee und sagte dann, dass sie jetzt gehen müsse.

»Wenn du wieder mal hier bist, komm bitte vorbei, Mike«, sagte Hilde.

Meike hob die Schultern.

»Kann gut sein, dass ich wieder mal da bin«, sagte sie und erhob sich. »Vielen Dank für den Kaffee.« Sie zog die Regenjacke an. »Und der Hund, der gehört eigentlich nicht mir und ich weiß nicht, was ich mit ihm anfangen soll.«

Hilde sagte, dass wir eigentlich auch keinen Hund haben wollten.

»Dann nehm ich ihn halt mit«, sagte Meike.

Sie gab Hilde die Hand zum Abschied. Ich ging mit ihr hinaus. Obwohl jetzt die Sonne schien, war es noch kühl. Wir sahen uns an und lachten beide gleichzeitig los. Die Leute, die vorbeigingen, sahen uns an, während wir uns umarmten und lachten, bis mir die Tränen kamen.

Wir ließen uns los und ich wischte mir über die Augen.

»Dann geh ich jetzt«, sagte sie.

»Ich glaube, du könntest zu uns kommen«, sagte ich.

Sie blickte zu Boden.

»Ich meine, so lange, wie ich da bin.«

Sie sagte nichts.

»Ich könnte zumindest mal meinen Vater fragen. Es ist noch ein Dachzimmer im Haus, in dem ein Bett steht.«

Jetzt hob sie den Kopf.

»Rosy und Mike«, sagte sie. »Irgendwann müssten wir es ihnen sagen, Rosy.«

Ich hob die Schultern.

»Nein, Rosy, das geht nicht. Vergiss nicht, ich will nach Hammerfest.«

Ich nickte. Meine Kehle war auf einmal wie zugeschnürt.

»Also, dann«, sagte sie. »Tschüss.«

»Tschüss.«

Sie drehte sich um und ging davon und der kleine struppige Hund folgte ihr.

Als ich zurück im Laden war, kam Hilde nach hinten, wo ich mich wieder daranmachte, *Karlinchen* und die anderen Bilderbücher einzureihen.

»Rosy, du magst den Jungen ganz besonders, nicht wahr«, sagte sie und es war eigentlich mehr eine Feststellung als eine Frage.

Ich hob den Kopf und blickte ihr in die Augen.

»Er ist kein Junge«, sagte ich. »Sein Name ist Meike und er ist ein Mädchen.«

Sie setzte sich auf den Hocker und sah mich ernst an und ich wartete darauf, dass sie etwas dazu sagen würde, aber sie schwieg.

»Ich habe ihr gesagt, dass sie vielleicht hier in deinem Buchladen arbeiten könnte«, sagte ich. »Dann müsste sie nämlich nicht weg von hier.«

»Glaubst du, dass sie das möchte? Hier bleiben und arbeiten, meine ich?«

»Das weiß ich nicht. Aber ich wünschte, sie wäre hier geblieben. Ich kann mir einfach nicht vorstellen, dass sie dort draußen allein zurechtkommt. Sie ist ein bisschen wie Karlinchen in diesem Buch hier. So als ob sie ihren Platz auf dieser Welt suchte.«

Jetzt lächelte Hilde.

»Glaubst du, dass sie zurückkommen würde, wenn du sie darum bittest?«

»Kaum«, sagte ich.

»Versuch es, Rosy. Es wird zwar schwer sein, sie in der Stadt aufzuspüren, aber an deiner Stelle würde ich nicht so schnell aufgeben.« Sie erhob sich vom Hocker und nahm meine Hand in ihre Hände. »Geh, Rosy«, sagte sie. »Und sag Meike, dass hier bei mir eine Lehrstelle frei ist.«

Ich ging nach hinten ins Lager, wo meine Jacke hing, zog sie an und verließ den Laden. Ich hatte keine Ahnung, wo ich nach Meike hätte suchen sollen, aber ich fuhr mit dem Bus zuerst einmal hinaus zum Stadtrand. An der Haltestelle, wo ich sie gestern zum ersten Mal gesehen hatte, stieg ich aus und setzte mich auf die Bank. Ich wartete fast eine Stunde, aber sie kam nicht. Ich fuhr mit dem Bus zurück in die Stadt. Es war beinahe Mittag und ich sollte mich im *Bistro* mit Hauser treffen. Ich ging zum Dom und zum kleinen Park, wo wir gestern aus dem Afrikabuch gelesen hatten, aber ich konnte sie nirgendwo finden.

Punkt zwölf fragte ich jemanden nach dem *Bistro.*

Als ich dort ankam, wartete Hauser schon auf mich. Er sah ziemlich blass aus, mit einer roten Nase.

Wir gingen zusammen ins Lokal. An den Wänden hingen Bilder moderner Künstler. Wir setzten uns an einen kleinen Tisch beim Fenster. Die Sonne schien durch die Vorhänge. Ich blickte auf die Straße hinaus und hoffte, dass ich unter den vielen Leuten, die vorbeigingen, plötzlich Meike entdecken würde.

II

Er war ganz anders als am Telefon, völlig ruhig, so als hätte er die Situation inzwischen unter Kontrolle gekriegt. Dabei hatte ich gefürchtet, er würde durchdrehen und Matthias anrufen oder gar meine Eltern. Oder einfach 'ne Fliege machen. Zwei Wochen Urlaub in Kenia und dann so tun, als wäre nie was gewesen zwischen uns. Aber war denn überhaupt was gewesen? Ich war bei ihm zu Hause und er hatte mir Nachhilfeunterricht gegeben. Das war's. Einmal ins Kino. Nie richtig geküsst. Dabei hatte ich mir alles so schön zusammenphantasiert. Wie er mich in die Arme nahm. Wie er mir mit seiner Hand übers Haar fuhr. Wie wir leise miteinander redeten und wie er mir sagte, dass er mich liebte und mit mir zusammen sein wollte, jetzt und für immer. Ich hatte mir das alles hundertmal in allen Einzelheiten ausgedacht, wie ich in seine Wohnung umgezogen war, die Ausflüge am Wochenende, zusammen beim Essen in einem kleinen Restaurant, Freunde, die uns besuchten und uns um unsere große Liebe beneideten. Alles war so schön gewesen, so völlig normal, dass ich mir beinahe ein Leben ohne ihn nicht mehr vorstellen konnte, wenn ich allein war und an unsere Zukunft dachte.

»Rosy, ich habe mich entschieden, Hofheinz die Wahrheit zu sagen«, sagte er, die Gemüsesuppe in seinem Teller mit dem Löffel vorsichtig umrührend.

»Die Wahrheit?«, antwortete ich ihm. »Welche Wahrheit denn?«

Er lächelte mich durch den Dampf hindurch, der von seinem Suppenteller aufstieg, an.

»Gibt es denn mehr als nur eine Wahrheit?«

Innerlich triumphierte ich. Jetzt hatte ich ihn beim Wickel. Wusste er denn wirklich nichts von dem, was in mir während der Zeit vom Schulanfang bis jetzt vorgegangen war? Hatte er denn wirklich keine Ahnung von der wunderbaren romantischen Welt, die ich mir zusammenphantasiert hatte?

»Die Wahrheit ist wohl, dass wir uns eigentlich nicht das Geringste zu Schulden haben kommen lassen, Rosy.«

»Nicht das Geringste«, sagte ich, mich über die Sachlichkeit wundernd, mit der er dabei war, meine wunderbare Welt zu zerstören.

»Stimmt doch, oder?«

Ich versuchte die Suppe und verbrannte mir an einer heißen Erbse die Zunge.

»Es gibt trotzdem zwei Wahrheiten«, sagte ich trotzig und blies auf den Löffel.

Sein Gesichtsausdruck veränderte sich, zeigte mir plötzlich, dass er mit sich gerungen hatte, um sich schließlich dazu zu entscheiden, dem Rektor unserer Schule die Wahrheit zu sagen. Seine Wahrheit.

»Zwei Wahrheiten?«

»Zwei Wahrheiten.«

»Welche denn?«

»Die erste ist, dass wir nicht gebumst haben, und die zweite ist, dass ich dich liebe.«

Ich schlürfte die Suppe vom Löffel und sah ihm dabei in die

Augen. Seine Brillengläser waren vom Dampf etwas angelaufen, aber ich bemerkte trotzdem ganz deutlich, dass er unsicher wurde.

»Das… das ist eine andere Sache, Rosy«, sagte er. »Du musst verstehen, dass es mir in erster Linie darum geht, meinen Ruf als Lehrer sauber zu halten. Was jetzt zählt, ist allein die Tatsache, dass du mir keine Vorwürfe machen kannst.«

»Vorwürfe?«

»Ja. Wie du selbst gesagt hat, wir haben nicht gebumst.«

Er lächelte irgendwie verloren. Ich tat Salz in die Suppe und dachte dabei an Veronika. Was war mein Leben eigentlich? Langweilig oder was? Eine Suppe ohne Salz. Nein, wir hatten nicht gebumst. Natürlich hatte ich ab und zu daran gedacht. Aber ehrlich gesagt, seit ich mit Nick gepennt hatte, gehörte das nicht mehr zu meinen Prioritäten.

Hauser nahm die Brille ab und putzte die Gläser mit der Serviette. Leute kamen herein. Eine junge Frau sah Hauser und kam herüber. Modisch gekleidet. Zierlich. »Bernd, wie geht's dir? Wusste gar nicht, dass du da bist. Mir geht's ausgezeichnet. War im Sommer in Norwegen. Nein, nicht Hammerfest.«

Hauser war aufgestanden und sie umarmten sich. Küsschen, Küsschen, Küsschen. Dreimal.

Hammerfest. Meike spukte eine Sekunde lang in meinem Kopf herum. Wo steckte sie? Unterwegs auf irgendeiner Landstraße?

»Das ist Rosy«, sagte Hauser.

»Hallo, Rosy.«

»Hallo.«

»Gerlinde.«

Sie lächelte und ging mir auf die Nerven damit. Was ist denn los? Da gibt es doch nichts zu lächeln, verdammt! Ich bin nicht seine Geliebte. Vaterkomplex oder was.

Er sagte ihr, dass sie sich später bei Josef treffen könnten, und sie sagte ja, das sei prima, weil dann auch die anderen da wären.

Als sie weg war, aßen wir die Suppe und wir schwiegen. Einmal blickte ich zum Tisch hinüber, an dem Gerlinde saß. Sie war gerade dabei, ziemlich laut zu lachen. Blöde Ziege.

»Wir haben zusammen studiert«, sagte Hauser. »Gerlinde unterrichtet hier an einem Gymnasium.«

Gerlinde interessierte mich überhaupt nicht. Das sagte ich ihm. Ich sagte ihm, dass ich gern wüsste, wie es jetzt weitergehen würde und dass ich ihm so oder so keine Vorwürfe gemacht hätte.

Er nickte.

»Ich habe von dir nichts anderes erwartet, Rosy. Und das, was du mir vorhin gesagt hast, dass du mich liebst, das zählt in diesem Fall nicht, weil es nichts mit dem zu tun hat, was tatsächlich geschehen ist.«

Ich schwieg.

»Du verstehst doch, was ich damit meine, Rosy? Im Moment zählt nur, ob ich mich dir gegenüber korrekt verhalten habe oder nicht. Das ist das Entscheidende. Habe ich mir etwas zu Schulden kommen lassen, indem ich deine jugendlichen Gefühle ausgenutzt habe?«

Ich wusste nicht, ob er von mir eine Antwort auf diese Frage erwartete, aber ich war im Moment nicht fähig, einen klaren Gedanken zu fassen.

»Habe ich einmal versucht dir Gewalt anzutun?«

Ich schüttelte den Kopf.

»Habe ich mich einmal danebenbenommen? Dich belästigt?«

Ich schüttelte noch immer den Kopf, weil seine Fragen so schnell hintereinander auf mich einprasselten, dass ich gar nicht dazu kam, ihn einzuziehen.

»Hast du auch nur einmal das Gefühl gehabt, dass ich dir zu nahe gekommen bin?«

Nein!, schrie es in mir. Nein! Nein! Nein!

Er lächelte. »Ich habe dir gesagt, dass ich dich vom ersten Moment an mochte, Rosy. Und dazu steh ich. Aber ich glaube nicht, dass wir Hofheinz oder irgendjemandem sonst unsere geheimsten Gefühle verraten müssen, um unsere Freundschaft zu rechtfertigen. Das geht niemanden was an, Rosy. Ich gebe dir Recht, wenn du sagst, dass es für uns zwei Wahrheiten gibt. Aber für alle anderen zählt nur eine, Rosy. Deshalb werde ich Hofheinz sagen, dass wir ins Kino gingen, da du dir das durch deine Dedikation verdient hattest.«

Da, du, dir, das, durch, deine, Dedikation. Dass so was überhaupt möglich ist. Sieben Worte hintereinander, die mit einem D anfangen. Das schafft nur ein Lehrer. Fritz Rohleder hätte wahrscheinlich mindestens die Hälfte davon mit T geschrieben. Warum gab der Ratte eigentlich kein Schwein Nachhilfe in Deutsch?

Irgendwie war es mir, während er geredet hatte, gelungen, meine Gefühle in den Griff zu kriegen. Darin hatte ich mich schon ein Leben lang geübt: mich am Riemen zu reißen, wenn es darauf ankam. Äußerlich cool zu bleiben, auch wenn ich innerlich dabei war zu krepieren.

»Wird er das verstehen?«, gelang es mir zu fragen, während wir auf die Spagetti warteten.

»Hofheinz? Er scheint ein aufgeschlossener Mensch zu sein, Rosy. Außerdem gibt es keine Schulbestimmung, die besagt, dass ein Lehrer nicht mit einem Schüler ins Kino gehen darf. Es heißt diesbezüglich nur, dass von so etwas abzuraten ist.«

»Und mit einer Schülerin?«, fragte ich und trank einen Schluck von meiner Cola.

»Bitte?«

»Mit einem Schüler, hast du gesagt.«

»Ja. Natürlich. Das Gleiche gilt wohl auch für eine Schülerin, Rosy. Siehst du, das ist für mich nämlich kein Unterschied. Schüler oder Schülerin. Hauptsache ist, ich bin mir meiner Verantwortung bewusst.«

Hier war es wieder, dieses eine Wort, mit dem er sich umhüllte, als wäre es kugelsicher.

Aber hatte er mir nicht im Kino gesagt, dass er wünschte, ich wäre ein paar Jahre älter, sodass wir unsere Liebe nicht verstecken müssten? Was war ich denn? Ein Mädchen oder ein Junge? Wenn das alles keinen Unterschied machte, was bedeutete dann unsere Liebe? Herrgott, warum wollte er denn nicht begreifen, dass er dabei war, mich von sich zu stoßen? So als hätte ich plötzlich irgendeine Seuche.

Die Spagetti kamen. Er bestellte noch ein Bier.

»Rosy, ich bin froh, dass es jetzt so weit gekommen ist und nicht irgendwann später, wenn es schon zu spät gewesen wäre.«

»Zu spät wofür?«

»Du weißt schon. Wenn aus unserem Verhältnis mehr geworden wäre.«

Ich aß vorsichtig von meinen Spagetti. Er tat mir unaufgefordert Parmesan drauf.

»Wir werden uns wahrscheinlich nicht mehr bei mir zu Hause zum Nachhilfeunterricht treffen, Rosy. Das wird es sein, was mir Hofheinz empfehlen wird. Wir werden den Unterricht in der Schule abhalten. In meinem Klassenzimmer.«

Ich starrte auf die Gabel nieder, die sich in den Spagetti drehte.

»Außerdem habe ich mich entschlossen, Fritz Rohleder hinzuzunehmen. Er braucht dringend Nachhilfe und ich habe gestern Abend mit seinen Eltern gesprochen. Natürlich wollen sie nicht, dass er sitzen bleibt.«

»Und was ist mit seinem Deutsch?«

»Das ist nicht meine Angelegenheit.«

»Er ist dumm wie ein Esel.«

Allmählich fing ich an bockig zu werden. Ich spürte das richtig, dieses Gefühl, das in mir aufsteigt, wenn ich es satt habe, auf mir herumtrampeln zu lassen.

»Rosy, du musst einfach verstehen, dass es nicht anders geht. Das Gerede in der Schule muss aufhören! Es geht mir ja nicht nur um mich. Natürlich habe ich Angst um meine Karriere und um meinen Ruf. Aber ich will auch nicht, dass du …«

Ich stieß die Gabel tief in den Spagettihaufen.

»Die schmecken mir nicht«, sagte ich. »Nicht mit so viel Käse drauf.«

»Oh. Das tut mir Leid. Parmesan gehört einfach …«

»Das geht schon in Ordnung«, unterbrach ich ihn. »Ich mag ohnehin nicht mehr. Weißt du, ich habe mir auch überlegt, was du Hofheinz sagen könntest, wenn du schon dabei bist, ihm deine Wahrheit zu sagen.«

»Rosy, bitte lass …«

»Du könntest ihm sagen, dass es bei mir wirklich keinen Unterschied macht, ob ich ein Schüler bin oder eine Schülerin. Das wird er dir sofort glauben. Er kennt mich nämlich. Er weiß von dem Geschwätz, das in der Schule rumgeht. Er hat schon einige Male meine Mutter angerufen. Er hat ihr empfohlen, mich von einem Psychiater untersuchen zu lassen. Er hat auch mit unserem Hausarzt, Dr. Winkler, gesprochen. Er wird ganz genau verstehen, was du meinst, wenn du ihm sagst, du wärst dir eigentlich nie bewusst geworden, dass ich ein Mädchen bin.«

»Rosy, ich weiß nicht, wovon du redest. Es ist doch …«

»Sag ihm, ich sei eine Lesbe!«, unterbrach ich ihn lächelnd. »Damit bist du ganz bestimmt aus dem Schneider!«

Ich griff nach dem Colaglas. Meine Hand zitterte. Ich war

ziemlich durcheinander in diesem Moment. Ziemlich im Arsch. Und er sah es. Er beugte sich über den Tisch und legte mir die Hand auf den Arm.

»Rosy«, sagte er kopfschüttelnd. »Rosy, Rosy, Rosy.«

Das hatte er irgendwann schon einmal gesagt. Sein Gesicht war ernst. Aus der Nähe sah ich, dass er dunkle Flecken in seinen blauen Augen hatte. Grünlich braune Flecken.

»Rosy, denk bitte an das, was ich dir damals im Kino gesagt habe.«

»Und was ist das?«, presste ich hervor.

»Dass mir unsere Freundschaft sehr viel wert ist.«

Jetzt kamen mir die Tränen.

»Ich muss mal raus«, sagte ich und ich erhob mich schnell und ging auf die Toilette. Mein Glück war es, dass Gerlinde auch grad auf der Toilette war und ihre Lippen schminkte. Bevor sie meine Tränen bemerken konnte, drehte ich mich um und lief auf die Straße hinaus. Zufällig fand ich den kleinen Park, in dem ich gestern mit Meike gewesen war. Ich setzte mich auf eine Bank und schaute zu, wie ein paar vom Wind zerzauste Sperlinge mit ihren Schnäbeln auf einen harten Brotbrocken einhackten.

Den ganzen Nachmittag suchte ich nach Meike. Noch einmal fuhr ich mit dem Bus zum Stadtrand, weil ich absolut sicher war, dass ich sie dort antreffen würde. Das ist, wie wenn man etwas nicht mehr finden kann, obwohl man weiß, dass man es nicht verloren hat. Man spürt förmlich, dass es sich irgendwo in der Nähe befindet und es irgendwann wieder auftauchen wird. So war das mit Meike. Erst als es dunkel wurde, gab ich die Suche auf und ging in den Laden zurück. Ich war ziemlich fertig mit der Welt und auch müde, weil ich mindestens dreitausend Kilometer in der Stadt herumgeirrt war und überall nach Meike gefragt hatte.

Hilde merkte sofort, was los war.

»Vielleicht ist sie schon bald in Gibraltar und du kriegst demnächst eine Postkarte«, sagte sie.

»Sie hat nicht einmal meine Adresse«, gab ich ihr zurück. Ich sah ihr an, wie traurig sie selbst darüber war, dass ich Meike nicht gefunden hatte. Nach Ladenschluss gingen wir nach Hause. Auf dem Anrufbeantworter war eine Nachricht von Veronika. »Rosy, ich dachte, ich ruf dich mal an.« Sie kicherte. »Was machst du? Sicher hast du schon Heimweh und du denkst die ganze Zeit nur an mich.« Sie kicherte erneut und es schien, als müsste sie sich überlegen, was sie mir noch sagen könnte. »Übrigens, hier ist alles in Ordnung. Ich hab einen Termin gekriegt. Übermorgen. Du weißt schon, wofür.« Jetzt kicherte sie nicht mehr. »Also, dann ruf mal an, wenn du Lust hast, okay!« Dann nichts mehr und schließlich klickte es und der Piepton kam.

Hilde sah mich an. »Deine Freundin?«

Ich nickte. »Veronika. Sie geht in die Parallelklasse.«

»Willst du sie anrufen?«

»Jetzt nicht. Ich hab keine Lust, mit ihr zu reden.«

»Es klingt aber, als wollte sie, dass du sie anrufst.«

»Das kann ich auch morgen noch.«

Ich ging auf mein Zimmer und legte mich bäuchlings aufs Bett. Unten hantierte Hilde in der Küche herum. Nach einer Weile ging ich hinunter und half ihr beim Kochen. Es gab Linsen und Wurst.

Hauser rief an, als wir beim Essen waren. Hilde ging ran und er meldete sich mit Bernhard.

»Bernhard«, sagte Hilde und hob dabei die Schultern. »Er will unbedingt mit dir reden.«

Ich ging hinauf in mein Zimmer.

»Rosy!«

»Ja?«

Er lachte. Anscheinend fiel ihm ein Stein vom Herzen oder was.

»Rosy, was ist geschehen?«

»Was soll geschehen sein?«

»Das möchte ich gern von dir wissen.«

»Es ist nichts geschehen.«

»Warum bist du denn davongelaufen?«

»Weil ich mir alles, was du mir gesagt hast, allein durch den Kopf gehen lassen wollte.«

»Es wäre besser gewesen, wenn wir miteinander geredet hätten, Rosy.«

»Das stimmt wohl. Aber ich habe das einfach nicht geschafft. Jetzt habe ich über alles noch einmal nachdenken können.«

»Rosy, ich habe mir große Sorgen um dich gemacht, nachdem mir Gerlinde sagte, dass du ziemlich verstört ausgesehen hast und einfach davongerannt bist.«

»Das tut mir Leid.«

»Und? Hast du denn über das, was wir gesprochen haben, nachgedacht, Rosy?«

»Den ganzen Nachmittag.«

»Und?«

»Du hast schon Recht mit dem, was du gesagt hast.«

»Meinst du das ehrlich?«

»Ja.«

»Dann weißt du, dass es mir nicht nur um mich geht, sondern auch um dich und deine Zukunft.«

Ich gab ihm darauf keine Antwort. Nicht weil ich widerspenstig sein wollte, sondern weil mir im Moment einfach nichts einfiel. Ja, ich hatte am Nachmittag, während ich nach Meike gesucht hatte, unser merkwürdiges Verhältnis noch einmal überdacht und ich war zum Schluss gekommen, dass ich zurückstecken musste, wenn ich ihn nicht für immer verlieren wollte. Ich war fünfzehn. In zwei Jahren war die Situation eine andere. Ich würde aus der Schule sein und weder Hofheinz noch irgendwer würde uns irgendwelche Vorschriften machen können.

»Rosy.«

»Ja.«

»Du bist sauer auf mich, nicht wahr? Du glaubst, dass ich dich und deine Gefühle verraten habe?«

»Stimmt überhaupt nicht«, widersprach ich ihm. »Ich war nur enttäuscht, weil du nicht einsehen wolltest, dass unsere Freundschaft für mich mehr ist als nur eine Freundschaft.«

»Das weiß ich doch, Rosy. Und das respektiere ich auch.«

»Das hättest du mir im *Bistro* sagen sollen. Dann hätte ich nämlich nicht flüchten müssen.«

»Das tut mir Leid, dass ich das nicht gesagt habe. Aber jetzt bin ich froh, dass ich mit dir noch einmal reden konnte. Morgen fahre ich nämlich nach Hause, Rosy. Ich kann das nicht, hier in Freiburg bleiben und wissen, dass du auch da bist, ohne dass wir uns sehen dürfen.«

Ich hätte ihm jetzt sagen können, dass ich mich in einer Stunde irgendwo mit ihm hätte treffen können. Bestimmt wäre Hilde einverstanden gewesen, wenn ich ihr gesagt hätte, dass ich noch einmal in die Stadt gehen wollte. Aber das sagte ich ihm nicht. Ich konnte mich auch verantwortungsbewusst benehmen, wenn es sein musste.

»Also, dann«, sagte er. »Mach's gut, Rosy.«

»Du auch«, sagte ich.

»Und melde dich mal. Ruf mich einfach zu Hause an. Ich würde mich freuen. Wahrscheinlich komme ich ohnehin um vor Langeweile.«

»Ich ruf dich an.«

»Meinst du, ich kann dich anrufen? Wegen deines Vaters, meine ich.«

»Er weiß nicht, wer Bernhard ist.«

»Also, bis dann.«

»Tschüss.«

»Tschüss.«

Ich zwang mich, den Hörer aufzulegen. Innerlich fühlte ich mich so gut wie schon lange nicht mehr. Ich hatte mich nicht unterkriegen lassen und jetzt lag die Entscheidung nicht mehr bei ihm, sondern bei mir. Jetzt hatte ich mich selbst im Griff und das war gut so.

Ich hörte Hilde die Treppe heraufkommen. Sie rief im Flur nach mir.

Ich ging hinaus.

»Rosy, was hältst du davon, wenn wir zusammen in die Stadt gehen«, schlug sie mir vor. »Wenn Meike noch hier ist, dann finden wir sie vielleicht in einem der Lokale, in denen sich junge Leute treffen.«

Wir machten uns ein wenig zurecht. Ich zog ein weißes T-Shirt an, meine Motorradjacke und Jeans, die über den Knien zerrissen waren. Hilde zog auch Jeans an, eine orangefarbene Bluse und eine modische braune Lederjacke. Als ich hinunterkam, wartete sie schon vor dem Haus. Sie hatte sich kaum geschminkt, sah aber dadurch, dass sie ihr Haar zu einem Pferdeschwanz gebunden hatte, viel jünger aus als zuvor. Wahrscheinlich hätte ihr niemand zugetraut, dass sie eine richtige Geschäftsfrau war, die sogar einen eigenen Laden besaß.

Wir fuhren mit dem Bus in die Stadt und Hilde sagte, dass wir uns zuerst einmal im *Manhattan* einen Drink genehmigen würden, damit wir ein bisschen in Fahrt kämen.

Mir machte das nichts aus. Scotch on the Rocks bestellte sie beim Barmann. Und eine Cola für mich. Mit einem Schuss Bacardi. Wir saßen an der Bar und irgendwelche Knilche in Anzug und Krawatte machten uns an. Zahntechniker waren es, von dem internationalen Zahntechnikerkongress, der zur Zeit in Freiburg stattfand. Einer erzählte uns einen doofen, zweideutigen Witz. Der andere zückte seinen dicken Geldbeutel und wollte unbedingt eine Flasche Champagner spendieren. Wir bezahlten und gingen hinaus. Die Zahntechniker folgten uns ein Stück, als wir jedoch keine Anstalten machten, auf sie zu warten, gaben sie es auf.

Wir suchten ein halbes Dutzend Kneipen auf und fragten überall nach Meike. Schließlich, als es uns schon beinahe zu blöd geworden war, trafen wir in einem Alternativschuppen, in dem die meisten Leute aussahen, als kämen sie nur in dunklen, stürmischen Nächten aus ihrer Gruft, ein paar schwarz gekleidete Jungs und Mädchen in dicken Schuhen, die Meike kannten. Niemand hatte jedoch eine Ahnung, wo sie sich im Moment hätte aufhalten können. Vielleicht im *Rock*, meinte einer, der drei Nasenringe trug und sein Gesicht kalkweiß gepudert hatte. Da hätte er sie nämlich schon einige Male gesehen.

Draußen fragte ich Hilde nach dem *Rock*.

»Das ist ein Keller, wo sich Leute wie Meike zum Schwof treffen«, sagte sie.

»Leute wie Meike?«

Sie lachte und legte einen Arm um mich.

»Junge Leute, Rosy. Alternative. Studenten. Junge Künstler. Herumstreicher. Alles durcheinander wie Kraut und Rüben.«

»Und Hunde?« Der kleine struppige Köter, den Meike mitgenommen hatte, war mir plötzlich eingefallen.

»Ich glaube nicht, dass sie Haustiere reinlassen«, kicherte Hilde. Es schien, als wäre sie von einem einzigen Scotch on the Rocks schon etwas angesäuselt. Das kann ja noch heiter werden, dachte ich und ich hoffte nur, dass uns nicht zufällig irgendwo Hauser begegnete.

12

Der Keller befand sich in einer ehemaligen Fabrik, die jetzt als Lager für eine Billigmöbelversandfirma diente, und zwar in einem schummrigen Stadtteil, abseits der Wohnviertel und in der Nähe eines Abstellplatzes für Campmobile und Wohnwagen. Dem Gebell und Gekläffe nach musste sich irgendwo auch ein Hundezwinger befinden, und der kühle Wind, der uns in einer Lücke zwischen zwei Backsteingebäuden anfiel, roch nach Dieselöl und Benzin. Der Widerschein einer Neonleuchte auf einem Wellblechdach verriet uns, dass wir uns nicht verlaufen hatten. Hilde war nämlich selbst noch nie hier gewesen, seit der *Rock* vor einem Jahr eröffnet worden war. »Leute über fünfundzwanzig verkehren eigentlich nicht hier«, erklärte sie, während wir eine lange Verladerampe entlanggingen, vorbei an dunklen Toren und Türen und an fensterlosen Mauern. In einer Lücke zwischen zwei Lagerhallen stand ein riesiger Sattelschlepper, die Standlichter an. Aus einem offenen Tor fiel Licht über die Straße. Einige Männer standen auf der Rampe und redeten miteinander. Sie schauten herüber, als wir vorbeigingen und sie pfiffen und einer rief, dass er mit uns mal in 'nem richtigen Sattelschlepper eine Spritztour machen wolle, wenn wir daran interessiert wären.

»Willst du?«, fragte Hilde.

»Was?«

»Mal mit dem Sattelschlepper mitfahren.«

»Wohin denn? Nach Hamburg?«

»Was ist, Mädels?«, rief der, der uns eingeladen hatte. »Keinen Bock oder was?«

Da blieb Hilde stehen und ich dachte schon, sie wollte die Einladung annehmen, aber sie lachte nur, kniff mich in den Arm und rief: »Bock schon, aber leider keine Zeit.«

»Wie wär's mit morgen?«

Wir gingen weiter. Die Straße mündete in eine Querstraße. Auf der anderen Straßenseite befand sich ein großer Parkplatz und dahinter, an der Fassade der Fabrik, blinkte die Neonleuchte. Kanariengelb, grün und blau: THE ROCK – THE ROCK – THE ROCK.

»Übermorgen?«, hörten wir die Stimme des Lastwagenfahrers.

»Eigentlich würde ich schon gern mal mit 'nem Lastwagen fahren«, sagte Hilde. »Aber dein Vater würde mich so was nie tun lassen. Er ist nämlich furchtbar eifersüchtig.«

»Ich an seiner Stelle wahrscheinlich auch. Immerhin bist du mindestens zehn Jahre jünger und außerdem siehst du super aus für eine Buchladentante.«

»Danke für die Blumen, Rosy.« Hilde hakte sich bei mir ein und wir überquerten den Parkplatz in bester Stimmung durch Reihen geparkter Autos und Motorräder hindurch und eine Treppe hinunter, die zum Eingang führte. Dumpf drang Musik aus dem Inneren der Fabrik durch die Backsteinmauern. Eigentlich waren es nur die Bässe, die zu hören waren. Am Eingang, im Schein einer Lampe, standen zwei schwergewichtige Typen, die uns anstarrten, als hätten sie schon den ganzen Abend nur auf uns gewartet.

»Rausschmeißer«, flüsterte mir Hilde kichernd zu. »Wenn die frech werden, hauen wir ihnen eine aufs Dach!«

Wir richteten uns etwas auf und blieben vor ihnen stehen. Sie musterten zuerst Hilde, dann mich. Hilde lächelte und machte lässig den Reißverschluss ihrer Jacke auf.

»Was los heute Abend?«, fragte sie.

»Bei uns ist immer was los, Oma«, sagte der Fettsack mit dem geschorenen Schädel.

Ich dachte, jetzt geht's rund, und überlegte mir blitzschnell, welchem von beiden ich zuerst mit Vollrist ins Gekröse treten sollte. Zum Glück ließ sich Hilde jedoch die gute Laune nicht versauen, denn wahrscheinlich hätten wir im Ernstfall gegen diese beiden Menschenaffen ganz schön den Kürzeren gezogen.

Der mit der Glatze wollte unbedingt meinen Ausweis sehen, da Jugendliche unter achtzehn im *Rock* nicht erlaubt waren, aber Hilde versicherte ihnen, dass ich schon neunzehn sei und sie das jederzeit bezeugen könne.

»Und warum sollten dir die Bullen glauben, Oma?«, fragte der Glatzkopf, während er Hilde mit seinen Blicken förmlich auszog.

»Weil die meisten Polizisten mich und Rosy hier kennen. Sie kaufen nämlich bei mir Zeitungen, Magazine und Waffenbücher.«

»He, dann bist du … ich meine, dann sind Sie doch die Tante vom Buchladen«, sagte der andere, der eine eingeschlagene Boxernase hatte, verdutzt. »Hildes Buchladen! So heißt er doch? Klar, da hab ich Sie gesehen.«

»Können Sie denn lesen?«, fragte Hilde ernst. Er fühlte sich natürlich in seiner Ehre verletzt und Hilde sah sich gezwungen, sofort hinzuzufügen, dass sie das nur als Spaß gemeint hätte.

»Ich les auch den Simmel«, verteidigte sich der Boxer.

»Die Oma nimmt dich ganz schön auf die Schippe, Axel«, grinste der Glatzkopf.

»Axel?«, lachte Hilde. »Axel Schulz? Mein Lieblingsboxer.«

»Das ist nur sein Spitzname, Oma«, sagte der Glatzkopf. »In Wirklichkeit heißt er Fabian.«

Jetzt bekamen die beiden Gorillas beinahe Streit miteinander und keiner von ihnen dachte noch daran, von mir einen Ausweis zu verlangen. Der Glatzkopf fuhr sogar richtig auf Hilde ab und wollte sich später unbedingt mit ihr irgendwo treffen. Hilde versprach ihm nichts, aber sie ließen uns trotzdem rein und der Boxer hielt uns sogar ganz höflich die Stahltür auf.

Es war so dunkel im *Rock*, dass sich unsere Augen erst einmal umgewöhnen mussten, bevor wir etwas anderes sehen konnten als die blauen und roten Strahlen einiger Spotscheinwerfer, die durch den Zigarettenqualm auf die Bühne gerichtet waren. Und auf dieser Bühne machte ein Trio mit seinen Instrumenten einen Höllenspektakel: Orgel, Gitarre und Bass, umgeben von Dunstschwaden, in denen das Licht wühlte, als kämpfte es mit der Dunkelheit, die in sich krümmenden Schatten von den grauen Betonwänden kroch. Vor der Bühne bewegten sich menschliche Gestalten im Rhythmus der Musik, und die Luft erzitterte unter den dumpfen Bassschlägen, und im Dunkeln glühten Zigaretten und beleuchteten maskenhaft starre Gesichter, die alle der Bühne zugewandt waren. Es schien keinen Platz zu geben in dieser Höhle, nicht an den Tischen und auch nicht an der Theke, an der ein Gedränge entstand, als staute sich dort eine Menschenflut.

»Ich glaube, mir ist eben das Trommelfell geplatzt!«, brüllte mir Hilde so laut ins Ohr, dass ich die Worte tatsächlich aus dem betäubenden Lärm heraushören konnte. Eine Serviererin schrie mich an, aber es schienen keine Laute aus ihrem Mund zu kommen. »Cola«, schrie ich zurück und gab mir Mühe, das Wort mit meinen Lippen zu formen. Später brachte sie mir ein Bier und Hilde einen Scotch on the Rocks. Wir hatten inzwischen eine Lücke in der Menge gefunden, standen dicht an einer Betonmauer und ich stellte mein Bier auf einen Absatz, weil ich Bier ganz einfach nicht mag und es nicht einmal in der Sahara trinken würde, wenn mein Kamel mir das letzte Wasser weggesoffen hätte.

Wie wir in diesem Laden jedoch Meike entdecken sollten, war mir ein Rätsel. So standen wir links von der Theke an der

Mauer und versuchten den Rauch und das Schattenspiel mit unseren Blicken zu durchdringen und gleichzeitig die Leute von uns zu stoßen, die uns unbedingt auf den Füßen herumstehen wollten.

»Ist das nicht geil?«, schrie mir Hilde ins Ohr.

»Affengeil!«, schrie ich zurück und sie lachte und hieb mir den Ellbogen in die Seite. Sie war tierisch gut drauf und trank den Scotch on the Rocks, als wäre es Melissentee, und schließlich brachte mir die Serviererin, bei der es sich um ein Wesen handelte, das sich wahrscheinlich gegen Mitternacht in einen Vampir verwandelte, eine Cola mit Rum drin.

Ich trank nur ein bisschen davon, weil ich mich fit halten wollte, damit ich Hilde später notfalls nach Hause tragen könnte.

»Komm, wir gehen mal schwofen«, schrie sie mich an.

»Schwofen?« Sie war halt doch eine ziemlich altmodische Tante, denn heutzutage sagt kein Schwein mehr »schwofen«. Sie zerrte mich durch das Gedränge ins Licht vor der Bühne und wir tanzten, indem wir uns brutal verrenkten, und dann brüllte mich ein Knilch an und fragte nach meinem Namen und ich schrie, dass ich Rosy heiße, und später, als er mich zum Tanzen holte, nannte er mich Petra, was ich ihm in Anbetracht des Lärms nicht übel nahm.

Ich tanzte eine Weile mit ihm und mit Hilde und dann machte die Band eine Pause, aber in meinen Ohren dröhnte der Lärm weiter. Der Glatzkopf kam herein und suchte nach Hilde und als er sie sah, kam er herüber und fragte sie, ob sie es sich nun überlegt hätte. Als sie ihm sagte, dass sie einen festen Freund hätte, winkte er ab. »Den darfst du auch behalten, Oma. Ich bin nicht schwul.«

Da tippte ich ihn an und er drehte sich mir zu.

»Hast du nicht gehört?«, schnappte ich. »Sie will nicht, klar?«

Er sah mich an, als wollte er mich zermalmen, drehte sich um und verschwand.

»Ich glaube, wir sollten jetzt gehen«, sagte ich zu Hilde. Der, mit dem ich getanzt hatte, kam nämlich schon wieder auf uns zu und dieses Mal lud er uns zu seinen Freunden am Tisch ein.

»Wir gehen bald«, sagte ich, aber er ließ sich nicht davon abhalten, an meiner Jacke herumzufummeln. Er machte den obersten Knopf auf, während er mir klarzumachen versuchte, dass wir dabei wären, uns eine ganze Menge Spaß entgehen zu lassen, da später bei einem seiner Freunde eine Fete steigen würde, bei der alles ging.

Ich fragte ihn, ob er ein Mädchen namens Meike kenne.

»Meike?« Er schüttelte den Kopf und wandte sich dem Tisch zu, an dem seine Freunde saßen. »He, kennt einer von euch Meike?«

Keiner kannte Meike.

»Also, kommt ihr?«, fragte er Hilde. »Bei uns geht alles.«

»Was alles?«, fragte Hilde und am liebsten wäre ich ihr auf die Zehen getreten, aber das hätte wahrscheinlich auch nichts genützt. Sie war ziemlich aufgedreht.

»Nun, ihr wisst schon«, sagte der Knilch.

»Eben nicht«, sagte Hilde. Sie nahm ihr Glas vom Mauervorsprung.

»Ihr seid doch Lesben und da …«

»Wie bitte?«, unterbrach ihn Hilde.

Der Knilch grinste sie widerlich an und da schüttete ihm Hilde ohne Vorwarnung den Scotch ins Gesicht.

Damit war die Sache natürlich überhaupt nicht geregelt. Der Knilch wischte sich nämlich mit dem Hemdärmel den Whisky aus den Augen, nannte Hilde eine »Scheißnutte« und wollte ihr eine knallen. In dem Moment, als er die Hand hob, fiel ich ihm jedoch in den Arm. »Lass los, verdammt!«, fluchte er und als er mich von sich stoßen wollte, rutschte er auf den Eisstückchen aus, die auf dem Boden lagen, und wir verloren beide das Gleichgewicht und fielen der Länge nach hin. Dabei gerieten wir der Serviererin zwischen die Beine. Sie ließ vor Schreck ihr Tablett fallen und dieses fiel dem Knilch direkt auf den Kopf. Die Serviererin rief die beiden Gorillas vor der Tür zu Hilfe. Axel packte mich, während der Glatzkopf den Knilch festhielt. »Die Scheißlesbe hat mich angefallen, verdammt!«, brüllte der Knilch. Blut lief ihm von einer Platzwunde über das Gesicht. »Dafür gibt es Zeugen.« Er rief nach seinen Freunden, die am Tisch saßen und ihn lauthals verhöhnten.

Sie könne bezeugen, dass Hilde dem Knilch den Scotch ins Gesicht geschüttet habe, keifte die Serviererin.

Den beiden Gorillas blieb gar nichts anderes übrig, als Hilde und mich rauszuschmeißen, da der Knilch unbedingt die Bullen anrufen wollte.

Draußen, an der frischen Luft, merkte Hilde erst, wie wackelig sie eigentlich auf den Beinen war. Sie musste sich an mir festhalten, sonst wäre sie wahrscheinlich hingefallen. Wir lehnten uns gegen eine Hausmauer. Meine Jeans war nass und alles stank furchtbar nach Whisky.

Hilde lachte über sich selbst und sagte, dass sie schon mindestens zehn Jahre lang nicht mehr richtig betrunken gewesen sei.

»Zum Glück bleibt dein Vater über Nacht in Frankfurt«, lallte Hilde. »Stell dir vor, er würde uns beide so sehen.«

Hilde krümmte sich bei diesem Gedanken vor Lachen, aber auf einmal wurde ihr schlecht und sie musste sich übergeben.

Wir warteten, bis es ihr etwas besser ging, dann machten wir uns auf den Weg zur nächsten Hauptstraße, wo wir ein Taxi heranwinkten. Als wir zu Hause ankamen, brannte Licht im Haus und vor der Garage stand der BMW meines Vaters. Ich legte eine Hand auf die Kühlerhaube. Sie war noch warm.

Hilde warf einen Blick auf ihre Armbanduhr.

»Mitternacht vorbei«, sagte sie. Wir gingen die Treppe hoch. Hilde war jetzt plötzlich nüchtern.

Ich hörte sie in dieser Nacht nicht streiten, aber am nächsten Tag merkte ich sofort, dass etwas nicht stimmte. Hilde war bereits ins Geschäft gefahren, als ich hinunterkam. Dabei hatte sie mir auf dem Heimweg noch versprochen, mich in den Laden mitzunehmen. Mein Vater saß am Esstisch und las die Zeitung.

»Morgen«, sagte ich.

»Morgen«, sagte er, ohne aufzublicken.

»Wo ist Hilde?«

»Weg.«

Ich machte mir einen Kaffee und aß ein Butterbrot mit echtem Waldhonig. Da er nichts mehr sagte, sagte ich auch nichts mehr. Er blätterte die Zeitung um. Es war so still im Haus, dass ich die Wanduhr im Wohnzimmer ticken hörte.

Ich blickte zum Fenster hinüber. Es regnete. Ich dachte an Veronika und dass ich sie hätte anrufen sollen. Bestimmt wollte sie nur noch mehr Geld, weil Fichtel nicht genug auftreiben konnte. Ich hätte zwar gern gewusst, wie es nun mit ihr und der Abtreibung weiterging, aber ich nahm mir vor, sie nicht anzurufen.

Ich freute mich eigentlich auf das Fußballspiel am Samstag, aber im Moment sah es nicht danach aus, als ob mein Vater Bock hatte, sich mit Hilde und mit mir irgendwo sehen zu lassen. Vermutlich hatte ihm Hilde erzählt, was im *Rock* vorgefallen war. Deshalb war er so sauer. Und weil sie zu viel getrunken hatte.

Nächste Woche, am Mittwoch, hatte er Geburtstag. Ich

wusste nicht, was ich ihm schenken sollte. Er hatte keine Hobbys außer Videofilme. Er stand auf Klassiker. *Lawrence von Arabien. Ben Hur. Spartacus.* Und auf Hitchcock-Filme. Aber die hatte er schon alle. Ich dachte an Hauser. Bestimmt war er schon nach Hause unterwegs, um sich mit Hofheinz zu treffen und mit ihm über die Verantwortung eines Lehrers zu reden.

Plötzlich blickte mein Vater von der Zeitung auf. Er sah richtig müde aus. So als hätte er überhaupt nicht geschlafen.

»Hilde hat mir von deinem Freund Mike erzählt«, sagte er. »Weißt du, wer sich in solchen Schuppen wie dem *Rock* herumtreibt, taugt wohl nicht viel.«

Ich blickte ihn über den Tisch hinweg an, verzichtete aber, ihm auf diese blödsinnige Behauptung eine Antwort zu geben.

»Dass du dir immer solche Freunde aussuchen musst, Rosy!«

Solche Freunde? Ich hatte keine Ahnung, wie er das meinte. Er kannte doch eigentlich nur Nick Karanikolos und den hatte er auch nur einmal kurz im Fahrradladen gesehen.

»Es gibt doch noch anständige Jungs, Rosy! Die können doch nicht alle ausgestorben sein.«

Jetzt hatte ich aber die Schnauze voll. »Ihr habt euch gestritten, nicht wahr?«, fragte ich ihn bissig.

Er legte die Zeitung weg, stand auf und ging zur Anrichte.

»Ja, wir haben uns gestritten«, sagte er. »Es geht einfach nicht, dass Hilde sich danebenbenimmt.« Er kam mit der Kaffeekanne zum Tisch zurück und goss seine Tasse voll. »Sie ist noch nie betrunken nach Hause gekommen, Rosy!«

»Und jetzt gibst du mir die Schuld?«

»Das habe ich nicht gesagt, Rosy! Es ärgert mich nur, dass meine Tochter und meine Freundin scheinbar nicht wissen, was sich gehört,wenn ich nicht da bin! Und es ärgert mich, dass ich mich mit Hilde gestritten habe. Wir haben nie Streit miteinander, verstehst du? Mit Hilde ist das nicht so, wie es mit deiner Mutter war. Mit deiner Mutter, da ging manchmal kein Tag vorbei, ohne dass wir uns in die Haare geraten sind.«

»Warum hast du ihr dann Vorwürfe gemacht? Es ist doch überhaupt nichts passiert. Wir waren nicht einmal richtig betrunken.«

»Hilde war betrunken genug, Rosy.« Er lachte auf. »Sie nannte mich einen unverbesserlichen Spießer und einen konservativen Pinkel. Noch nie, seit wir zusammen sind, habe ich sie so aufgebracht erlebt und völlig daneben.« Er tat Zucker in den Kaffee und rührte ihn um. »Und heute Morgen, da hatte sie natürlich die fürchterlichsten Kopfschmerzen.«

»Das ist das Wetter«, grinste ich. »Gestern war Föhn und es war schön und heute regnet es.«

Er trank von seinem Kaffee und beobachtete mich dabei.

»Dieser Mike, das scheint ja ein ganz merkwürdiger Vogel zu sein«, sagte er und setzte die Tasse ab. Da ich nicht wusste, was ihm Hilde in ihrem gestrigen Zustand erzählt hatte, hütete ich mich davor, ihm darauf eine Antwort zu geben.

»Als ich nach Hause kam, da war eine Nachricht für dich auf dem Anrufbeantworter.«

»Von M… M… Mike? Was hat er gesagt?«

»Er befindet sich zurzeit in Frankreich und ist zusammen mit Fido, von dem ich annehme, dass es sich um einen Hund handelt, auf dem Weg nach Gibraltar.«

»Und sonst?«

»Nichts sonst.« Er verzog das Gesicht. »Zu viel Zucker im Kaffee. Was meinst du, Rosy, sollen wir mal im Laden anrufen und fragen, wie's ihr geht?«

So war er eben. Er hasste Streit. Schon früher war das so gewesen. Ich konnte mich erinnern, dass er fast jedes Mal mitten in einem Streit aus der Wohnung gegangen und erst Stunden später wieder aufgetaucht war.

Er erhob sich vom Tisch und holte das schnurlose Telefon.

»Hier, mach mal«, sagte er und drückte es mir in die Hand. »Ruf du an.«

»Nein, du. Darüber wird sie sich mehr freuen.«

»Du spinnst.«

Er sagte mir die Nummer und ich wählte. Hilde hob ab.

»Rosy«, sagte ich.

»Rosy? Was ist los?«

»Nichts. Mein Vater will mit dir reden.«

Ich gab ihm den Hörer.

»He«, sagte er. »Wie geht's?«

Dann hörte er zu und er ging dabei mit dem Telefon am Ohr in der Küche herum und starrte die Wände an und mich und zum Fenster hinaus in den Regen.

»Das tut mir Leid, Hilde. Ehrlich, so war das nicht gemeint.« Er sah mich hilflos an und hob die Schultern, während sie ihm offenbar die Leviten las.

»Nein, natürlich nicht, Schatz! Aber das mit dem konservativen Pinkel, das lasse ich auch nicht auf mir sitzen!«

Und dann sagte er ihr noch einmal, dass es ihm Leid tat, und er fragte sie, ob sie denn zu Mittag eine Stunde Zeit hätte, mit uns beim Italiener zu essen. »Natürlich nicht Lasagne. Die macht doch keiner besser als du, Schatz!«

Er drehte mir jetzt den Rücken zu und seine Stimme wurde leiser und sanfter.

»Ja. Ich dich auch. Natürlich. Wo denkst du denn hin. Nein, Rosy hat keine Kopfschmerzen. Gut, das sag ich ihr. Tschüss. Bis Mittag.«

Er nahm das Telefon vom Ohr, drückte den Ausknopf und konnte sich dabei ein Grinsen nicht verkneifen.

»Es geht ihr dreckig«, sagte er schadenfroh.

Ich fand es absolut Klasse, dass sie so schnell wieder miteinander zurechtkamen und nicht den üblichen Zirkus veranstalteten. Das zeigte mir, dass mein Vater in der Zeit, seit er sich von Mutter hatte scheiden lassen, einiges dazugelernt hatte. War ja auch kein Wunder. Er war, als er sie geheiratet hatte, knapp zwanzig Jahre alt gewesen, also eigentlich noch nicht einmal ganz trocken hinter den Ohren. Warum er nicht wieder geheiratet hatte, wusste ich nicht, aber ich nahm an, dass er sich nicht noch einmal die Finger verbrennen wollte. Dabei wäre Hilde die absolut perfekte Ehefrau für ihn gewesen, selbstbewusst genug, ihm das Gefühl zu geben, dass sie für ihn da war, ohne sich jedoch selbst aufzugeben. Sie war wirklich eine ganz besondere Frau und das gab er auch unumwunden zu, als ich ihn fragte, warum er mit Hilde in wilder Ehe zusammenlebte.

»Damit wir nicht so das Gefühl haben, dass wir aneinander gekettet sind«, antwortete er mir. »Aber natürlich hast du Recht, Rosy. Hilde ist eine bemerkenswerte Frau. Ich könnte mir gar nicht vorstellen, mir eine andere zu suchen, wenn sie mich verließe.«

»Aber du denkst nicht daran, sie zu heiraten?«

»Wir haben noch nie darüber gesprochen, Rosy. Hat sie dir etwa irgendetwas gesagt? Dass sie heiraten möchte und ich nicht will, oder was?«

»Nein.« Ich fragte ihn, was er davon hielte, wenn ein Mädchen in meinem Alter schwanger würde. Er wurde richtig blass im Gesicht und beinahe grünlich um die Nase herum, weil er im ersten Moment dachte, dass es mich erwischt hätte. Dann wollte er wissen, welche von meinen Freundinnen denn schwanger geworden sei, aber ich sagte es ihm nicht.

»Ist es etwa Veronika?«, fragte er.

Ich schüttelte den Kopf, aber er glaubte mir nicht.

»Es ist doch Veronika, nicht wahr?«

»Frag mich bitte nicht mehr. Ich habe versprochen, es niemandem zu sagen.«

Wir redeten nicht mehr darüber, aber die ganze Woche hindurch dachte ich daran, Veronika anzurufen. Ich hatte nur keinen Bock, mir ihr Gequatsche anzuhören, und die meiste Zeit wäre ich sowieso nicht dazu gekommen, weil immer etwas los war. Am Donnerstagmorgen half ich bei Hilde im Laden aus, weil die ganzen neuen Magazine eintrafen und sortiert werden mussten. Am Nachmittag zeigte mir mein Vater die Maschinenfabrik, für die er arbeitete. Einer seiner Kollegen führte uns sachkundig durch die verschiedenen Abteilungen und erklärte mir den gesamten Produktionsablauf von der Planung bis zur fertigen Maschine.

Ich muss zugeben, dass ich mir das alles nicht sehr interessant vorgestellt und der Führung durch die Fabrik mit gemischten Gefühlen entgegengesehen hatte, aber ich war am Ende doch gewaltig beeindruckt, als wir in der letzten Fabrikhalle vor den Maschinen standen, die computergesteuert ein Plastikteil nach dem anderen ausspuckten.

Am Freitag arbeitete ich wieder im Buchladen, und zwar im Lager. Nicht verkaufte Bücher, die in der Fachsprache Remittenden heißen, mussten verpackt und an den Buchversand zurückgeschickt werden, um den Neuerscheinungen Platz zu machen. Zu Mittag holte mich Vater zum Essen ab. Da der Laden geöffnet blieb, konnte Hilde nicht mit uns gehen. Wir aßen Pizza und er erzählte mir, dass er Ende nächster Woche nach Japan fliegen müsse.

Am Abend war Hilde zu müde, um auszugehen. Wir beschlossen, uns einen von Vaters Videofilmen anzusehen, und zwar *Psycho* von Hitchcock, mit der berühmten Duschszene. Mitten im Film klingelte das Telefon. Vater ging ran. Ich weiß nicht, warum, aber ich dachte sofort an Hauser.

»Walther«, meldete sich mein Vater. »Hallo? Wer ist denn dort? Hallo.«

Er hob die Schultern und kam zum Sofa zurück.

»Aufgelegt«, sagte er und er blickte mich dabei an, als vermutete er, dass der Anruf mir gegolten habe. Hilde machte es sich auf dem Sofa so bequem, dass sie während des Films einschlief, gerade als es richtig spannend wurde und der Detektiv das gespenstische Haus auf dem Hügel hinter dem Motel betrat, in dem Norman Bates nur mit seiner Mutter wohnte.

Nach dem Film ging ich auf mein Zimmer. Es war kurz nach zehn und ich überlegte mir, ob ich Hauser anrufen sollte. Oder Veronika. Morgen war ihr Termin. Morgen würde sie mit ihrer Mutter zum Arzt fahren und das Kind von Fichtel abtreiben lassen. Ich war froh, dass ich nicht in ihren Schuhen steckte, obwohl ich mir überhaupt nicht denken konnte, jemals ein Kind zu kriegen. Außer von Hauser vielleicht. So wie ich mir das ausdachte, wäre es wundervoll gewesen. Häuschen am Stadtrand, mit einer Spielwiese und einem kleinen Schwimmbecken und schönen Zierbäumen und Birken. Ich mochte Birken. Das waren meine Lieblingsbäume. Ich träumte in dieser Nacht von Hauser. Wir fuhren in einem Zug durch Birkenwälder und ich blickte aus dem Fenster und da sah ich Meike durch den Wald laufen und dunkle, schattenhafte Gestalten jagten hinter ihr her. Dann waren wir plötzlich in Hausers Wohnung und Veronika saß auf dem Sofa und gab ihrem Säugling die Brust.

Ich wachte mitten in der Nacht auf und wusste im ersten Moment nicht, wo ich war. Ich machte das Licht an und setzte mich im Bett auf und dachte an Meike. Ich wünschte nichts mehr, als dass ich sie wieder gesehen hätte. Ich weiß nicht, was das war, aber ich fühlte mich einsam in dieser Nacht. Furchtbar einsam.

13

Es regnete das ganze Wochenende hindurch. Am Samstag, nach Ladenschluss, gingen wir trotzdem zum Spiel. Ausverkauftes Haus. Ich war vorher noch nie bei einem richtigen Bundesligaspiel gewesen. Erste Bundesliga, meine ich. Die Kickers hatte ich einige Male gesehen, als sie in der Zweiten waren. Einmal mit Abend, unserem Trainer, und der ganzen Mannschaft.

Das Spiel war den schlechten Witterungsverhältnissen entsprechend gut. 3:2 hieß es am Ende für Stuttgart und wir waren alle stinksauer auf den Schiedsrichter, weil er dem FC einen Elfmeter nicht gegeben hatte, obgleich er beim Foulspiel im Strafraum keine drei Meter daneben gestanden hatte.

Am Sonntag machten wir einen Ausflug in den südlichen Schwarzwald. Wir besuchten Hildes Eltern, die in einem kleinen Nest bei Neustadt wohnten, seit Hildes Vater von seinem Job als Bibliothekar pensioniert worden war. Sie zeigten uns Dias von einer Bergwanderung in Tirol und dazu gab es eine selbst gemachte Linzer Torte und jede Menge Schlagsahne. Hildes Mutter kam aus Österreich, aus der Steiermark, und die beiden waren schon vierzig Jahre verheiratet.

»Pass nur auf, Rosy, dass dir das nicht auch passiert«, warnte mich Hildes Mutter. »So hübsch, wie du bist, kannst du dir mit dem Heiraten Zeit lassen und nichts überstürzen.«

»So hässlich warst du damals aber auch nicht«, sagte Hildes Vater und grinste seine Frau an.»Mit siebzehn haben wir geheiratet, Rosy. Wir wollten damals nach Australien auswandern, aber dann ist Helga schwanger geworden.«

»Wir entschieden uns, hier zu bleiben, weil Franz eine gute Anstellung hatte. Assistenzbibliothekar an der Landesbibliothek. In Australien, da hätten wir vielleicht zuerst einmal darben müssen. Wir kannten dort niemanden, außer einem meiner entfernten Verwandten, und der hatte eine Gerberei. Da hätte Franz vielleicht als Hilfsarbeiter für einen Minimallohn Arbeit gekriegt.«

Es schien, als ob Hildes Eltern es nie bereut hätten, hier zu bleiben. Irgendwie spürte ich an diesem Nachmittag zum ersten Mal in meinem Leben, dass zwei Leute ein wunderbares Leben führen konnten, wenn sie zusammenpassten. Ich fragte mich nur, ob das eine reine Glückssache war oder ob Hildes Eltern um dieses Glück auch hatten kämpfen müssen. Wahrscheinlich war das Letztere der Fall. Bestimmt hatte es in ihrer Ehe dunkle Tage gegeben. Auseinandersetzungen. Streit. Aber sie hatten alle diese Stürme überstanden und jetzt, an diesem Sonntagnachmittag, da gehörten sie zusammen, als wären sie im Laufe der Zeit innerlich zu einem Wesen zusammengefügt worden. So als gehörten sie für immer zusammen, jetzt und bis in den Tod.

Ich war gern bei ihnen und als wir weggingen und Hildes Mutter mir ein Stück Linzer Torte mitgab, das sie vorsichtshalber auf die Seite gelegt hatte, bevor es ihr Mann oder mein Vater auch noch aufessen konnten, fühlte ich mich so gut wie schon lange nicht mehr. Die Einsamkeit, die mich in der Nacht heimgesucht hatte, war wie weggeblasen. Auf dem Heimweg durch den Schwarzwald versuchte ich insgeheim, mir mein zukünftiges Leben auszumalen. Ich wünschte mir Kinder. Mindestens zwei. Mädchen. Vielleicht auch ein Junge. War doch egal. Mädchen oder Junge. Und wenn ich im Alter von Hildes Eltern war, würde ich in einem kleinen Dorf wohnen, in einem kleinen Haus mit einem kleinen Garten. Und am Sonntag würden mich meine Kinder mit ihren Kindern besuchen und es gäbe Kaffee und Kuchen und ich würde ihnen von meinem früheren Leben erzählen, von der Schule und von meinem Mathelehrer Hauser und von Alex und von

Fritz, der Ratte, und natürlich von Veronika. Ich würde ihnen von meiner Mutter erzählen und ihren Freunden und von Trittschuh und Kalmbach, den ich im Keller eingesperrt hatte, und auch von den Herbstferien, die ich bei meinem Vater in Freiburg verbracht hatte, von Hilde und ihren Eltern und von der Fahrt zurück nach Freiburg, als ich hinten im BMW meines Vaters saß und über mich und meine Zukunft nachdachte.

Es fiel mir bei diesem Rückblick auf mein Leben, das ich noch gar nicht gelebt hatte, auf, dass ich allein war, allein in dem kleinen Dorf lebte und allein in dem kleinen Haus mit dem kleinen Garten wohnte, und im ersten Moment erschreckte mich dieser Gedanke bis in die Knochen. Ich hatte doch selbst jahrelang erlebt, wie verzweifelt meine Mutter nach einem Mann suchte, nachdem sich herausgestellt hatte, dass mein Vater nicht der Richtige gewesen war. Mindestens ein Dutzend probierte sie aus, die meisten von ihnen von irgendwelchen Schatten verfolgt, die sie nicht abschütteln konnten. Keiner hatte etwas getaugt, bis sie endlich Trittschuh begegnet war. Und wie sie gekämpft hatte. Um ihre Selbstständigkeit. Um ihre Ehre. Um ihren Ruf. Um uns. Wir hätten ja eigentlich nichts mitkriegen sollen, weil wir zu klein waren, aber begriffsstutzig war ich noch nie gewesen. Meine Mutter war allein todunglücklich, und weil mich das Leiden meiner Mutter auch quälte, hatte ich mich eigentlich schon immer gefragt, warum das nicht anders sein konnte, was da in meiner Familie geschah. Warum meine Mutter unbedingt einen Mann brauchte? Warum sie allein nicht glücklich sein konnte? Einmal, kurz nachdem sie Trittschuh zum ersten Mal nach Hause brachte, hatte ich sie diesbezüglich gefragt und sie hatte mir geantwortet, dass das eben wichtig wäre im Leben einer Frau, zu heiraten und Kinder zu kriegen und für die Familie zu sorgen, und ich hatte sie gefragt, warum sie das denn nicht allein tun könne, mit uns zusammen, und da hatte sie etwas von Einsamkeit gesagt, von der Sehnsucht nach Wärme und Geborgenheit und von Dingen, von denen ich damals wirklich noch keinen blassen Schimmer hatte.

Aber jetzt war das anders. Meine Mutter hatte Trittschuh, und selbst wenn wir alle einmal weg waren, außer Haus, Matthias in Nürnberg, wo er nach der Lehre mit seinem Freund eine Tankstelle übernehmen wollte, Andrea in New York im Scheinwerferlicht und ich irgendwo, dann würde sie nicht allein sein, weil ihr nämlich Trittschuh blieb.

Einsamkeit, das ist sicher etwas, wovor sich alle Menschen fürchten. Dass sie irgendwann einmal im Leben allein sein werden. Oder sogar im Tod.

Nicht ich. Ich brauchte keinen Mann. In meiner von mir ausgedachten Zukunft lebte ich allein in einem kleinen Dorf und wohnte allein in einem kleinen Haus mit einem kleinen Garten und ich hatte Hunde und Katzen oder eine zahme Ratte in einem Vogelkäfig.

Und die Kinder, die mich besuchten, die waren natürlich von Hauser. Von wem denn sonst? Von Nick Karanikolos etwa? Ich kannte keinen außer Hauser, mit dem ich gern gepennt hätte. Natürlich hätte ich ihn, würde er mich in zwei oder drei Jahren gefragt haben, auch geheiratet. Ob er mich jemals fragen würde?

»Du bist so still, Rosy«, sagte mein Vater. Er blickte mich im Rückspiegel an. »Ist was?«

»Überhaupt nichts«, gab ich ihm zur Antwort.

Hilde sagte, dass sie aufs Klo müsste.

»Jetzt sofort?«, fragte mein Vater.

»Demnächst«, sagte Hilde.

»Konntest du denn nicht bei deinen Eltern gehen?«

»Da musste ich noch nicht.«

»Aber jetzt, wo es nirgendwo ein Klo gibt.«

»In der nächsten Ortschaft gibt es Klos.«

Ich erinnerte mich daran, dass mein Vater schon früher ungern angehalten hatte, wenn meine Mutter oder sonst wer aufs Klo musste. Matthias hatte deswegen einmal sogar in die Hose gemacht und mein Vater hatte nur angehalten, weil er keine Pissflecken auf dem Rücksitz seines neuen Autos haben wollte.

Im nächsten Dorf hielt er natürlich nicht an.

»Geht's noch?«, fragte er Hilde, als wir schon wieder aus dem Dorf raus waren.

Sie gab ihm keine Antwort.

»Dass die Frauen immer dann aufs Klo müssen, wenn keins in der Nähe ist.«

Hilde sagte nichts.

»Ich muss auch mal«, sagte ich.

»Logisch«, sagte er grimmig, aber im nächsten Dorf hielt er an und Hilde und ich gingen in einem Restaurant aufs Klo. Als wir zurückkehrten, brummte er, dass sämtliche Schleicher, die er bis hierher überholt hatte, inzwischen an uns vorbeigefahren wären, und ich dachte mir, dass ich wahrscheinlich meinen Vater auch nicht geheiratet hätte, wenn ich Hilde gewesen wäre.

Es war beinahe zehn Uhr in der Nacht, als wir endlich zu Hause ankamen. Aus irgendeinem unerfindlichen Grund spürte ich das Verlangen, sofort Veronika anzurufen.

Ich ging auf mein Zimmer.

Unten ging der Fernseher an.

Ich hob den Hörer ab und wählte Veronikas Nummer und auch auf die Gefahr hin, dass mir das niemand glaubt, sage ich jetzt, dass ich schon beim Wählen wusste, dass irgendetwas nicht stimmte. Es war wie eine schlimme Vorahnung, die mich plötzlich heimsuchte. Ich hielt den Hörer ans Ohr und ließ es läuten und läuten. Irgendwie spürte ich, dass Veronika zu Hause war, sonst hätte ich wahrscheinlich, nachdem es schon mindestens zwanzigmal geläutet hatte, aufgelegt.

Plötzlich klickte es in der Leitung und dann läutete es nicht mehr. Nichts geschah. Niemand meldete sich. Ich presste den Hörer fest an mein Ohr und ich konnte jemand atmen hören.

»Hallo?«

Keine Antwort.

»Hallo, bist du das, Veronika?«

Nichts.

»Veronika! Mann, wie wär's, wenn du dich meldest! Ich würde gern wissen, ob alles okay gegangen ist. Du weißt schon, wovon ich rede ...«

Ich brach ab. Die Atemzüge, die aus der Hörmuschel an mein Ohr drangen, wurden schneller und lauter. Dann war da ein Geräusch, das wie ein Röcheln klang. Oder wie wenn einer, dem die Kehle zugedrückt wird, etwas sagen will.

»Veronika!«, rief ich ins Telefon. »Was ist ...«

»Rooo-sy«, kam es ganz leise zurück. Nichts sonst. Nur mein Name.

»Veronika!« Ich geriet in Panik. »Veronika, was ist denn los, verdammt?«

»Es ... es ist ... alles in ... Ordnung. Ich ...«

Es knallte und knackte in der Leitung und dann hörte ich ihre Mutter schreien und ich hörte einen dumpfen Schlag, so als ob jemand hingefallen und hart auf dem Boden aufgeschlagen wäre. Ich hörte Veronikas Mutter den Namen ihrer Tochter ausrufen, immer und immer wieder, und dann hörte ich sie »Oh, mein Gott!« schreien und ich schrie Veronikas Namen in den Hörer hinein, aber ich glaube nicht, dass mich jemand hören konnte außer Hilde und meinem Vater, die plötzlich ins Zimmer stürzten und beide wie aus einem Mund fragten, was denn passiert sei.

»Weiß ich nicht! Ich habe Veronika angerufen, aber es scheint, dass ihr der Hörer hinuntergefallen ist und …«

»Gib mir bitte den Hörer, Rosy!«, unterbrach mich mein Vater. Da ich im Moment völlig durcheinander war und nicht wusste, was ich sonst hätte tun sollen, reichte ich ihm den Hörer.

»Hallo! Hier spricht Walther! Hallo, kann vielleicht jemand mal den Hörer aufheben und …« Er brach ab. »Hallo? Hallo? – Jawohl, ich bin Rosys Vater. Wer ist denn dran, bitte? – Veronikas Mutter? – Rosy? Ja, sie ist auch hier. Was ist denn …« Er drehte sich nach mir um und streckte mir den Hörer entgegen. »Sie will unbedingt mit dir reden, Rosy!«

Ich nahm den Hörer. Veronikas Mutter war dran.

»Lieber Gott, Rosy, es ist etwas Furchtbares geschehen!«, rief sie. »Da liegt sie und ist schon beinahe ohnmächtig. Ich muss sofort den Arzt anrufen und …«

»Was ist denn geschehen?«, fiel ich ihr so heftig ins Wort, dass sie vor Schreck aufschluchzte.

»Veronika! Sie … sie hat meine Tabletten geschluckt.«

»Geben Sie sie mir! Bitte, geben Sie sie mir!«

»Rosy, ich muss jemanden um Hilfe rufen, bevor sie …«

»Geben Sie mir Veronika!«

Ich hörte sie auf Veronika einreden. »Es ist Rosy, Liebes! Du musst mit ihr reden! Hier, halt den Hörer fest! Rosy will mit dir reden! Es ist Rosy, hörst du? Rosy!«

»Rosy?« Das war Veronikas Stimme, beinahe ohne Ton.

»Veronika! Mann, was machst du denn? Was für dummes Zeug machst du denn?«

»Ich …ich habe die … die Schnauze voll«, stieß sie hervor. »Ich mag nicht … mehr, Rosy! Das musst du doch verstehen. Ich mag …«

»Veronika!«

Sie gab mir keine Antwort. Ich hörte ihre Mutter verzweifelt auf sie einreden. Mein Vater und Hilde starrten mich an. Hilde kam zu mir und legte mir ihre Hand auf den Rücken und streichelte mich.

»Veronika!«

»Ja.«

»Hör zu, Veronika. Du legst den Hörer jetzt nicht mehr aus der Hand, klar!«

»Er ... er ist mir aus der Hand gefallen«, keuchte sie. »'tschuldige.«

»Halt ihn fest, Mann! Ich will mit dir reden, hörst du? Ich rede mit dir! Hörst du mich, Veronika? Hörst du meine Stimme?«

»Ja«, kam es wie ein Hauch zurück.

»Was ist das mit den Tabletten? Wie viele hast du denn geschluckt, Veronika?«

»Alle.«

»Kopfschmerztabletten oder was?«

»Schlaftabletten. Ich ... ich bin hundemüde ...«

Es knallte in der Leitung. Der Hörer polterte gegen irgendetwas. Dann hatte ich wieder Veronikas Mutter dran.

»Rosy, was soll ich tun?«, rief sie verzweifelt.

»Sie dürfen Veronika nicht einschlafen lassen«, sagte ich, obwohl ich keine Ahnung hatte, ob das richtig war oder falsch. Ich stellte mir in diesem Moment einfach vor, dass sie nie mehr erwachen würde, wenn sie jetzt einschlief.

»Rufen Sie einen Arzt! Aber nicht von diesem Telefon! Laufen Sie zum Nachbar rüber und rufen Sie von dort einen Arzt! Und geben Sie Veronika den Hörer!«

»Rosy, sie kann ihn nicht festhalten und ...«

»Geben Sie ihr den Hörer, verdammt!«, fuhr ich sie an.

Sie gehorchte.

»Veronika! Ich bin's. Rosy! Hörst du mich?«

Ich hörte sie atmen. Und ich hörte ihre Mutter im Hintergrund jammern.

»Veronika, hör zu! Ich will, dass du mit mir redest. Ich will...«

»Ja. Aber ich ... ich will lieber schlafen ...«

»Du schläfst jetzt nicht! Du hältst den Hörer fest und hörst mir zu, verdammt! Hör genau zu, Veronika! Versuch dich zu konzentrieren! Hör genau zu!«

»Ich kann...«

»Pass auf, dass dir der Hörer nicht mehr aus der Hand fällt! Du musst mit mir reden! Du musst mir erzählen, was los ist. Sag mal, regnet es bei euch auch?«

»Ich ... ich glaube nicht.«

»Es regnet nicht? Bei uns hat es fast den ganzen Tag geregnet. Sag mal, konntest du mit diesem Scheiß nicht warten? Ich bin nächste Woche wieder daheim und da können wir über alles reden!«

Ich hörte im Hintergrund die schrille Stimme ihrer Mutter und dann die Stimme eines Mannes, konnte aber nicht verstehen, was sie sagten.

»Veronika! Sag mir, dass du okay bist! Sag es mir, Veronika! Los, sag es mir!«

»Ich ... ich bin nicht okay!«

»Aber sterben willst du trotzdem nicht, klar? Sterben ist absolute Kacke! Da ist man plötzlich weg und man wacht hundertprozentig nicht wieder auf und alles ist umsonst gewesen.«

»Ich will nur schlafen...«

»Das sollst du eben nicht, verdammt! Wenn du jetzt einschläfst, bist du plötzlich ganz weg. Und das kannst du nie mehr rückgängig machen, hörst du. Selbst wenn es dir später Leid tut und alles richtig beschissen ist, kannst du es nicht mehr rückgängig machen. Oder vielleicht ist später überhaupt nichts. Nur diese Scheißdunkelheit, in der sich nichts mehr rührt. Wer will denn da schon hin, Mann? Selbst wenn es dir im Moment noch so dreckig geht, willst du nicht dorthin, glaub es mir! An deiner Stelle würde ich warten, bis ich zurück bin und wir über alles reden können. Bestimmt können wir das zusammen packen, Mann! Bestimmt …«

»Warum lässt du mich nicht … schlafen, Rosy?«

»Weil ich nicht will, dass du jetzt einschläfst. Ich will, dass du wach bleibst. Deine Mutter hat einen Arzt gerufen, verstehst du? Man wird dich ins Krankenhaus bringen und wenn man dir den Magen ausgepumpt hat, dann kannst du meinetwegen pennen. Aber nicht jetzt. Jetzt rede ich mit dir und du hörst verdammt zu! Oder du redest mit mir. Erzähl mir, was geschehen ist, Mann!«

»Ich kann nicht …«

»Dann rede ich. Ich erzähl dir von hier. Weißt du überhaupt, wo ich bin?«

»F… F… Freiburg. Bei … bei deinem … Vater.«

»Stimmt! Hör mal, wenn du willst, komme ich zurück.«

Sie gab mir keine Antwort. Ich warf einen Blick zu meinem Vater hinüber. Er stand bei der Tür, tiefe Sorgenfalten auf seiner Stirn.

»Übrigens, soll ich dir sagen, wer hier war? Hauser. Wir haben uns in einer Kneipe zum Essen getroffen. Er war ziemlich durcheinander, wegen des Geredes in der Schule. Ich glaube, er wird dem Hofheinz die Wahrheit sagen. Das geht nicht anders, weil er sonst wahrscheinlich in eine andere Schule versetzt würde, und das will er natürlich nicht. He, hörst du überhaupt noch zu?«

»Ja«, antwortete sie so leise, dass ich sie kaum verstehen konnte, »ich höre zu.«

»Dann sag was!«

»Ich bin zu müde. Die Augen fallen mir …«

»Streng dich an, Mann! Du musst wach bleiben, bis der Arzt kommt.«

»Lass mich …«

»Nein! Du darfst nicht einfach aufgeben, Mann! Ich versteh das schon, dass du die Schnauze voll hast. Das ginge mir sicher nicht anders. Nur aufgeben, das würde ich ganz bestimmt nicht. Ich kann …«

»Rosy!«

»Ja?«

»Es ist weg, Rosy.«

»Es ist weg?«

»Ja! Es ist weg, Rosy! Das Kind ist weg!«

»Das … das Kind …«

»Es ist weg, Rosy! Sie haben es mir weggemacht. Sie …«

Ihre Mutter schrie. Es knackte und krachte in der Leitung. Dann war auf einmal Totenstille.

»Veronika?«

Nichts. Kein Geräusch mehr. Ich sah mich hilflos nach Hilde um. Sie nahm mir den Hörer aus der Hand und hielt ihn ans Ohr.

»Die Leitung ist unterbrochen, Rosy«, sagte sie.

»Versuch noch mal anzurufen, Rosy«, sagte mein Vater von der Tür her.

Hastig wählte ich Veronikas Nummer. Es läutete tatsächlich, aber dann meldete sich eine Frau Wirsich und als ich nach Veronika verlangte, sagte sie, dass hier keine Veronika lebe und ich gefälligst die richtige Nummer wählen solle.

Ich versuchte es noch einmal, aber ich kam nicht mehr durch. Da legte ich den Hörer auf die Gabel und ließ mich auf das Bett fallen und obwohl ich es zu verhindern versuchte, fing ich an zu weinen. Ich drückte das Gesicht ins Kissen und Hilde setzte sich zu mir aufs Bett.

»Das nützt nicht viel, wenn du weinst, Rosy«, hörte ich meinen Vater sagen. »Du hast alles getan, was du tun konntest. Niemand hätte ihr besser beistehen können als du.«

Er kam zum Bett und setzte sich auf den Rand.

»Es nützt nichts, wenn du weinst«, sagte er noch einmal.

»Lass sie«, sagte Hilde zu ihm. »Lass sie nur.«

Mein Vater fuhr mich früh am nächsten Morgen nach Hause. Nebel hing in den Tälern. Die Bäume und Büsche entlang der Autobahn waren mit Raureif bedeckt. Mein Vater versuchte nicht mehr, mich über Veronika auszufragen. Ich hatte ihm noch gestern, bevor wir alle schlafen gingen, gesagt, dass ich ihr versprochen hatte, mit niemandem über sie und ihre Probleme zu reden.

»Rosy, es ist ganz wichtig, dass sich Veronika jemandem anvertraut«, sagte mein Vater. »Nicht nur dir, verstehst du? Jemandem, der etwas von solchen Problemen versteht und ihr helfen kann, mit ihnen fertig zu werden.«

Auch Hilde drängte mich, auf Veronika einzuwirken, und notfalls, wenn sie es nicht selbst tun wollte, mit ihrem Arzt zu reden.

Ich versprach ihr, dass ich das tun würde.

Auf der Fahrt nach Hause fragte mein Vater plötzlich nach Hauser. Ich wurde derart von ihm überrumpelt, dass mir auf Anhieb der Schweiß ausbrach.

»Hauser?«, stieß ich hervor. »Was soll mit ihm sein?«

»Du hast Veronika gestern am Telefon gesagt, dass er nach Freiburg gekommen ist.«

Ich überlegte mir fieberhaft eine passende Notlüge, aber es fiel mir keine ein.

»Das ist doch dein Mathelehrer, oder?«

»Das weißt du doch.«

Er lachte auf. »Nun, es könnte ja sein, dass es in deiner Schule noch einen Hauser gibt.«

Ich schwieg. Wir legten mindestens 17 Kilometer zurück, ohne dass einer von uns das Schweigen gebrochen hätte. Ich fühlte mich ziemlich unbehaglich an seiner Seite, denn ich wusste, dass er von mir eine Erklärung erwartete.

»Es war nichts«, sagte ich schließlich, als ich die Stille im Auto nicht mehr aushalten konnte.

»Was soll gewesen sein?«, fragte er zurück, ohne den Kopf zu drehen.

»In der Schule wird herumgeredet.«

Jetzt blickte er mich kurz an.

»Wie alt ist der Hauser? Mindestens dreißig, nehme ich an.«

»Achtundzwanzig.«

Er nickte, sagte aber nichts.

»Achtundzwanzig ist er«, sagte ich.

»Achtundzwanzig«, sagte er. »Hast du etwas mit ihm, Rosy?«

»Quatsch.«

»Quatsch was?«

»Was man in der Schule herumredet. Dass wir was miteinander hätten.«

»Habt ihr was miteinander?«

»Nein. Natürlich nicht. Auf jeden Fall haben wir nicht miteinander gepennt, wenn du das meinst.«

Er drehte den Kopf.

»Und sonst?«

»Was sonst?«

»Warum besucht dich dein Mathelehrer in Freiburg?«

»Wir waren zusammen im Kino.«

»Im Kino?«

»In Stuttgart. Wir dachten, dort kennt uns kein Schwein.«

»Und?«

»Jemand hat uns gesehen.«

»Und?«

»Jemand hat Hofheinz angerufen, unseren Rektor.«

»Doktor Hofheinz?«

»Ja.«

»Und?«

»Hauser will seinen Job behalten.«

»Das kann ich mir denken.«

»Deshalb kam er nach Freiburg. Um mit mir über diese Sache zu reden. Er sagte, dass wir nicht mit einer Lüge leben können.«

»Dazu muss einer ein abgefeimter Schurke sein, Rosy.« Er sah mich von der Seite an. Unsere Blicke kreuzten sich. »Um mit einer Lüge leben zu können, meine ich.«

»Das ist Hauser nicht.«

»Bestimmt nicht.«

Ich gab ihm keine Antwort, weil ich den Hohn in seiner Stimme hörte.

»Abgefeimt ist er ganz bestimmt nicht, aber dafür strohdumm!«

»Dann wäre er wohl nicht Lehrer geworden.«

»Er ist trotzdem strohdumm, Rosy! Ein Lehrer, der mit seiner Schülerin ein Techtelmechtel anfängt, kann nur strohdumm sein. Strohdumm, Rosy!«

»Das ist er nicht!«

»Was dann?«, schnappte mein Vater. »Unvernünftig? Naiv? Schwachsinnig? Stupid? Charakterlos? Ohne Verantwortungsgefühl?«

»Er hat kein Techtelmechtel mit mir angefangen, was immer du auch unter einem Techtelmechtel verstehen magst. Wir sind zusammen in Stuttgart ins Kino gegangen, weil er mir verständlich machen wollte, dass wir durch ein Techtelmechtel unsere Freundschaft zerstören würden.«

»Im Kino?«

»Ja. Er wollte mich wahrscheinlich auch belohnen.«

»Belohnen? Wofür denn?«

»Für den Fortschritt, den ich in Mathe gemacht habe, seit er mir Nachhilfe gibt. Darauf war er besonders stolz, weil er es wahrscheinlich von mir am allerwenigsten erwartet hat.«

»Du machst also Fortschritte in Mathe?«

»Ja. Weil ich mich für ihn besonders anstrenge. Weil ich ihn nicht enttäuschen will.«

»Rosy, das klingt, als ob du dich tatsächlich in ihn verliebt hättest.«

»Das klingt nicht nur so! Das ist so!«

»Das ist so?«

»Ja. Das ist so.«

»Dann hat Hilde Recht gehabt.«

»Warum?«

»Weil sie mir gesagt hat, dass du dich möglicherweise in Hauser verliebt hast.«

»Das hat sie gesagt?«

»Ja. Nachdem du uns über ihn erzählt hast.« Er nahm die rechte Hand vom Steuerrad und klopfte mir auf die Schulter. »Aber das freut mich natürlich, dass du in Mathe besser geworden bist, Rosy.«

Schreckliche Gedanken begannen in meinem Kopf zu kreisen, als mir siedend heiß einfiel, mein Vater würde Hauser eventuell zur Rechenschaft ziehen wollen, sobald wir daheim ankamen.

»Du wirst doch nicht etwa mit Hauser darüber reden«, stieß ich hervor.

»Du meinst, ich sollte davon Abstand nehmen, ihn mir vorzuknöpfen, Rosy?«

»Bitte! Hauser ist der verantwortungsbewussteste Mensch, der mir je im Leben begegnet ist.«

Er schwieg. Die Sonne brach durch den Nebel. Die Herbstfarben zu beiden Seiten der Autobahn begannen aufzuleuchten. Auf der Standspur stand ein Laster, dem ein Vorderradreifen geplatzt war. Gummistücke lagen auf der Straße.

»Rosy.«

»Ja?«

»Weißt du, Rosy, ich glaube dir.«

»Ehrlich?«

»Ehrlich. Du bist meine Tochter. Mann, es wäre jammerschade, wenn ich dir nicht vertrauen könnte.«

Ich freute mich so, dass ich mich zu ihm hinüberbeugte und ihm einen Kuss gab. Und dabei fiel mir ein, dass heute sein Geburtstag war.

»Happy birthday«, sagte ich.

Er grinste mich von der Seite an.

»Das hätte ich beinahe vergessen«, sagte ich.

»Ich auch«, sagte er.

14

Wir besuchten Veronika im Krankenhaus. Das heißt, eigentlich brachte mich mein Vater nur ins Krankenhaus, und während ich Veronika besuchte, wartete er in der Empfangshalle auf mich.

Veronika saß im Bett und starrte in die Glotze, als ich das Zimmer betrat. Die Sonne schien durch das Fenster ins Zimmer. Das Bild war auf der Mattscheibe nur ganz schwach zu sehen und den Ton hatte sie abgedreht.

»Rosy!«, sagte sie ungläubig. »Ich dachte, du bist in Freiburg.«

»Jetzt bin ich hier«, sagte ich und ich beugte mich zu ihr hinunter und umarmte sie.

»Wie seh ich aus? Scheußlich, nicht wahr? Ich habe mir nicht einmal das Haar gekämmt.«

Sie sah wirklich schlimm aus, aber das lag nicht an ihrem Haar, das ihr strähnig vom Mittelscheitel hing, sondern mehr an ihren Augen, die in dunklen Höhlen lagen. Ihr Gesicht war eingefallen und die Haut blass und beinahe durchsichtig.

»Ich bin selbst erschrocken, als ich mich heute Morgen im Spiegel gesehen habe«, sagte sie. »Wie eine aufgewärmte Leiche.«

»Auf jeden Fall bist du nicht abgekratzt«, sagte ich. »Stell dir vor, ich wäre zu deiner Beerdigung hier.«

Wir lachten beide und sie fragte mich, ob ich zufällig eine Zigarette dabeihätte, was ich natürlich nicht hatte.

»Macht nichts«, sagte sie. »Ich glaube, ich müsste sowieso kotzen, wenn ich eine rauchen würde. Sag mal, wie war das mit dem Telefon? Ich hab schon meine Mutter gefragt und sie behauptet, dass du angerufen hast.«

»Stimmt.«

»Du hast angerufen?«

»Ja.«

Sie sah mich ungläubig an. »Nicht ich dich?«

»Nein. Nicht du mich. Ich dich.«

Sie schüttelte den Kopf.

»Weißt du, dass ich dich anrufen wollte.«

»Wann? Sonntagabend?«

»Ja. Nachdem ich sämtliche Scheißpillen geschluckt hatte, die ich in der Hausapotheke und im Schlafzimmer meiner Mutter finden konnte. Die hat alles, sag ich dir. Schlaftabletten, Stresstabletten, Schmerztabletten, Aufputschtabletten. Ich habe alles in mich hineingeschüttet und zuerst wurde mir kotzübel, aber ich schaffte es, alles drin zu behalten, und als ich merkte, dass ich jetzt schlapp machen würde, da wollte ich dich anrufen.«

»Mich? Wozu?«

»Um dir zu sagen, dass es mir Leid tut und alles.« Sie grinste. »Aber jetzt ist alles in Ordnung, Rosy. Fichtel war heute Morgen hier. Er hat gesagt, dass er sich von seiner Frau scheiden lassen wird.«

»Du bist verrückt, Mann! Ich dachte, du hast die Schnauze endgültig voll von solchen Sachen.«

»Das verstehst du eben nicht, Rosy. Du warst noch nie verliebt. In einen richtigen Mann, meine ich.«

»Und Hauser?«

»Hauser? Das ist doch nur ein Lehrer, Rosy.«

Ich starrte ihr in die schönen blauen Augen, die durch mich hindurchzublicken schienen, irgendwohin, wo sie wahrscheinlich Fichtel sehen konnte, die große Liebe ihres Lebens. Ich hätte sie am liebsten gepackt und geschüttelt, aber ich wusste, dass das nicht viel genützt hätte. Wahrscheinlich gar nichts.

»Und was geschieht,wenn er dich wieder hängen lässt?«, fragte ich sie. »Bringst du dich dann noch einmal um?«

Ihre Augen weiteten sich etwas. Einige Sekunden lang dachte sie über meine Frage nach, dann lachte sie.

»Ich habe mich doch gar nicht umgebracht, Rosy! Ich habe es nur versucht und es ist schief gegangen. Weißt du, was mir meine Mutter heute Morgen bei ihrem Besuch gesagt hat? Dass mir überhaupt niemand glaubt, dass ich mich umbringen wollte. Das sei nur eine Trotzreaktion gewesen, um Aufmerksamkeit zu erregen und Sympathie zu kriegen.«

»Und? War es das?«

»Die alte Schrulle hat keine Ahnung. Die merkt schon lange nicht mehr, was daheim abgeht. Die ist zu oft besoffen und bumst zu viel rum. Aber als ich dalag, da ist ihr plötzlich die Muffe gegangen wie schon lange nicht mehr.«

»Das kannst du ihr kaum übel nehmen. Immerhin warst du am Abkratzen.«

»Und wenn? Was wäre schon dabei gewesen, Rosy? Glaubst du, die hätte mir eine Träne nachgeweint? Kein Schwein hätte mir eine Träne nachgeweint. Außer Fichtel, natürlich. Der liebt mich nämlich.«

Ich hätte ihr gern gesagt, was ich von Fichtel hielt, aber vermutlich wäre das ihrer Rekonvaleszenz nicht bekommen.

»Dass du mich angerufen hast, das will einfach nicht rein in meinen Schädel«, sagte sie. »Ausgerechnet in dem Moment, als ich an dich dachte. Ausgerechnet, als ich schon beinahe für immer dichtmachte. Glaubst du, dass das ein Zufall ist, Rosy?«

»Nein. Ganz bestimmt nicht.«

»Das glaube ich auch nicht. Das ist Gedankenübertragung oder so was. Ich habe immer gedacht, dass es so was gar nicht gibt.« Sie nahm meine Hand. »Das mit dem Kind, Rosy, das hat ganz gut geklappt. Am Samstagnachmittag war ich schon wieder zu Hause. Aber am Sonntag, da hatte ich plötzlich keinen Bock mehr auf nichts. Keiner war da. Meine Mutter lag im Schlafzimmer mit einer Scheißmigräne auf dem Sofa und ich lag im Bett und dachte über mich und mein Leben nach und alles sah so schlimm aus, dass es nur noch einen Ausweg gab.«

»Selbstmord? Das nennst du einen Ausweg?«

»Was ist es denn, wenn es kein Ausweg ist?«

»Feigheit, zum Beispiel.«

»Feigheit?«

»Selbstmitleid!«

»Red keinen Scheiß, Rosy!«

»Dass das kein Scheiß ist, weißt du selbst, Mann. Anstatt dir etwas vorzumachen, solltest du dir vielleicht mal überlegen, was du mit deinem Leben überhaupt anfangen willst.«

Sie blickte mich misstrauisch an.

»Was soll der Quatsch, Rosy? Willst du mir vielleicht ein paar Vorschläge machen oder was?«

»Wenn ich dir helfen könnte, würde ich das gerne tun. Aber ich seh dir an, dass du dich dazu entschlossen hast, dort weiterzumachen, wo du aufgehört hast.«

»Und wo ist das, deiner Meinung nach?«, fragte sie spöttisch.

»Dort, wo dich Fichtel hängen gelassen hat!«

»Hat er doch überhaupt nicht! Er war sogar mit mir beim Arzt. Und heute Morgen hat er mich hier besucht, Rosy!«

»Man hätte dir vielleicht gleichzeitig mit dem Magen auch das Gehirn auspumpen sollen!«, sagte ich und stand auf. »Mann, ich bin zurückgekommen, weil ich dachte, dass du mich brauchst. Aber nun sehe ich, dass alles so ist, wie du es haben willst.« Ich blickte auf sie nieder und sie tat mir Leid, aber gleichzeitig wusste ich auch, dass ich nichts für sie tun konnte, solange sie diesem Scheißkerl Fichtel vertraute. Das Gemeine war nur, dass sie eines Tages erneut völlig verzweifelt vor dem Scherbenhaufen ihres vermeintlichen Glücks stehen würde. Und dann war ich vielleicht nicht in der Nähe und niemand würde sie sozusagen im allerletzten Moment an die Strippe kriegen.

Wir sahen uns in die Augen und mir kamen aus lauter Hilflosigkeit beinahe die Tränen.

»Rosy, ich werde dir die dreihundert Mark zurückzahlen«, sagte sie plötzlich.

»Okay«, sagte ich.

»Und wegen Fichtel brauchst du dir keine Gedanken zu machen. Ich komme schon klar mit ihm.«

Ich konnte ihr keine Antwort geben, weil meine Kehle wie zugeschnürt war.

»Du siehst so traurig aus, Rosy«, sagte sie. »So als wäre ich tatsächlich gestorben.«

»Tu das nie wieder«, würgte ich hervor. »Versprich mir,

dass du das nie wieder tust, Mann. Ganz gleich, was mit Fichtel geschieht.«

Sie lachte.

»Natürlich tu ich das nie wieder, Rosy.« Sie legte sich die rechte Hand auf die Brust. »Ich schwör's.«

Ich drehte mich um. Als ich nach der Türklinke griff, rief sie noch einmal meinen Namen. Ich drehte mich nicht nach ihr um, weil ich jetzt Tränen in den Augen hatte.

»Wenn du mir irgendwo 'ne Zigarette auftreiben könntest, Rosy ... Oder zwei.«

Ich öffnete die Tür.

»Und Streichhölzer!«

Ich fuhr mit dem Lift hinunter und wischte mir die Tränen vom Gesicht. In der Cafeteria kaufte ich eine Schachtel Zigaretten und ein Feuerzeug. Mein Vater kam von draußen herein.

»Ich muss noch mal rauf«, sagte ich zu ihm.

Er sah die Zigaretten in meiner Hand.

»Für Veronika?«

»Ja.«

Ich ließ ihn stehen und fuhr mit dem Lift hinauf. Als ich ihr Zimmer betrat, telefonierte sie gerade. Sie hielt eine Hand über die Sprechmuschel.

»Fichtel«, sagte sie.

Ich gab ihr die Zigaretten und das Feuerzeug und verließ das Zimmer.

Mein Vater fuhr mich nach Hause. Es war Mittag. Meine Mutter fragte ihn, ob er zum Essen bleiben wolle, und zu meiner Überraschung nahm er die Einladung an.

»Heute ist dein Geburtstag«, sagte meine Mutter.

Er nickte.

»Deiner war im Juli.«

»Ja.«
»Am dreiundzwanzigsten.«
Sie lachte.
»Ich denk immer dran«, sagte er.
»Wenn ich gewusst hätte, dass du zum Essen bleibst, hätte ich eine Lasagne vorbereitet«, sagte meine Mutter.
»Was gibt's denn?«
»Maultaschen.«
»Ich mag Maultaschen.«
Andrea kam nach Hause, aufgetakelt wie eine alte Nutte. Sie hatte sich den ganzen Morgen in einem Shoppingzentrum herumgetrieben und roch furchtbar nach mindestens 37 verschiedenen Parfüms, die sie ausprobiert hatte.
»Isst er mit uns?«, fragte sie mich leise.
»Ja.« Ich hielt mir die Nase zu.
Sie holte ihre neuesten Modefotos hervor und zeigte sie ihm.
»Dein Vater hat heute Geburtstag, Andrea«, sagte Mutter.
»Soll ich singen?«
»Lieber nicht«, sagte ich schnell.
»Warum nicht?«, fragte meine Mutter vom Herd her. »Sie kann klasse singen.«
Niemand sang.
Trittschuh kam herein.
»Hallo«, sagte er, als er meinen Vater am Tisch sitzen sah.
»Hallo«, sagte mein Vater. Sie gaben sich die Hand. Trittschuh fragte, wie es Veronika gehe.
»Gut«, sagte ich.
»Weißt du denn, warum sie das getan hat, Rosy?«, fragte er.
»Keine Ahnung. Wahrscheinlich war sie einfach schlecht drauf.«
»So was macht kein junges Mädchen, wenn es nur schlecht drauf ist«, widersprach er mir.

»Es hat so lange geregnet«, sagte meine Mutter. »Fast den ganzen Sommer und den ganzen Herbst hat es nur geregnet. Und es war die ganze Zeit grau. Das geht aufs Gemüt.«

»Nicht bei einem jungen Mädchen«, sagte Trittschuh.

»Was soll es dann gewesen sein?«, fragte Andrea schnippisch. »Liebeskummer?«

»Hatte sie denn einen Freund?«, fragte meine Mutter.

»Sie hat mehrere«, sagte Andrea. »Mindestens ein Dutzend. Die ganze Schule redet über sie.«

»Wenigstens hat sie einen«, sagte meine Mutter und es war mir natürlich klar, dass sie es auf mich abgesehen hatte. Sie brachte die Pfanne mit den Maultaschen zum Tisch. Und den Salat.

»Hast du denn einen Freund, Rosy?«, fragte sie.

Andrea lachte glucksend, rollte dämlich ihre Augen und hielt sich die Hand vor den Mund. Ich trat ihr unterm Tisch gegen das Schienbein und das hätte ich besser nicht getan, denn sie verwandelte sich sogleich in ein Monster.

»Über Rosy wird doch auch geredet«, stieß sie hervor und es war ein Wunder, dass ihr kein Gift von den Zähnen tropfte.

»So. Und was redet man denn über deine Schwester, Andrea?«, fragte meine Mutter.

Trittschuh schien sich zu ducken und mein Vater grinste mich schräg an.

»Frag doch sie, wenn du es wissen willst«, sagte Andrea.

Meine Mutter sah mich an. Ich begann vom Salat zu essen.

»Rosy hat einen Freund«, sagte mein Vater.

Sie blickten mich alle an.

»Davon hat sie uns nie etwas gesagt«, sagte meine Mutter.

Andrea bleckte ihre Zähne. Ich sah ihr an, was sie dachte. Ich sah ihr an, dass sie ihnen erzählen wollte, was in der Schule über mich und Hauser erzählt wurde.

»Rosy hat ihn in Freiburg kennen gelernt«, sagte mein

Vater. Er sah mich an und lächelte und ich wusste nicht, ob ihm Hilde von Meike erzählt hatte oder von Mike.

»Erzähl, Rosy«, forderte mich Trittschuh auf.

»Es gibt nichts zu erzählen«, sagte ich.

»Wie heißt er denn?«, fragte meine Mutter.

»Meik«, sagte ich, das e weglassend.

»Mike?« Meine Mutter sah meinen Vater an.

»Mike«, sagte mein Vater.

»Erzähl uns von ihm, Rosy!«, sagte meine Mutter.

»Es gibt nichts zu erzählen«, sagte ich.

»Was macht er?«, fragte Trittschuh. »Student an der Uni?«

»Nein. Zurzeit befindet er sich entweder auf dem Weg nach Gibraltar oder nach Hammerfest.«

Sie blickten sich verdutzt an, so als fühlten sie sich von mir verarscht. Nur mein Vater grinste.

»Da liegt doch die halbe Welt dazwischen«, sagte Trittschuh.

»Was will er denn dort?«, fragte meine Mutter.

»Die Welt kennen lernen«, sagte Trittschuh. »Das wollte ich auch mal, aber dann bin ich in der Teppichreinigung stecken geblieben.«

»Wird er denn zurückkehren?«, fragte meine Mutter.

Ich hob die Schultern.

»Die Maultaschen schmecken vorzüglich«, sagte ich.

»Übrigens, weißt du, was Alex überall herumerzählt?«, fragte mich Andrea.

»Keine Ahnung.«

»Dass Hauser nach den Herbstferien nicht mehr bei uns in der Schule unterrichtet.«

Mir wurde auf einen Schlag so heiß, dass mir der Schweiß ausbrach.

»Der ist doch erst an die Schule gekommen«, sagte meine Mutter.

»Man sagt, dass er seine Finger nicht von den Schülerinnen lassen konnte«, spottete Andrea.

»Hauser, der Mathelehrer?« Meine Mutter blickte mich ungläubig an. »Stimmt das, Rosy?«

»Wie soll ich denn das wissen?«, sagte ich.

»Nun, du hattest immerhin Nachhilfe bei ihm«, sagte Trittschuh.

Andrea stocherte in ihrem Essen herum. Ich hätte ihr eine langen können.

»Ausgerechnet der Herr Hauser«, sagte meine Mutter.

»Was meinst du denn damit?«, fragte mein Vater.

»Womit?«

»Ausgerechnet der Herr Hauser. Warum denn nicht der Herr Hauser?«

»Das meinte ich nicht. Ich meinte nur, dass er doch so viel für Rosy getan hat.«

»Zu viel«, murmelte Andrea neben mir.

»Was hast du gesagt, Andrea?«, fragte meine Mutter sie.

»Nichts«, sagte Andrea.

»Schade um den Herrn Hauser«, sagte meine Mutter. »Ich mochte ihn. Was sagst du denn dazu, Rosy?«

»Was soll ich dazu sagen, Mutter?«

»Rosy kann wohl wenig dazu sagen«, sagte mein Vater.

Trittschuh blickte mich an. Ich war froh, dass er Vater nicht nach der Taschenuhr fragte, die ich ihm mit dem geborgten Geld zum Geburtstag geschenkt haben sollte.

Ich würgte die Maultaschen hinunter. Sie redeten über andere Dinge. Über das Teppichreinigungsgeschäft. Und über den bevorstehenden Schiurlaub in Österreich. Gargellen oder wo. Sie vergaßen, dass ich einen Freund hatte.

Nach dem Essen sagte mein Vater, dass er jetzt nach Freiburg zurückfahren würde. Ich ging mit ihm hinunter, aber er wusste, dass ich nicht mit ihm zurückfahren würde.

»Es tut mir Leid wegen Hauser«, sagte er unten. »Rosy, sag mir, wenn ich etwas für dich tun kann. Ruf einfach an, hörst du? Du weißt, dass sich Hilde auch freuen würde.«

Ich nickte nur. Er gab mir einen Kuss und umarmte mich lange. »Ruf an«, sagte er noch einmal.

»Du auch«, sagte ich.

Ich rief Hauser an. Mindestens zwanzigmal versuchte ich es, aber er ging entweder nicht ran oder war nicht zu Hause.

Am späteren Nachmittag konnte ich es nicht mehr aushalten. Ich ging in die Stadt. Es war dunkel, als ich in der Straße ankam, in der er wohnte. Ich schlich mich am Frisörsalon vorbei die Treppe hinauf. Mein Herz klopfte mir bis in den Hals hinein, aber ich versuchte mir einzureden, dass es nicht mehr schlimmer werden konnte, auch wenn mich jemand hier gesehen hätte.

Oben hörte ich leise Musik durch die Tür dringen. Tracy Chapman. Ich klingelte. Es dauerte eine Weile, bis geöffnet wurde.

»Rosy!« Er war völlig verblüfft. »Was tust du denn hier?«

»Darf ich reinkommen?«

»Aber sicher.« Er nahm mich beim Arm und zog mich regelrecht in seine Wohnung. Mit dem Fuß machte er hinter uns die Tür zu. Dann umarmte er mich und hielt mich so fest, dass ich fast keine Luft mehr kriegte, und dann strich er mir mit einer Hand über das Haar und er beugte sich über mich und küsste mich auf die Stirn. »Rosy«, sagte er. »Rosy, Rosy, Rosy!«

»Es … es ist wegen Veronika«, sagte ich stockend, weil ich ihm ansah, dass er dachte, ich wäre wegen ihm zurückgekommen. »Sie hat versucht sich umzubringen.«

Er gab mich frei, nahm mich jedoch bei der Hand und führte mich zum Sofa.

»Ich habe es heute Morgen erfahren, als ich in der Schule war«, sagte er. »Hofheinz hat es mir gesagt.«

Ich setzte mich aufs Sofa. Er blieb stehen.

»Kann ich dir etwas anbieten, Rosy? Eine Cola? Tee?«

Ich schüttelte den Kopf und da ließ er sich neben mir nieder.

»Weißt du, dass Veronika schwanger war?«

»Ja. Sie hat es mir gesagt. Auch dass sie sich entschieden hatte, das Kind abzutreiben.«

»Weißt du auch, von wem sie schwanger wurde?«

Ich wich seinem Blick aus und senkte den Kopf.

»Du weißt es, nicht wahr?«

»Ja.«

»Sie hat es sonst niemandem gesagt. Nicht einmal ihrer Mutter.« Er nahm meine Hand in seine. »Es ist so viel geschehen in der kurzen Zeit, in der ich hier bin.«

»Stimmt es, dass du weggehst?«

Er holte tief Luft.

»Hofheinz meint, dass es das Beste für uns alle ist. Für die Schule und für mich und natürlich auch für dich. Ich wollte das zuerst nicht wahrhaben, aber nachdem ich eine Weile darüber nachgedacht habe, musste ich ihm Recht geben. Ja, Rosy, ich werde die Schule verlassen und woanders neu anfangen. Hofheinz wird dafür sorgen, dass diese Sache diskret gehandhabt wird und dass ich an einer anderen Schule eine Anstellung kriege.«

»Und ich? Kann ich denn auch einfach von hier weggehen?«

»Du könntest nach Freiburg zu deinem Vater ziehen, wenn du das willst. Aber ich glaube nicht, dass es notwendig ist, Rosy. Das Gerede wird schnell aufhören und man wird den Hauser nach kurzer Zeit vergessen haben, da er kaum lange genug hier war, um einen bleibenden Eindruck zu hinterlassen.«

»Weißt du, wohin du gehst?«

»Nein. Noch nicht. Wahrscheinlich weiter weg. Rosy, das musst du verstehen. Ich kann …«

»Du brauchst es mir nicht zu erklären. Ich habe es nur von dir hören wollen, dass du weggehst und alles.«

»Wer hat es dir gesagt?«

»Andrea. Und wenn sie es weiß, wissen es auch andere.«

»So was geht schnell rum, Rosy. Dabei ist mir überhaupt nicht klar, wie es an die Öffentlichkeit geraten ist. Ich dachte, wir beide, Hofheinz und ich, wir sind die Einzigen, die davon wissen.«

Er stand auf. Ich sah seinen Augen an, dass er nicht mehr derselbe Hauser war, den ich einmal gekannt hatte. Eine Kluft hatte sich zwischen ihm und mir aufgetan, die keiner von uns zu überspringen wagte.

»Willst du bestimmt nichts?«, fragte er. »Ich wollte mir eben einen Tee machen.«

»Nein. Ich muss nach Hause.« Ich stand auf und er begleitete mich zur Tür.

»Rosy, ich glaube nicht, dass es gut wäre, wenn du noch einmal hierher kommen würdest.«

Ich schluckte und versprach ihm, ihn nicht wieder aufzusuchen.

»Ich werde dir schreiben, Rosy.«

»Okay.«

»Sobald alles erledigt ist, werde ich dir schreiben.«

»Ja.«

Er öffnete die Tür und als ich über die Schwelle trat, hielt er mich am Arm zurück.

»Rosy!«

»Ja?«

»Mach's gut.«

»Du auch.«

Ich entzog ihm den Arm und lief die Treppe hinunter. Unten auf dem letzten Treppenabsatz stieß ich mit dem Frisör zusammen, der eben dabei war, einen Haartrockner aus einer Abstellkammer zu zerren.

»Lieber Gott, kannst du nicht aufpassen, Junge«, schimpfte er.

Ich rannte aus dem Haus und die Straße hoch. Irgendwann in der Nacht ging ich nach Hause. Sie schliefen alle. In meinem Zimmer lag ein Zettel auf dem Bett.

MIKE WAR HIER. KOMMT MORGEN NOCH EINMAL.

Ich lief aus dem Zimmer und klopfte an die Schlafzimmertür.

»Rosy? Bist du das?«

»Ja. Kann ich mal reinkommen?«

Ich wartete die Antwort gar nicht erst ab, sondern stürzte in das dunkle Zimmer. Trittschuh brummte, dass es nach Mitternacht wäre. Meine Mutter machte die Nachttischlampe an und setzte sich im Bett auf. Ich hielt ihr den Zettel entgegen.

»Ha… hast du mit ihm geredet?«, stieß ich hervor.

Meine Mutter schmunzelte.

»Er hat hier auf dich gewartet, Rosy. Ein netter Junge. Auf dem Weg durch Frankreich, da sei ihm klar geworden, dass er dich liebe.«

»Ziemlich romantisch veranlagter Kerl«, hörte ich Trittschuh murmeln. Er hob den Kopf etwas und blickte mich mit einem Auge an. »Sein Fido hat ins Treppenhaus gekackt. Direkt vor Kalmbachs Wohnungstür.«

»Er kommt morgen noch einmal vorbei«, sagte meine Mutter. »Dann sagst du ihm bitte, dass er den Hund draußen lassen soll, sonst kriegen wir mit Kalmbachs Ärger.«

Ich ging in mein Zimmer zurück, zog mich aus und schlüpfte unter die Decke. Eigentlich war ich hundemüde, aber ich konnte die ganze Nacht nicht schlafen.

Werner J. Egli

Schrei aus der Stille

Es kümmert niemanden,
was mit den Menschen im
Schwarzenghetto passiert.
Bis Scotty eines Tages beschließt,
diesen Menschen eine Stimme
zu geben. Und mit einer
Videokamera loszieht ...

228 Seiten

UEBERREUTER